U0016974

實用英語文法百科 ②

形容詞・數詞・副詞・比較

吳炳鍾・吳炳文◎著

Practical English Grammar:

The Defi... ~ de

前言

　　本人歷來認為國人在國內學習英文的捷徑，是跟著精通英語和教學的國人教師學習；學習英文文法，最好是閱讀國人編寫的英文文法書。因為國人教師和編者比較了解英文和中文的語言習慣及文法的異同，也了解國人學習英文的困難處和易錯處，更容易幫助學習者掌握好的學習方法，抓住重點，清楚地解釋難點，使學習者少走彎路。

　　為了適應中等程度及高等程度的華人讀者閱讀、學習、應考，或教授英文的需要，自1993年春，本人著手策劃編寫這部詳略適宜、系統完整、便於查閱、相當於一部文法百科的巨著，歷時十年，現終於脫稿，如願以償。

　　本書所以命名為《實用英語文法百科》，一是力求「實用」，即：盡力結合國人學習英文的實際需要，不將古老或罕見的用法納入本書；仍採用「先詞法，後句法」的傳統文法編寫方法，這種編法讀者熟悉，且條理清楚，查閱容易，符合認識規律；對文法規則的講解，內容詳細，重點突出，例詞、例句豐富，針對性強並附有中文譯文，絕大部分用常用辭彙，簡明易懂，有淺有深，兼顧了不同程度讀者的需要。

　　二是力求「完整」，即：系統性和完整性強，包含了各項常

用的詞法和句法知識，兼顧了文體、口語、常規和例外的用法；在介紹傳統文法的同時，吸收了不少英美現代文法的新成果，及國內若干權威文法專著之長。

本人得以集中精力編成此書，要感謝內子林慧心女士多年來辛勤勞苦、無怨無悔、無微不至地照料我的生活起居，並給予精神上的安慰、支持；舍弟吳炳文和李婉瑩女士參加了策劃、編寫，付出了極大的心血。對此一併深表衷心感謝。

本書如有疏漏或不妥之處，務請專家和讀者指正。

吳炳鍾

2003 年 7 月

於舊金山

用法說明

1. 本書的英文例句一律中譯。與例句相關的文法注釋，置於中譯之後的圓括弧內。如：

◈ **Her family** was very poor.
她家很窮。

（句中做主詞的「家庭」family 視為一個整體，用單數動詞。）

◈ **My family** are all here.
我的家人都在這裡。

（句中做主詞的 family 指家庭中的每一個成員「家人」，是群體名詞，用複數動詞。）

2. 在講述文法的句子中插入的英文例字、例詞，一般不加中譯。如：

「有些聯繫動詞，如 feel, look, prove, smell, sound, taste，及片語動詞 run out 等，可以主動的形式表達被動的意義。」

3. 在講述文法的句子中插入的英文例字、例詞，如只有其中特定的意義適合在該處舉例，則在例字、例詞之後加中譯。如：

「有些表示狀態而非動作的或沒有進行時態的及物動詞，如 become, benefit, contain, carry（搬運）, catch（掛住）, cost, enter（參加）, fail, have（有）, hold（容納）, lack, last（維持；夠用）, leave（離開）, possess（擁有）, resemble, suffice, suit 等，沒有被動語態。」

4. 需要強調的部分，以黑體字表示。如：

◈ Your suitcase is the same as mine; I can't distinguish **which** is which.

你的手提箱和我的一樣，我分不出哪個是哪個。

（在 which is which 中第一個 which 做主詞，第二個 which 做主詞補語。）

5. 底線〔＿〕在本書中表示句子中的有關成分，或表示劃線部分與加黑體字之間的關聯。如：

◈ The climate of Japan is not so mild as **that** of Taiwan.

日本的氣候不似臺灣的氣候那樣溫和。

（指代不可數名詞只可用 that。）

6. 英文字的拼寫：凡是意義相同英美兩國拼法不相同的字，本書採用美式拼法。如：

	美式拼法	英式拼法
中心	**center**	centre
支票	**check**	cheque
防衛	**defense**	defence

7. 需要標注音標的字，用 K.K. 音標表示。如：

◈ 情態助動詞 used to 中的 used 的讀音為 [just]，本動詞 use 的過去式 used 的讀音為 [juzd]。

◈ We should use "**an**" [æn], not "**a**" [ə], before the word "egg".

在 egg 這個字之前，我們應該用 an，而不用 a。

8. 斜線符號〔／〕在本書中的用法：表示可替換的字，皆置於斜線符號之後。如：

◈ They **acknowledged/admitted** <u>having been defeated</u>.
他們承認曾被擊敗。

◈ I'll **defer/postpone/delay** replying till I hear from her.
我將等到接到她的消息後再做答覆。

9. 星號〔＊〕置於表示文法上錯誤的、不可接受的句子或句子成分之前。如：

◈ *This is the **person to who** you spoke.
（介詞 to 的受詞應用 whom ，此句中誤用了 who，因而是不可接受的。）

10. 下列略字分別代表以下意義：

[英]：英式英文	[解]：解剖學
[美]：美式英文	[言]：語言學
[語]：口語	[礦]：礦物
[俗]：俗語	[古生]：古生物學
[方]：方言	[植]：植物學
[主英]：主要用在英國	[宗]：宗教
[主美]：主要用在美國	[生]：生物學
[醫]：醫學	[地]：地理學
[藥]：藥物	[天]：天文學
[印]：印刷	[動]：動物學
[化]：化學	[律]：法律
[海]：海洋學	[理]：物理學
[心]：心理學	[數]：數學

實用 英語文法 百科 2

[哲]：哲學	[政]：政治學
[修]：修辭學	[邏]： 邏輯學
[玩]：玩具	[地質]：地質學
[生化]：生化學	[電]： 電氣
[兒語]： 兒童語	[電腦]：電腦用語
[棒球]：棒球用語	[橋牌]：橋牌用語
[直]： 直接引句	[間]： 間接引句

目次
CONTENTS

Chapter 4

形容詞
Adjectives

1 概說

1.1 形容詞的定義

形容詞是用以修飾名詞或代名詞表示人或事物的性質或特徵的字。

1.2 形容詞的特徵

絕大多數形容詞有如下的特徵：

(一)可置於其所修飾的名詞之前。

　　1. 可置於定冠詞或不定冠詞和其所修飾的名詞之間。

　◈ Look at the **old** man over there.
　　瞧那邊那位老人。

　◈ He is an **old** friend of mine.
　　他是我的一位老朋友。

　　2. (名詞用零冠詞時)可單獨地置於其所修飾的名詞之前。

　◈ **Old** people cannot be as energetic as **young** people.
　　老年人不可能像年輕人那樣精力充沛。

　　3. 可置於其他限定詞和其所修飾的名詞之間。

　◈ There was a large garden at his **old** house.
　　在他的舊居中有個大花園。

　◈ I found some **old** paintings in her room.
　　我在她的房間見到一些舊畫。

◈ I don't like that **old** car at all.
我一點都不喜歡那輛舊車。

(二)可做主詞補語或受詞補語。

　　1. 可做主詞補語。

◈ Don't forget that you are **old** now.
別忘記你現在老了。

◈ He is as **old** as Tom.
他和湯姆年齡一般大。

　　2. 可作受詞補語。

◈ She found him **old**.
她發現他老了。

◈ I don't think myself **old**.
我不認為我老了。

(三)可被前置的強化修飾語(intensifying modifier)very 修飾。

◈ My grandfather's former math teacher is **very old**.
我爺爺從前的數學老師現在非常老了。

◈ My hat is **very old**.
我的帽子非常舊了。

(四)可構成比較級(comparative degree)和最高級(superlative degree)。

◈ John is **older** than any other student in our class, and he is the oldest in our grade.
約翰比我們班的任何學生年齡都大，而且他是我們年級最大的。

◈ Alice is **beautiful**, but Marina is **more beautiful**.

愛麗絲美，但瑪麗娜更美。

◈ Helen is the **most beautiful** girl I've ever seen.
海倫是我曾經見過的最美麗的女孩。

1.3 具有形容詞全部特徵和只具有形容詞部分特徵的形容詞

絕大多數形容詞具有形容詞全部特徵，在句子中即可做定語或稱名詞或代名詞的修飾語（attribute），又可做主詞補語或受詞補語，但有些形容詞只具有形容詞部分特徵。按形容詞的句法功能（syntactic function），形容詞可分為以下三類：

1.3.1 通用形容詞（Universal Adjectives）

通用形容詞為具有 1.2 節所述的形容詞所有的句法功能的形容詞，在句子中可做定語（即名詞或代名詞的修飾語）、主詞補語或受詞補語。通用形容詞在形容詞中占絕大多數。

1.3.2 限制（性）形容詞（Attributive Adjectives）

限制形容詞，又稱定語形容詞，為經常（或幾乎經常）只可在句子中做名詞的前置修飾語的形容詞。

（一）表示類別的形容詞（Classifying Adjectives）經常在句子中做名詞的前置修飾語。

　　1. 多數表示位置的形容詞，如：back, bottom, east, eastern, front, indoor, inner, left, middle, neighboring, north, northern, outdoor, outer, right, rural, south, southern, subterranean, upper, urban, west, western 等，只可做名詞的前置修飾語。

◈ My **front** door is the **south** door, and my **back** door is the **north** door.

　我的前門是南門，我的後門是北門。

◈ Our town is larger than the **neighboring** towns.

　我們城鎮比鄰近城鎮大。

◈ They're building a **subterranean** tunnel.

　他們在建設一條地下隧道。

◈ **Rural** life is healthy and quiet.

　農村生活健康而寧靜。

2. 表示定期、週期的形容詞，如 regular, periodic, daily, weekly, monthly, yearly 及 annual 等，只可做名詞的前置修飾語。

a daily routine 日常工作	a monthly report 月報
a weekly magazine 週刊	a yearly conference 年會
an annual event 一年一度的活動	regular checkups 定期的體檢
the periodic table [化]元素週期表	

3. 少數表示程度、感受、態度等的描述形容詞(Descriptive Adjectives)，如：adoring, belated, commanding, fateful, flagrant, maximum, minimum, knotty, paltry, punishing, ramshackle, scant, thankless, unenviable 等，只可做名詞的前置修飾語。

a belated Christmas card 來遲的聖誕卡	a commanding tone 命令的口吻
a fateful decision 重大的決定	a flagrant violation 明目張膽的違犯
a knotty problem 辣手的問題	a paltry amount 微不足道的數量

a punishing defeat 慘重的失敗	a ramshackle car 快要報廢的汽車
a thankless task 吃力不討好的工作	an adoring look 愛慕的眼光
an unenviable task 不值得羨慕的工作	minimum wage 最低工資
scant evidence 少量的證據	the maximum temperature 最高溫度

4. 其他表示類別的形容詞，如：atomic, bridal, cardiac, countless, cubic, digital, electronic, eventual, existing, federal, forensic, institutional, introductory, investigative, judicial, nuclear, occasional, orchestral, phonetic, remedial, reproductive, supplementary, underlying 等，通常做名詞的前置修飾語。

a bridal veil 新娘面紗	a cubic meter 一立方米
a digital camera 數位照相機	a federal system 聯邦制
a judicial review 複審	a lone tree 一棵孤樹
an orchestral concert 管弦樂演奏會	atomic energy 原子能
cardiac surgery 心臟開刀	countless people 數不清的人
eventual success 最後的成功	existing records 已有的紀錄
forensic medicine 法醫學	golden age 黃金時代
institutional record 機構記錄	introductory remarks 開場白
investigative methods 調查方式	phonetic symbols 音標
preconceived ideas 先入之見	remedial classes 加強班(給進步緩慢學生上的課)
reproductive organs 生殖器官	underlying principles 基本的原則

(二)表示強調的形容詞(Emphasizing Adjectives)，如 absolute, mere, outright, total, utter, only 及 very 等，只可做名詞的前置修飾語。

◈ He's an **absolute** fool.
他是個十足的傻瓜。

◈ She's a **mere** child.
她只是個孩子。

◈ He is the **only** man able to do it.
他是唯一能做此事的人。

◈ That man is an **outright** scoundrel.
那個人是個十足的流氓。

◈ Mr. Hill is a **total** failure.
希爾先生是個徹底的失敗者。

◈ This is **utter** nonsense.
這純粹是廢話。

◈ This is the **very** painting I want.
這正是我所想要的畫。

(三)在非正式語體中，以 -ing 結尾的，用於強調的(貶義)形容詞，如 blithering, blooming, blundering, flaming, freezing, piddling, raving, stinking, thumping, whopping 等，只可做名詞的前置修飾語。

a blithering idiot 不折不扣的白癡	a blooming fool 十足的傻瓜
a blundering lawyer 一個笨拙的律師	a freezing glance 冷淡的一瞥

| a piddling argument 無聊的爭論 | a raving lunatic 胡言亂語的瘋子 |
| a stinking tomato 發臭的蕃茄 | a thumping/whopping lie 大謊言 |

（四）由不及物動詞轉變來的以 -ing 結尾的，表示事物持續過程
　　或狀態的形容詞，只可做名詞的前置修飾語。

　　如 ailing, bleeding, bursting, circulating, decreasing, dwindling,
dying, existing, falling, fleeting, increasing, living, prevailing, recurring,
reigning, resounding, ruling, searing, walking 等。

a bleeding cut 流血的創口	a decreasing function 遞減函數
a dying man 垂死的人	a falling tone 降調
a fleeting glimpse 匆匆一瞥	a living language 現行的語言
a recurring dream 重複的夢	a walking dictionary 活字典
circulating assets 流動資產	dwindling hopes 逐漸消失的希望
existing circumstances 現狀	increasing demand 日益增長的需要
resounding cheers 響亮的歡呼聲	searing heat 灼熱
the ailing economy 病態的經濟	the bursting point 爆發點
the prevailing style 流行的款式	the reigning king 在位的國王
the ruling party 執政黨	

1.3.3 補語形容詞（Predicative Adjectives）

　　補語形容詞（或稱表語形容詞）通常只有敘述用法，在聯繫
動詞之後做補語，或做受詞補語，其中有些還可做名詞或代名詞
的後置修飾語，除在某種特殊場合，一般不可做名詞的前置修飾
語。

(一)有些形容詞一般只可做主詞補語，這類形容詞通常只有敘述用法，在聯繫動詞之後做表語，或做受詞補語，其中有些還可做名詞或代名詞的後置修飾語(post-modifiers)。

　　如 ablaze/afire/aflame(燃燒著的)，adrift/afloat(漂浮著的)，afraid(害怕的)，aghast(嚇呆的)，akin(類似的)，alike(相似的)，alive(活著的)，alone(孤單的)，ashamed(慚愧的)，asleep(睡著的)，averse(不願意的)，awake(醒著的)，content(滿足的)，drunk(醉的)，liable(易於……的)，lit(點燃的)，sick(生病的)，sunk(沉沒的)，sure(確定／肯定的)，unable(不能的)，well(健康的)。

　　1. 用作主詞補語。

◈ The whole building was soon **ablaze/afire/aflame**.
整棟建築很快就燃燒起來了。

◈ He got **sick** last week, but now he's **well** again.
他上禮拜生病，但是現在好了。

　　2. 用作受詞補語。

◈ The storm kept me **awake** all last night.
昨晚暴風雨使我一夜睡不著。

　　3. 做名詞或代名詞的後置修飾語。

◈ He was the only man left **alive**.
他是唯一倖存的人。

◈ She was **unable** to help me.
她無法幫我的忙。

(二)有些形容詞通常做補語，但須後接介詞片語。有些形容詞
　　在表示某種特定的意義時通常做補語，且須後接介詞片
　　語。

　　1. 有些形容詞通常做補語並常後接介詞 to，常見的有
　　　 attributable, attuned, averse, conducive, impervious, proportional,
　　　 proportionate 及 resistant 等。

　　◈ Is this painting **attributable to** Michelangelo?
　　　 這幅畫可以推論是米開朗基羅的嗎？

　　◈ He claims to be **impervious to** pain in his right foot.
　　　 他宣稱他右腳受不得一點疼痛。

　　◈ I'm not **averse to** a good meal.
　　　 我不反對一頓美食。

　　◈ These noisy conditions aren't particularly **conducive to**
　　　 working.
　　　 這嘈雜的環境實在不利於工作。

　　◈ Payment will be **proportional to** the amount of work
　　　 done.
　　　 酬金與工作量成比例。

　　◈ Both of them by and large are **resistant to** mediation.
　　　 總的來說，雙方都不願調解。

　　2. 有些形容詞在表示某種特定的意義時通常做表語，且常後
　　　 接介詞 to，常見的有 acceptable(可接受的)，accustomed(習
　　　 慣於……)，adjacent(與……相連接的)，agreeable(欣然
　　　 贊同的，適合的)，allergic(對……過敏的)，close(離……
　　　 近的)，devoted(忠愛……的)，equal(能勝任的)，

injurious（有害的），integral（不可缺少的），prone/subject（易於……的），related（與……有關的，與……有親緣的），resigned（認命的），similar（與……相似的），subservient（恭順的），susceptible（易受影響或損害的），unaccustomed（不習慣的或不適應的）等。

◇ She became **accustomed to** hard work.
　她慢慢習慣於艱苦的工作。

◇ She feels **equal to** the task.
　她認為能勝任那工作。

◇ The zebra is **related to** the horse.
　斑馬與馬有親緣關係。

◇ Wheat is **similar to** barley.
　小麥與大麥相似。

◇ Are you **subject to** colds?
　你易患感冒嗎？

◇ The poor man was **unaccustomed to** such luxury.
　這窮人對這種奢侈不習慣。

3. 有些形容詞通常做補語，並常後接介詞 of，常見的有 bereft, desirous, devoid, envious, heedless, mindful 等。

◇ The book is completely **bereft of** an index.
　此書完全沒有索引。

◇ He's **devoid of** common sense.
　他一點常識都沒有。

◇ I'm so **envious of** you getting an extra day's holiday.
　我真羨慕你得到一天額外的假期。

◈ He's always **heedless of** others' feelings.
他總是不留意他人的感覺。

◈ Be **mindful of** the needs of others.
要注意到別人的需要。

4. 有些形容詞在表示某種特定的意義時通常做表語，且常後
接介詞 of，常見的有 afraid(害怕)，ashamed(對……感到
羞恥)，aware(知道的)，capable(有……能力的；可以……
的)，characteristic(……所獨有的特徵)，fond(喜歡)，
full(充滿／擠滿……的)，incapable(不能／不會……的)，
indicative(表明／暗示)，jealous(妒忌)，reminiscent(像……
的；使人聯想起……的)，representative(有代表性的)，
weary(厭倦)等。

◈ I was not **aware of** his arrival.
我不知道他已經到了。

◈ She is **capable of** anything.
她什麼事都能勝任。

◈ It is **characteristic of** Milton.
這足以表示密爾頓的特徵。

◈ He's very **fond of** his dog.
他非常喜歡他的狗。

◈ Your future is **full of** hope.
你的前途大有希望。

◈ He's **incapable of** telling a lie.
他沒有說謊的能力。

◈ Is a large head always **indicative of** great mental pow-
ers?
大頭是否總是表示智慧高？

◈ They were **jealous of** one another.
他們互相嫉妒。

◈ His style is **reminiscent of** Picasso's.
他的藝術風格使人想起畢卡索的。

◈ Are your opinions **representative of** those of the other
members of the club?
你的意見是否代表了俱樂部其他會員的意見？

5. 有些形容詞通常做補語，並常後接 with，常見的有
acquainted, afflicted, content, conversant, frank 等。

◈ I'm **acquainted with** her.
我認識她。

◈ Are you **content with** your present job?
你對現在的工作滿意嗎？

◈ We ought to be **frank with** others.
我們應該對人坦率。

6. 有些形容詞在表示某種特定的意義時通常做補語，且常
後接介詞 with，常見的有 compatible(可相容／相容的)，
consistent(與……一致)，fraught(充滿的)，popular(為人們
所喜愛、歡迎的)，satisfied(對……滿意)等。

◈ Their interests are not **compatible with** ours.
他們的利益和我們的利益不能相容。

◈ This enterprise is **fraught with** danger.

這企業充滿危險。

◈ He's **popular with** the electorate.
他受選民們的歡迎。

◈ He's very **satisfied with** your work.
他對你的工作很滿意。

7. 有些形容詞做補語時，常後接其他介詞。

◈ He is **good at** math.
他擅長數學。

◈ We were **surprised at** the news.
我們聽到這消息很吃驚。

◈ She's **experienced in** looking after children.
她對照料孩子很有經驗。

◈ He's **interested in** rock music.
他對搖滾樂感興趣。

◈ She's terribly **absorbed in** her work on bacteriology.
她極為專心地鑽研細菌學。

◈ We are **anxious about** the result of his examination.
我們為他的考試結果而擔心。

◈ He is **happy about** his promotion.
他為他的晉升而高興。

◈ The whole world is **anxious for** peace.
全世界都渴望著和平。

◈ New Zealand is **famous for** its scenery.
紐西蘭以它的風景而聞名。

◈ You're **safe from** danger here.
你在這裡很安全，不會有危險。

◈ My plan is **different from** yours.
我的計畫和你的不同。

(三)有些形容詞做補語時常可後接不定詞或不定詞片語，以使
意義完整或更清晰。

1. 有些形容詞如 able, apt, bound, difficult, due, destined, easy,
fated, fit, fortunate, hard, inclined, liable, likely, lucky, unable,
unfortunate, worthy 等做補語時，常可後接不定詞或不定詞
片語，以使意義完整或更清晰。

◈ She's **able to** swim.
她會游泳。

◈ He's **bound to** come and see you.
他一定會來看你。

◈ His book is **due to** be published next month.
他的書預定下月出版。

◈ The math problem is **easy to** solve.
這數學題容易解。

◈ He was **destined/fated to** die in poverty.
他註定在貧困中死去。

◈ This water is not **fit to** drink.
這水不宜飲用。

◈ He's **inclined to** be lazy.
他愛偷懶。

◈ We're all **liable to** make mistakes when we're tired.
累的時候容易出差錯。

◈ You're **lucky/fortunate to** have such a good wife.
你真幸運有這麼好的妻子。

◈ I was **unfortunate** enough **to** lose my car.
我把汽車弄丟了真倒楣。

2. 在 afraid, amazed, angry, annoyed, anxious, ashamed, astonished, content, curious, delighted, desirous, determined, disappointed, dying, eager, frightened, glad, grieved, happy, hesitant, impatient, loath, pained, pleased, prepared, proud, ready, relieved, sad, shocked, sorry, stunned, surprised, unwilling, willing 等描述人的態度或情緒的形容詞，做補語時，常叫後接不定詞或不定詞片語，以使意義完整或更清晰。

◈ I'm **delighted/glad/happy/pleased to** see you.
我見到你很高興。

◈ I'm **anxious/dying/eager to** see her again.
我渴望再見到她。

◈ He seems **loath/unwilling to** leave here.
他似乎不願意離開這裡。

◈ I'm **prepared/ready/willing to** help her.
我樂於幫助她。

◈ The sons were **amazed/astonished/shocked/stunned/surprised to** learn that their father had survived.
兒子們聽到他們的父親活下來了，感到驚訝萬分。

◈ He was **afraid/frightened to** see her again.
他害怕再見到她。

◈ I'm **grieved to** hear such bad news.
聽到如此的壞消息我很傷心。

◈ We were **relieved to** hear that all of you were safe.
聽說你們全都平安無恙，我們如釋重負。

(四)有些表示知道、信念或情緒的形容詞，做補語時常可後接
由 that 引導的子句，以說明所意識到的事物及某種信念或
情緒產生的原因。

如 afraid, amazed, angry, annoyed, anxious, ashamed, astonished,
aware, careful, certain, conscious, delighted, desirous, determined,
disappointed, glad, happy, pleased, proud, sorry, sure, surprised,
unaware, upset, worried 等。

◈ I'm **aware/conscious** that very few jobs are available.
我知道工作職位非常少。

◈ I'm **certain/sure** that she will succeed.
我確信她會成功。

◈ I'm **astonished/surprised** that he suddenly died.
他突然去世我感到震驚。

◈ We're **desirous** that these initiatives will lead to further
exchanges.
我們希望這些積極的行動能促使進一步的交流。

◈ I'm **glad/happy/pleased** that you can come and see me.
我高興你能來看我。

1.3.4 有些形容詞不具有可構成比較級或最高級形式的特徵

（一）表示類別的形容詞，沒有比較級或最高級。

如 annual, atomic, chemical, economic, electric, female, financial, foreign, gold, human, national, natural, positive, private 等。

（二）表示強調或絕對的形容詞，沒有比較級或最高級。

如 absolute, complete, enough, entire, mere, only, outright, perfect, right, thorough, total, unique, utter, whole, wrong 等。

② 形容詞的種類

形容詞可分為：限定形容詞（restrictive adjectives）、屬性形容詞（qualitative adjectives）、類別形容詞（classifying adjectives）、兼類形容詞（concurrent class adjectives）、強調形容詞（emphasizing adjectives）及做後位限定詞的形容詞（adjectives used as post-determiners）。

2.1 限定形容詞（Restrictive Adjectives）

限定形容詞，多數是由代名詞轉化而來的形容詞，用以對所修飾的名詞的範圍、數量加以限定，包括指示形容詞（demonstrative adjectives）、不定形容詞（indefinite adjectives）、所有形容詞（possessive adjectives）、疑問形容詞（interrogative adjectives）、關係形容詞（relative adjectives）和數量形容詞（quantitative adjectives）。（有些文法學家把冠詞也列入限定形容詞。）

2.1.1 指示形容詞 (Demonstrative Adjectives)

指示形容詞是由指示代名詞轉化來的，用以指明一定的人或物的形容詞，包括 this, that, these, those, such 五個。(參看第3章 指示代名詞)

◈ **This** room is hers. **That** one is mine.
這房間是她的。那房間是我的。

◈ I haven't seen much of him **these** days.
最近這些日子我很少見到他。

◈ Who are **those** girls standing over there?
站在那邊的女孩們是誰？

◈ There are few **such** men.
這樣的人很少。

2.1.2 不定形容詞 (Indefinite Adjectives)

不定形容詞是由不定代名詞轉化來的，是不指明特定的人或物的形容詞，包括 all, another, any, both, each, either, enough, every, few, little, many, more, most, much, neither, no, one, other, several, some, a few, a little 等。此外，在非正式用法中，this, these 也可起不定形容詞的作用。

(參看第3章不定代名詞)

2.1.2.1 不定形容詞 one 的用法

(一)one 可表示「僅有；唯一」，在其前常和 any, no 或 the 連用，起強調作用。

◈ **No one** man can move it.
一個人誰也搬不動它。

◈ It's not restricted to **any one** rank or class.
它不限於任何一級或一類。

◈ That's **the one** thing I don't need.
這正是我所不需要的東西。

(二)one 可表示「某個」。

◈ **One** day you'll regret leaving her.
有朝一日你會後悔離開她的。

◈ At **one** time she didn't like him.
她有一度不喜歡他。

◈ **One** John Smith came to see you.
有個叫約翰‧史密斯的曾來看你。

2.1.2.2 不定形容詞 both 的用法

　　both 只可修飾複數名詞，其所修飾的名詞前如有所有形容詞，指示形容詞或定冠詞，both 須置於這些字的前面。

◈ I saw him holding pistols in **both** hands.
我看見他雙手都拿著手槍。

◈ **Both** his parents are teachers.
她的雙親都是教師。

2.1.2.3 不定形容詞 either, neither 的用法

(一)either, neither 皆只可修飾單數名詞。

◈ You may park on **either** side of the street.

這條街上兩邊都可以停車。

◈ You may sit on **either** side.
隨便坐哪一邊。

◈ We accepted **neither** offer.
兩個建議我們(哪一個)都沒有接受。

(二)either 表示「兩者中的任何一個；兩者中的隨便哪一個」時，所修飾的名詞做主語，須用單數動詞。

◈ **Either** book is very good.
(這兩本書)哪一本書都非常好。

◈ "Do you want to come on Friday or Saturday?" "**Either** day is fine."
「你想星期五還是星期六來？」「這兩天哪一天都行。」

◈ "Do you want an appointment at nine or ten?" "**Either** time is difficult."
「想約定在九點還是十點？」「這兩個時間我都有困難。」

(三)neither 表示「兩者中的任何一個都不」，只可修飾單數名詞。被 neither 修飾的名詞做主語時，須用單數動詞。

◈ **Neither** house is cheap.
(兩棟房子中)哪一棟房子都不便宜。

◈ **Neither** answer is correct.
兩個答案(哪一個)都不對。

◈ **Neither** house has been sold.
(兩棟房子中)哪一棟房子都沒有賣出去。

(四)either 可表示「兩者中的每一個;兩(邊／端)」,相當於 each 或 both,常和 side 或 end 連用。

◈ He sat in the car with a policeman <u>on **either** side</u> of him.
　他坐在汽車裡,兩邊各有一個員警。

◈ There's a staircase <u>at **either** end</u> of the corridor.
　走廊兩端都有樓梯。

◈ There is an armchair <u>at **either** end</u> of the long table.
　在那長桌的兩端各有一把扶手椅。

(五)either 和 neither 還可以修飾名詞所有格。

◈ I don't understand <u>either **scientist's**</u> research.
　兩個科學家的研究我都不了解。

◈ Tom and Mike go to the same school. **Neither** boy's teacher is very famous.
　湯姆和邁克在同一所學校讀書。他們的老師都不很有名。

(參看I第3章4.4 不定代名詞 either 及 neither 的用法 第 8 項)

2.1.2.4 不定形容詞 all 的用法

(一)all 在修飾複數名詞時,表示「全部;所有;一切」。

◈ **All** dogs are animals, but not **all** animals are dogs.
　所有的狗都是動物,但並非所有的動物都是狗。

◈ **All** men are created equal.
　人生來是平等的。

(二)all 修飾不可數名詞時指量,表示「全部;所有;一切」。

◈ **All** the mail must be answered.

這批信件全都得回覆。

◈ It's beyond **all** doubt.
那是毫無疑問的。

(三)all 修飾單數可數名詞或專有名詞時，表示「全部的；整個的」，修飾表示時間的單數可數名詞時，all 之後常可省略 the 或不用 the，並常不用介詞 at, in 或 on。

◈ **All** Britain lies between the 49th and the 62nd parallels of latitude.
整個英國位於 49 度至 62 度緯線之間。

◈ He worked hard **all** year.
他整年辛勤工作勞動。

◈ He runs an **all**-night shop.
他經營一家通宵商店。

(四)all 須置於指示形容詞、定冠詞、數詞和所有形容詞之前。

◈ **All such** children should be taken good care of.
所有這樣的孩子都應該受到良好的照顧。

◈ **All three** thieves must be punished.
三個小偷都應受懲罰。

◈ **All the** hall is quiet.
整個大廳都很安靜。

◈ **All those** students come from Japan.
那些學生都是日本人。

◈ **All her** life was spent in the country.
她一生全是在農村度過的。

2.1.2.5 不定形容詞 each 和 every 的用法

　　不定形容詞 each 和 every 只可修飾單數名詞，所修飾的名詞做主詞時，只可用單數動詞。

（一）不定形容詞，each 表示「每一個；各自的」，指整體中的每個個體的，用於修飾兩個或兩個以上的人或物。

◈ **Each** man has his duty.
　　每個人都有他自己的職責。

◈ Tom came in with a watermelon in **each** hand.
　　湯姆進來了，雙手各拿一個西瓜。

◈ **Each** side of the square is ten centimeters long.
　　這個正方形的每邊邊長是10公分。

（二）every 只可做不定形容詞，表示「每一個」，含有「逐指每個，而概括全體」的意思，相當於 each 和 all 較 all 語氣更強，用於修飾三個或更多的人和物。

◈ **Every** minute counts.
　　每分鐘都是重要的。

◈ **Every** woman here does her own cooking.
　　（＝All the women here do their own cooking.）
　　這裡的婦女都自己做飯。

◈ **Every** child knows it.（＝All children know it.）
　　所有的孩子都知道。

(三)有時 each 和 every 在含義上沒有區別，常可互換，二者甚至可交換使用以避免重複，但 every 可被前置修飾，而 each 不可。

◈ He went to see her **every/each** afternoon.
他每天下午去看她。

◈ I run five miles **each/every** morning.
我每天早上跑五英里。

◈ <u>Almost **every**</u> person knows him.
幾乎每個人都知道他。(不可寫 Almost each)

◈ <u>Not **every**</u> man can be a poet.
並非所有的人都能成為詩人。(不可寫 Not each)

2.1.2.6 不定形容詞 some 和 any 的用法

一般情況下 some 用於肯定敘述句，而 any 則用於否定敘述句、疑問句或條件子句。

(一)some 和 any 修飾不可數名詞時，可表示一定的量；修飾複數可數名詞時，表示一定個數。

◈ I'd like **some** ice cream.
我要些冰淇淋。

◈ **Some** mail came for you this morning.
今天上午有你的郵件。

◈ You'd better get **some** exercise.
你最好作些運動。

◈ Do you have **any** work to do?
你有什麼要做的工作嗎？

◈ Do you know **any** French?
你會法語嗎？

◈ **Some** children learn languages easily.
有些孩子學習語言容易。

◈ I wonder whether there are **any** roses in his garden now.
我不知道在他的花園裡是否還有玫瑰花。

(二)some 修飾單數可數名詞時表示「一個不明確的人或事物；
某一個」。

◈ **Some** fool has given him a lot of money.
不知道哪個傻瓜給了他很多錢。

◈ **Some** girl at the door is waiting for you.
在門口有個女孩在等你。

◈ I hope to see her again **someday**.
我希望有朝一日再見到她。

(三)any 修飾單數可數名詞時表示「任何一個的」。

◈ **Any** fool could tell you that.
連傻瓜都知道。

◈ Call me **anytime** tonight.
今晚任何時候打電話給我都可以。

◈ **Any** color will do.
什麼顏色都可以。

(四)在下列情況下，some 也可用在疑問句或條件子句：

　　1. 在對所問的內容有所了解，預期得到肯定的回答時，some
　　　可用於疑問句。尤其多用於否定疑問句。

◈ Is there **some** paper there?
那裡還有紙嗎？

◈ Is there **some** mail for me?
有我的郵件嗎？

◈ Didn't you send your mother **some** money?
難道你沒給你母親寄錢嗎？

◈ Why didn't you buy her **some** food?
你為什麼沒有給她買點吃的？

2. 用於請求時，some 可用於疑問句。

◈ Will you get me **some** water?
給我拿些水來好嗎？

◈ Can I have **some** beer?
我可以喝點啤酒嗎？

◈ Will you lend me **some** money?
你願意借我一些錢嗎？

3. 用於邀請或建議時，可用於疑問句。

◈ Won't you have **some** tea?
要不要喝些茶？

◈ Why don't you send her **some** flowers?
你為什麼不寄給她一些花？

2.1.2.7 不定形容詞 no 的用法

（一）表示「沒有；無；沒有任何」等意思，相當於 not any 或 not a。

◈ The poor man has **no** parents, **no** wife, **no** money and **no** job.

這可憐的人沒父母、沒妻子、沒錢，也沒工作。

◈ **No** customer has dared to come to the store since the bomb exploded.

炸彈爆炸後沒人敢再到這家商店來。

◈ **No** words can express my grief.

我的悲傷無法用言語來表達。

◈ The old man usually wears **no** hat.

那老頭通常不帶帽子。

(二)表示「並非」，近似 not a，但語氣較強，用以表示與所說的事物截然相反。

◈ She is **no** chicken.

她可不是膽小鬼。

◈ He is **no** ordinary man.

他可不是凡人。

◈ He is **no** fool.

他可不是傻瓜。

2.1.2.8 不定形容詞 many, much,(a)few,(a)little 的用法

(一)many 表示「很多；許多」；few 表示「很少」，含有「幾乎沒有」的否定的意味；a few 表示「幾個」。many, few 和 a few 皆只可修飾複數可數名詞，其所修飾的名詞做主詞時，用複數動詞。

◈ Though Mr. Green has lived here **many** years, **few** people know him.

雖然格林先生住在這裡很多年了，卻很少人認識他。

◈ I don't have **many** friends here.
我在這裡沒有很多朋友。

◈ **Many** hands make light work.
幫手越多，工作就越輕鬆。

◈ There are too **many** people in the hall.
大廳裡的人太多了。

◈ Only **a few** students were able to solve the problem.
當時只有幾個學生能夠解這個問題。

(二)much表示「許多；多；大量的」；little 表示「少量的；不多的」，含有「幾乎沒有」的否定的意味；a little 表示「少量；一點；一些；稍許」等。much, little 和 a little 皆只可修飾不可數名詞，其所修飾的名詞做主詞時，用單數動詞。

◈ He doesn't have **much** money.
他沒有很多錢。

◈ How **much** money do you have?
你有多少錢？

◈ There's never very **much** news on Sundays.
星期天總是沒有多少新聞。

◈ There is not **much** hope.
沒有多大希望。

◈ **Much** food was wasted.
大量的食物被浪費了。

◈ He has **little** interest in that.
他對那事沒有什麼興趣。

◈ There is still **a little** time left.
還剩有一點時間。

(三)little 和 a little 的否定式 no little, not a little 表示和 little 截然
相反的意思,意指「很多;大量的」,相當於 very much, a
great deal of。

◈ There has been **no little** controversy over the problem.
這個問題歧見很多。

◈ It has given me **not a little** trouble.
這給了我不少麻煩。

2.1.2.9 不定形容詞 more 和 most 的用法

(一)more 作 many 或 much 的比較級,指數、量、程度等方面
的「更多的;較多的;較好的;更大的」。

◈ He needs **more** books.
他需要更多的書。

◈ There was **more** smoke than fire.
煙多火小。

◈ He made **more** progress than the others.
他比別人進步得快。

◈ I'll spend **more** time doing research.
我將把更多的時間用於研究工作。

◈ He went abroad to gain **more** experience.
他出國以獲取更多的經驗。

◈ **More and more** people grew ill.
越來越多的人生病了。

（二）most 作 many 或 much 的最高級時，表示「最；最多；最大」。

◈ She is the **most** amiable girl I know.
她是我所認識的最可愛的女孩。

◈ You made the **most** mistakes.
你出的錯最多。

◈ I think he'll get the **most** votes.
我看他將獲得最多的選票。

◈ Which is (the)**most**, three, thirteen, or thirty?
哪個數目最大：三、十三、還是三十？

（三）most 還可表示「大部分；大多數；大概的」。

◈ **Most** people are aware of the fact.
大多數人明白這件事。

◈ **Most** English nouns form their plural by adding "s".
大多數英文名詞是在字尾加 -s，構成它們的複數。

◈ **Most** exercise is beneficial.
大部分運動是有益的。

2.1.2.10 不定形容詞 other 和 another 的用法

（一）other 可表示「別的；另外的；其他的」。可直接修飾指人或物的單數或複數名詞，但在更多的情況下在其前面接表量的不定形容詞、數詞，或接定冠詞 the，指示形容詞、所有形容詞等。

◈ There are **other** ways of doing this exercise.
做此練習還有些別的方法。

◈ She has received **other** gifts besides flowers.
除鮮花外她還收到其他禮物。

◈ **Other** people think otherwise.
別人不這麼認為。

◈ Do you have **any other** questions?
你還有別的問題嗎？

◈ I'll visit you **some other** day.
改天我再去拜訪你。

◈ There is **no other** way to do it.
做此事別無它法。

◈ You may continue writing on **the other** side of the paper.
你可以在紙的背面繼續寫。

◈ He has been to London, Paris, Rome, Tokyo, Hong Kong, Cairo and **many other** big cities.
他去過倫敦、巴黎、羅馬、東京、香港、開羅和許多其他大城市。

◈ She goes to see her child **every other** day.
她每隔一天去看她的孩子。

◈ I saw her at the cinema **the other** day.
前些日子我在電影院見到她。

◈ How do you like **that other** color?
你覺得那個另外的顏色怎麼樣？

◈ Those pants are dirty—you'd better wear **your other** pair.
那條褲子髒了，你最好穿另一條。

(二)another 表示「另一；別的；再……；又……；類似的」。

◈ Won't you have **another** cup of coffee?
你要不要再喝一杯咖啡？

◈ The meeting will last **another** two days.
會議將再持續開兩天。

◈ That is quite **another** affair.
那完全是另一回事。

◈ He has **another** wife.
他另有一個妻子。

◈ Will he become **another** Einstein?
他會成為另一個愛因斯坦嗎？

2.1.2.11 不定形容詞 enough 的用法

表示「充足的；足夠的；很多的」，可修飾可數名詞或不可數名詞。

◈ I've had **enough** food.
我已吃了足夠的食物(我吃飽了)。

◈ Do you have **enough** time to do this?
你有足夠的時間做此事嗎？

◈ We still have **enough** money.
我們還有足夠的錢。

◈ I've bought **enough** sandwiches for lunch.
我已買了足夠的供午飯用的三明治。

2.1.2.12 不定形容詞 several 的用法

several 表示「若干；幾個；數個」，指超過兩個而不是很多。

◈ He has written **several** books about phonetics.
他寫過幾本關於語音的書。

◈ I have already warned you **several** times.
我已警告過你好幾次了。

◈ He's stayed in Taipei for **several** weeks.
他已在臺北待了幾個星期了。

2.1.2.13 this 或 these 相當於不定形容詞的用法

在非正式的用法中，this 和 these 在敘述故事中的人或物可表示「某(個)」，相當於不定形容詞的用法。

◈ There was **this** peculiar man silling opposite me on the train.
在火車上有個奇特的男人坐在我的對面。

◈ There were **these** two Irishmen called Pat and Mike waiting for you.
(當時)有兩個名叫派特和邁克的愛爾蘭人在等候你。

◈ I came here by chance and was just watching what was going on, when **this** girl attacked me.
我無意中來到這裡，正在看發生了什麼事的時候，一個女孩突然襲擊了我。

2.1.3 所有形容詞 (Possessive Adjectives)

　　所有形容詞(或稱代名形容詞)包括 my, his, her, its, our, your, their 等，只能做名詞或名詞等同語的前置修飾語，離開所修飾的名詞或名詞等同語在句中不可以單獨存在。所有形容詞的用法有以下幾個：

(一)表示所屬關係，即表示某人或某動物所有的人或物。

◈ This is **my** watch.
這是我的手錶。

◈ May I use **your** pen?
我可以用你的筆嗎？

◈ Mr. Wilson is **his** father.
威爾遜先生是他的父親。

◈ Please pass Miss Wu **her** passport.
請把吳小姐的護照遞給她。

◈ Look at that parrot—**its** feathers are so colorful.
看這鸚鵡──牠的羽毛好多顏色。

◈ My mother is **their** physics teacher.
我母親是他們的物理老師。

(二)用於表示動作的名詞前，表明動作的實施者。

◈ I believe **her** statement.
我相信她的話。

◈ We've received **his** application.
我們已收到了他的申請。

◈ They say the ghost makes **its** appearance at night.
據說鬼在夜晚出現。

◈ **His** decision on the case is fair.
他對此案的判決是公正的。

◈ I owe him **my** success.
我的成功得力於他。

(三)用於表示動作的名詞前，表明動作的承受者。

◈ After **his** release from prison he came home.
在從監獄釋放後，他回家了。

◈ That man has been blind since the day of **his** birth.
這個人一出生就是盲人。

◈ I'll pay for **her** education.
我將替她付學費。

◈ She wishes to see him once more before **his** execution.
她希望在他被處以死刑前再見他一次。

(四)表示所修飾的事物的來源，即指某事物為某人所創作、製作或造成的。

◈ This is **his** new novel.
這是他的新小說。

◈ **His** letter is offensive.
他的信言詞無禮。

◈ What do you think of **his** plan?
你認為他的計畫怎麼樣？

◈ We like both **your** poems and **your** paintings very much.

我們對你的詩和畫都非常喜歡。

(五)用於表示某人或某動物身體某部位的名詞前，所有形容詞常不譯出。

◈ She opened **her eyes** and looked at me.
她睜開眼睛看著我。

◈ He struck me with **his hand**.
他用手打我。

◈ We hear with **our ears**.
人們用耳聽。

◈ The bird spread **its wings**.
那鳥兒展開了翅膀。

(六)用於指代不定代名詞。在性別未確定時，單數不定代名詞用 his, his or her 或用 their 指代。用 their 指代時常有爭議，一般傾向於將主詞改為複數的代名詞或名詞。

◈ **Everyone** who agrees should raise **his** hand.
Those who agree should raise **their** hands.
同意的人請舉手。

◈ **Everyone** has done **his** best.
Everyone has done **his or her** best.
Everyone has done **their** best.（非正式）
All of us have done **our** best.
大家都盡力了。

◈ **One** should choose **his** friends carefully.
You should choose **your** friends carefully.
人人擇友應謹慎。

◈ **Every** student must hand in **his** homework today.
All students must hand in **their** homework today.
學生今天都必須交作業。

(七)所有形容詞和 own 連用，這種結構可稱為複合人稱代名詞
的所有格。不定複合人稱代名詞的所有格是 one's own。

◈ This is **her own** house.
這是她自己的房子。

◈ She has a house of **her own**.
她自己有一棟房子。

◈ Don't you have any money of **your own**?
難道你自己沒有錢嗎？

◈ I can't write **my own** name.
我連我自己的名字都不會寫。

◈ She lives on **her own**. (＝She lives alone.)
她一個人單獨生活。

◈ Before long, she could drive a car on **her own**.
(＝Before long, she can drive a car with no help from oth-
ers.)
不久她就能自己開車了。

◈ After years of trying, she finally came into **her own**. (＝
After years of trying, she finally received the respect that
she deserved.)
經過多年的努力，她終於得到了應有的名望。

◈ He couldn't build up his business, but he held **his own**.
(＝He kept his business from getting smaller, although he

couldn't expand it.）
他無法擴充他的事業，卻能維持原狀。

◈ I bought the computer on **my own** account.
（＝I bought the computer for **my own** use.）
我買這電腦給自己用。

◈ He mentioned it of **his own** accord/ of **his own** free will.
他自願說及它的。

◈ The idiom "come into **one's own**" means receiving the recognition, fame, credit, etc. that one deserves.
"come into one's own"這個成語意思是「獲得應有的承認、名聲和榮譽等」。

（八）所有形容詞用於修飾動名詞，表示動名詞的意義上的主詞（sense subject）。

◈ To them, **his** going abroad was a great event.
在他們看來，他出國是件大事。

◈ Do you mind **my** opening the windows?
我打開窗戶行嗎？

◈ I can't understand **your** thinking like that.
我不能理解你這種想法。

◈ She insisted on **my** staying there for supper.
她一定要我留在那裡吃晚飯。

（九）有的所有形容詞可和某些名詞一起做感歎詞或單獨做感歎詞，表示驚訝、喜悅、不以為然等情緒。

◈ **My God**, I've never seen you so nervous!
哎呀，我從來沒有見過你這樣神經緊張！

◈ **My goodness**, Tim, you have changed!
天啊，提姆，你變了！

◈ "I'll be ready very soon." "Ready, **my foot**! You're still not dressed."
「我馬上就準備好了。」「別瞎說了！你連衣服都還沒穿呢。」

◈ **Oh**, **my**! What a joke!
噢，哎呀！好好笑的笑話！

◈ **My**! How pleasant to see you!
哎！見到你真高興！

◈ **My**, what a big house this is!
吐，好大的房子啊！

2.1.4 疑問形容詞（Interrogative Adjectives）

疑問形容詞包括 what, which 和 whose 在句子中只可做名詞前置修飾語。

（一）what 表示「什麼；怎麼樣的；何種程度的」，用以詢問在非限定範圍內的某人或事物。

◈ **What** color is your bookbag?
你的書包是什麼顏色的？

◈ **What** time is it?
什麼時候了？

◈ **What** girl are you thinking of?
你想的是哪個女孩？

◈ Guess **what** famous person said this?
猜猜哪個名人說過這句話？

◈ **What** drink will you have, tea or coffee?
你喝什麼飲料，茶還是咖啡？

（有時有限定範圍的疑問句也可用 what 引導，因說話者開始問話時未想到在限定範圍內選擇。）

(二)which 可表示「哪一個；哪些」，只可做名詞或代名詞的修飾語，用以詢問在限定範圍內的某人或事物。

◈ **Which** hat do you want, the blue one or the black one?
你要哪一頂帽子，藍色的還是黑色的？

◈ **Which** way is quicker, by car or by train?
怎麼去更快，坐汽車還是坐火車？

◈ **Which** man is the suspect?
哪個人是那個嫌疑犯？

◈ **Which** languages did you study in college?
你上大學時學了哪些語言？

(三)whose 表示「誰的」。

◈ **Whose** car is this?
這是誰的汽車？

◈ **Whose** children are these?
這些是誰的孩子？

◈ **Whose** horse runs the fastest?
誰的馬跑得最快？

◈ **Whose** money did the thief steal?
那小偷偷了誰的錢？

2.1.5 關係形容詞（Relative Adjectives）

關係形容詞是由關係代名詞轉化而來的，包括 which, whose, what, whichever, whatever 以及 whoever 只可做名詞前置修飾語。

2.1.5.1 簡單關係形容詞（Simple Relative Adjectives）

簡單關係形容詞包括 which 和 whose 可用以引導形容詞子句。

（一）簡單關係形容詞 which 表示「那；那些」，修飾前面所提到事物的相關情況。

◈ My father may have to go to the hospital, **in which case** he won't be going on vacation.
我父親或許得住院了，在這樣情況下他將不會去度假了。

◈ He spent four years in Shanghai, **during which time** he learned Chinese.
他在上海度過了四年，在那個時期他學了中文。

◈ He comes from Australia, **a country to which** I'd love to travel someday.
他來自澳大利亞，一個有朝一日我想去旅行的國家。

（二）簡單關係形容詞 whose 只可引導形容詞子句，表示前面所提到的「某人的」。此外 whose 還可以指代非人稱的先行詞，表示「它的；它們的」，修飾前面所提到的某事物相關的事物。這在正式的和非正式的英文中早已應用很久，但有些以英文為本族語言的人認為不妥，主張改變句構以避免這種情況。

◈ The boy **whose** photo I showed you yesterday drowned this morning.
昨天我給你看過照片的那個孩子，今天早晨淹死了。

◈ He was a man **whose** conduct was beyond reproach.
他是一個行為無可指責的人。

◈ The house **whose** windows are broken is unoccupied.
（＝The house **with** the broken windows is unoccupied.）
那棟窗戶破碎的房子沒有人住。

◈ Hand me that book **whose** cover is frayed.
（＝Hand me that book **with** the frayed cover.）
遞給我那本磨破了書皮的書。

2.1.5.2 複合關係形容詞（Compound Relative Adjectives）

複合關係形容詞包括 what, whatever 及 whichever。

（一）複合關係形容詞 what 可引導名詞子句。相當於 the... that, 表示「所有的」。

◈ The rescue ship came back with **what** survivors had been found.
援救船載著找到的倖存者回來了。

◈ **What** money I have will be yours when I die.
我一死，我所有的錢就都給你。

◈ **What** few friends I have here have been very kind to me.
我在這裡僅有的幾個朋友一直對我很好。

◈ **What** little he said on the subject was full of wisdom.
他就該問題所說的幾句話充滿了智慧。

◈ **What** time we had was spent on fruitless errands.
我們把時間都花在徒勞的差事上了。

(二)複合關係形容詞 whatever 可引導名詞子句或副詞子句。

1. whatever 表示「任何的」，用以引導名詞子句。

◈ I'm so hungry, I'll eat **whatever** food you can find.
我餓壞了，你能找到什麼食物我就吃什麼。

◈ You may take **whatever** toys you please.
你可以任意拿你喜歡的玩具。

2. whatever 表示「無論什麼；不管什麼」，用以引導副詞子句。

◈ Well, we're safe at home, **whatever** the weather may bring.
好啦，不管天氣會變怎樣，我們安全的在家裡了。

◈ **Whatever** nonsense the newspaper prints, some people always believe it.
不管報紙上胡說什麼，都有人相信。

(三)複合關係形容詞 whichever 可引導名詞子句或副詞子句。

1. whichever 表示「任何一個」，用以引導名詞子句。

◈ You can buy **whichever** socks you like—I don't care.
你可以買任何你想要的襪子，我沒意見。

◈ Go ahead and take a seat at **whichever** table you'd like.
看你喜歡坐哪一桌，就坐那一桌。

2. whichever 表示「無論哪個」，用以引導副詞子句。

◈ **Whichever** car you choose, you will be satisfied.
無論你選哪一輛汽車，你都會滿意的。

◈ **Whichever** plan you adopt, you will encounter difficulties.
無論採用哪一個計畫,你都會遭遇困難。

2.2 屬性形容詞(Qualitative Adjectives)

屬性形容詞是描述人的品質、素質、性格、生理或心理的內在的或外觀的狀態或事物性質、狀態的形容詞,一般有不同程度的區別,可被 very, rather 等前置修飾語修飾,並有比較級和最高級。屬性形容詞一般具有形容詞的一般特徵。屬性形容詞包括:

(一)描述有關時空概念的形容詞。

如 early, late, young, old, new, large, huge, great, big, vast, small, little, tiny, far, near, close, deep, shallow, short, long, tall, high, low, broad, wide, narrow, quick, fast, slow 等。

◈ He's **young** in years, but **old** in experience.
他年輕但老練。

◈ My room is twenty feet **long** and twelve feet **wide**.
我的房間 20 英尺長、12 英尺寬。

(二)描述有關人或事物性狀的形容詞。

如 fat, skinny, thin, thick, funny, dull, clean, dirty, weak, feeble, strong, healthy, sick, ill, painful, comfortable, easy, difficult, hard, soft, cold, hot, cool, warm, dry, wet, cheap, expensive, heavy, light, dark, bright, loose, tight, poor, rich, obvious, obscure, complex, simple, famous, special, strange, curious, distinctive, significant, rare, odd, serious, important, familiar, popular, successful, typical, common, energetic, tired, violent, wild, mild, busy, free, plain, flat, rough, safe, dangerous, ugly, pretty, beautiful, useful, vain, fresh, rotten, noisy, quiet, calm, sweet, sour, bitter, different, powerful, powerless, lovely, hateful, wealthy 等。

◈ It's neither **cold** nor **hot** there.
　那裡不冷不熱。

◈ She's determined to marry him, whether he's **rich** or **poor**.
　無論他是窮是富，她決心嫁給他。

（三）表示人的品質、素質、性格的形容詞。

如 able, active, bad, brave, capable, careful, careless, clever, cowardly, cruel, determined, dull, fair, faithful, fine, firm, foolish, frank, friendly, generous, good, greedy, honest, jealous, kind, mean, mild, modest, noble, polite, proud, reasonable, rude, sensible, sharp, silly, smart, steady, stingy, stupid, tender, wise 等。

◈ He's **clever** and **capable**, but also **cruel**, **greedy**, **jealous** and **proud**.
　他聰明、能幹，但是殘酷、貪婪、好忌妒、驕傲。

◈ I have a **friendly** neighbor. She's **fair**, **generous**, **honest** and **reasonable**.
　我有個友好的鄰居。她公正、慷慨、誠實而通情達理。

（四）用於描述人的心理狀態的形容詞，包括以下幾類：

1. 由及物動詞＋ -ing 構成的，用以描述某事物對人產生某種影響的，含有主動意義表示與動詞常見的意義相近的形容詞，如 absorbing, affecting, alarming, alluring, amazing, amusing, annoying, appalling, astonishing, astounding,

bewildering, boring, challenging, charming, compelling, confusing, convincing, depressing, devastating, disappointing, disgusting, distracting, distressing, disturbing, embarrassing, enchanting, encouraging, entertaining, exciting, frightening, harassing, humiliating, infuriating, inspiring, interesting, intimidating, intriguing, menacing, misleading, moving, pleasing, refreshing, relaxing, rewarding, satisfying, shocking, sickening, startling, surprising, tempting, terrifying, threatening, thrilling, tiring, touching, welcoming, worrying 等。

◇ It's really an **absorbing** film.
那的確是一部引人入勝的電影。

◇ The weather this spring has been **disappointing**.
今年春天的天氣一直令人掃興。

2. 由及物動詞＋ -ing 構成的，用以描述某事物對人產生某種影響，含有主動意義的表示與動詞常見的意義不一定有聯繫的形容詞，如 becoming, bracing, cutting, dashing, disarming, engaging, fetching, halting, penetrating, piercing, pressing, promising, rambling, ravishing, retiring, revolting, searching, taxing, trying。

a becoming hairstyle 合適的髮型	a dashing hat 很帥的帽子
a halting reply 吞吞吐吐的回答	a penetrating insight 透徹的洞察
a piercing chill 刺骨的寒冷	a pressing engagement 急迫的約會
a promising sign 很好的跡象	a rambling speech 囉唆的演講

a ravishing view 醉人的景色	a retiring personality 好靜的個性
a taxing job 費勁的工作	a trying task 惱人的任務
an engaging speaker 使聽眾注意聽的演講者	cutting remarks 尖酸刻薄的話

3. 由及物動詞＋-ed 構成的，含有被動意義的用以描述受影響的人的情緒、表情或舉止的形容詞，如 absorbed, affected, agitated, animated, alarmed, amazed, amused, annoyed, appalled, astonished, astounded, attached, bored, concerned, confused, contented, convinced, dejected, delighted, depressed, deprived, determined, disappointed, discouraged, disgusted, disillusioned, disposed, distressed, disturbed, embarrassed, excited, frightened, guarded, inclined, inhibited, interested, mixed, pleased, preoccupied puzzled, satisfied, shocked, strained, surprised, terrified, tired, touched, worried 等。

◈ A **contented** person is happy with what he has.
知足的人欣喜於他所擁有的。

◈ I was **surprised** at his tone.
他的語氣使我驚訝。

◈ I'm not **disposed** to meet him.
我不打算見他。

◈ **Worried** relatives waited at the airport.
焦急的親屬們在機場等著。

4. 其他描述人的心理狀態的形容詞，如 agreeable, angry, anxious, cheerful, contrite, delightful, furious, happy, irate,

joyful, joyous, mournful, nervous, patient, pleasant, sad, sorrowful, sorry, wrathful 等。

◈ The music is very **agreeable** to the ear.
這音樂很悅耳。

◈ He was **discouraged** in his undertaking.
他對他的事業頗為失意。

(五)用於描述人或物顏色的形容詞，稱為顏色形容詞。

如 azure, apricot, black, blue, bronze, brown, carmine, cream, florid, gold, golden, gray/grey, green, orange, pale, pink, purple, red, scarlet, silvery, violet, white, yellow 等。

1. 表示顏色的深淺，多在顏色形容詞前用形容詞 bright, light, pale, deep 或 dark 修飾，但 black, white 不可被這些字修飾，因黑白無深淺之分。

◈ bright 表示鮮豔、鮮明的，如：
bright blue 寶藍色的，bright red 鮮紅的，bright green 翠綠的，bright yellow 鮮黃的。

◈ light/pale 表示淺的、淡的，如：
light/pale blue 淺／淡藍的，light green 淺／淡綠色的，light gray 淡灰的，light brown 淺棕色的。

◈ dark/deep 表示深的，如：
dark/deep blue 深藍的，dark/deep green 墨／深綠的，deep/dark gray 深灰的，deep red/ crimson 深紅的，deep yellow 深黃的，dark brown 深棕色的。

2. black, blue, brown, gold, golden, gray/grey, green, red, white, yellow 都有比較級和最高級，有時可用它們的比較等級來

表示各個顏色的純度。

3. 少數顏色形容詞可加字尾 -ish 或 -y，表示近似或略帶該顏色，並可和其他顏色混合使用，使所要描述的顏色更加確切。

a bluish gray hat 一頂藍灰色的帽子

a greenish-gray shirt 蟹青色的襯衫

a greenish-yellow tinge 黃中透綠的色彩

a greeny blue dress 藍中透綠的衣服

bluish 呈青色的；淺藍色的

brownish/browny 呈褐色的；近棕色的

grayish/greyish 略呈灰色的；淺灰的

greenish 淺綠的

yellowish/yellowy 微黃的；發黃的

2.3 類別形容詞(Classifying Adjectives)

類別形容詞是用以指明人或事物所屬類別的形容詞，沒有不同程度的區別，因而沒有比較級和最高級，一般不可被 very, rather 等副詞修飾，但如說話者對所述十分肯定，類別形容詞可被 absolutely, completely, entirely 等作次前置修飾語的副詞修飾。大千世界中事物的類別極多，無法囊括，現擇一部分較常用的類別形容詞舉例如下：

（一）物質形容詞(Material Adjectives)：

如 diamond, gold, silver, copper, tin, lead, oxygen, iron, wooden, woolen, carbonic, mercuric, sulfuric, silvery, rainy, sunny, cloudy, snowy, windy, foggy, stormy 等。

a diamond necklace 鑽石項鍊	a gold medal 金牌
a rainy day 雨天	carbonic acid 碳酸
mercuric oxide 氧化汞	oxygen masks 氧氣罩
woolen blankets 毛毯	

(二)專有形容詞(Proper Adjectives)：

　　指表示國籍、地域及源於人名的形容詞，如：Chinese, Japanese, Portuguese, Swiss, African, American, Asian, Australian, Belgian, Greek, Arabic, Arab, European, Indian, German, Russian, Spanish, English, French, Jeffersonian, Shakespearian, Victorian 等。

◈ I love **Shakespearean** sonnets.
　 我喜歡莎士比亞的十四行詩。

◈ They are playing an **American** song.
　 他們正在播放一首美國歌曲。

◈ Iraq is an **Arab** country.
　 伊拉克是阿拉伯國家。

(三)表示位置的形容詞：

　　如 back, front, middle, central, left, right, indoor, outdoor, inner, outer, east, eastern, west, western, south, southern, north, northern, polar, tropical, bottom, upper, urban, rural, subterranean, local, civil, domestic, foreign, international, abdominal, nasal 等。

a local doctor 當地的醫生	a western film 西部片

an abdominal procedure 腹部手術	foreign languages 外國語言
her middle finger 她的中指	indoor activities 室內活動
the back door 後門	the bottom floor 最底一層樓
the national news 國內新聞	urban areas 市區

（四）表示定期、週期的形容詞：

如 regular, periodic, daily, weekly, monthly, yearly 及 annual 等。

a daily routine 日常工作	a monthly meeting 每月一次的例會
a regular holiday 例假日	an annual conference 年度會議
the periodic table [化]元素週期表	weekly payments 每星期支付的款項

（五）表示形態及聚集態的形容詞：

如 linear, plane, cubic, round, oval, square, rectangular, triangular, spherical, cylindrical, solid, liquid, gaseous, molecular, atomic, nuclear, electronic等。

a cylindrical container 圓桶	a plane surface 平面
a round table 圓桌	an electronic calculator 電子計算器
an oval mirror 橢圓形的鏡子	atomic energy 原子能
nuclear power 核動力	solid fuel 固體燃料

（六）表示社會、政治、軍事、經濟、文化、宗教等領域的形容詞：

如 agricultural, economic, commercial, diplomatic, financial, industrial, cultural, political, military, educational, social, scientific, religious, Christian, Catholic, Muslim, Buddhist 等。

agricultural machinery 農業機械	a military academy 軍事學校
a Muslim country 信仰穆斯林教的國家	a religious service 宗教儀式
a scientific discovery 科學發現	an economic crisis 經濟危機
his financial policy 他的財政政策	social problems 社會問題

(七)表示學科的形容詞：

如 algebraic, artistic, bacteriological, botanical, biological, chemical, geographical, geological, geometric(al), historical, mathematical, linguistic, medical, musical, philosophic(al), phonetic, physical, physiological, sociological, trigonometric, zoological 等。

a botanical garden 植物園	a chemical reaction 化學反應
chemical weapons 化學武器	geographical features 地理特徵
historical records 歷史記載	medical instruments 醫療器械
musical talent 音樂天才	phonetic symbols 音標

(八)由不及物動詞轉變來的以 -ing 結尾的，表示事物持續過程
    或狀態的形容詞：

如 acting, ailing, bleeding, bursting, circulating, decreasing, driving, dwindling, dying, existing, falling, floating, going, increasing, leading, living, missing, prevailing, recurring, reigning, remaining, resounding, ruling, running, walking 等。

a living hope 現存的希望	a resounding crack 響亮的爆裂聲
a walking dictionary 活字典	dwindling profits 逐漸降低的利潤

floating population 流動人口	the acting premier 代理總理
the going rate 現行匯率	the leading topics 主要話題
the prevailing tendency 主要傾向	

(九) 由以 -ed 結尾或不規則動詞的過去分詞轉變來的，與相應動詞的最常見意義相似的形容詞：

如 abandoned, armed, blocked, boiled, broken, canned, classified, closed, concentrated, condemned, cooked, divided, drawn, dried, established, fixed, furnished, haunted, hidden, improved, infected, integrated, known, licensed, loaded, paid, painted, processed, reduced, trained, united 等。

a boiled egg 水煮蛋	a broken home 破裂的家庭
a closed society 封閉的社會	a drawn sword 出鞘的劍
a furnished house 備有家具的房子	a haunted house 鬼屋
a hidden danger 隱患	a reduced price 折扣價格
a trained player 受過訓練的運動員	a united front 聯合戰線
an abandoned warehouse 廢棄的倉庫	an armed conflict 武裝衝突
an established rule 成規	canned corn 罐頭玉米
concentrated food 濃縮食品	cooked carrots 煮過的紅蘿蔔
divided highway 雙向分隔公路	dried beef 牛肉乾
fixed prices 固定價格	fried noodles 炒麵
paid labor 有償勞動	

實用英語文法 ■■■■■■■■■ **百科** 2

(十) 由以 -ed 結尾過去分詞轉變來的，與相應動詞的最常見意義不同的形容詞，如 advanced, marked, noted, pointed 等。

a marked man 嫌疑分子	a noted scholar 著名的學者
a pointed remark 直言不諱的評論	advanced age 高齡

(十一) 少數由 -ed 結尾的不及物動詞的過去分詞轉變來的，含有主動意義並表示完成的形容詞：

如 accumulated, dated, developed, drowned, drunken, escaped, faded, fallen, retired, risen, swollen, tired, wilted 等。

a drowned man 已淹死的人	an escaped convict 逃犯
accumulated funds 累積的資金	dated clothes 過時的衣服
developed countries 已開發國家	fallen leaves 落葉
her swollen legs 她的腫腿	retired teachers 退休教師
the risen sun 已升起的太陽	tired players 疲勞的運動員
wilted flowers 枯萎的花	

(十二) 由名詞＋-ed 結尾的形容詞：

如 armored, barbed, bearded, gifted, gloved, hooded, mannered, pointed, principled, salaried, skilled, sophisticated, stripped, turbaned, walled, winged 等。

a barbed hook 帶倒鉤的鉤子	a gifted singer 有天賦的歌唱家
a hooded raincoat 帶兜帽的雨衣	a pointed hat 尖帽子
a salaried post 有薪的職務	a skilled salesman 善推銷的銷售員

a stripped shirt 有條紋的襯衫	a turbaned horseman 戴頭巾的騎士
a walled city 有城牆的城市	a winged horse 飛馬
armored cars 裝甲車	assorted biscuits 什錦餅乾

(十三) 表示其他類別的形容詞：

如 actual, apparent, basic, conservative, democratic, electric, empty, female, former, full, human, ideal, independent, intellectual, internal, latter, legal, magic, male, mental, moral, natural, negative, official, original, personal, physical, positive, possible, potential, private, proper, public, real, revolutionary, right, royal, separate, sexual, single, straight, sufficient, theoretical, traditional, wrong 等。

a conservative estimate 保守的估計	a democratic system 民主體制
a legal adviser 法律顧問	human nature 人性
moral obligations 道義上的責任	natural resources 天然資源
real life 真實的生活	traditional culture 傳統文化

注：名詞或動名詞做名詞前置修飾語時，也相當於類別形容詞。

◈ I first met her on <u>a **winter** evening</u>.
　在一個冬天的晚上我第一次見到她。

◈ I bought <u>a **gold** watch</u> yesterday.
　我昨天買了一只金表。

◈ She's wearing <u>a pretty **cotton** dress</u>.
　她穿著一件漂亮的棉衣服。

◈ She put on <u>her **bathing** suit</u> and jumped into <u>the **swimming** pool</u>.
　她穿上了泳衣，跳進了游泳池。

2.4 兼類形容詞（Concurrent Class Adjectives）

有些形容詞，如 academic, conscious, dry, educational, effective, emotional, extreme, late, legal, modern, moral, objective, ordinary, regular, religious, revolutionary, rural, scientific, secret, similar 等，根據說話者所表達的意思，使用的場合，可分別做描述形容詞或類別形容詞，稱作兼類形容詞。

◈ She has a very **scientific** method of dealing with political problems.
她處理政治問題的方法很科學。

（scientific 在此表示「合乎科學的」，為屬性形容詞。）

◈ He's going out to buy some **scientific** instruments.
他打算出去買些科學儀器。

（scientific 在此表示「科學的；關於科學的；用於科學的」，為類別形容詞。）

◈ His secrets were never very **secret**.
他的秘密從來都不很秘密。

（secret 在此表示「秘密的」，為描述形容詞。）

◈ Gambling is **legal** in Macao.
賭博在澳門是合法的。

（legal 在此表示「合法的」，為描述形容詞。）

◈ You'd better get a **legal** adviser.
你最好找個法律顧問。

（legal 在此表示「法律上的；有關法律的」，為類別形容詞。）

◈ Government reports tend to make rather **dry** reading.
政府報告往往讀起來枯燥無味。

(dry 在此表示「枯燥無味的；乾巴巴的」，為描述形容詞。)

◈ I'd like a bottle of <u>**dry** white wine</u>.
我想要一瓶乾白葡萄酒。

(dry 在此表示「無糖味的；無水果味的」，為類別形容詞。)

2.5 強調形容詞(Emphasizing Adjectives)

用於強調其所修飾的名詞的形容詞，稱為強調形容詞。

(一)強調名詞的形容詞，有 absolute, complete, mere, outright, perfect, positive, pure, real, total, true, utter, very 等表示「絕對的；真的；完全的；真正的；十足的；極；最；正是」等。

◈ That's <u>**absolute/pure/total** nonsense</u>!
那純屬胡言！

◈ He's a/an <u>**complete/outright/positive/utter** idiot</u>.
他是個十足的白癡。

◈ Your plan is <u>an **outright** delusion</u>.
你的計畫簡直是空想。

◈ <u>A **perfect** stranger</u> wants to see you.
一個完全陌生的人想要見你。

◈ Who is <u>the **real** manager of the firm</u>?
誰是這家公司真正管事的經理？

◈ He is <u>a **true** humanitarian</u>.
他是一個真正的博愛者。

◈ He is <u>the **very** devil himself</u>!
他簡直是魔鬼的化身。

◈ Let's start at <u>the **very** beginning</u>.
我們從最前面開始吧。

(二)在非正式語體中，有時可由現在分詞轉變來的形容詞，
如 blinking, blooming, blithering, piddling, raving, stinking,
thumping, thundering 及 whopping 等，來強調其所修飾的名
詞。

◈ You <u>**blithering/blooming/blundering** idiot</u>!
你這個大笨蛋！

◈ It's annoying to have to get authorization for spending
<u>such **piddling** amounts of money</u>.
花這麼點錢也要去請示，真煩人。

◈ She's <u>a **raving** lunatic</u>.
她是個十足的瘋子。

◈ I don't want <u>your **stinking** money</u>.
我才不要你的臭錢呢。

◈ It's <u>a **thumping/whopping** lie</u>.
這是天大的謊言。

◈ He was in <u>a **thundering** rage</u>.
他怒不可遏。

◈ It's <u>a **blinking** nuisance</u>.
這真是討厭極了。

2.6 用作後位限定詞的形容詞(Adjectives Used as Post-Determiners)

少數形容詞，如 certain, chief, entire, first, following, further, last, main, next, only, other, present, past, previous, principal, remaining, same, usual 等，其用法與限定形容詞的用法相似，也是用以更準確地表述指稱物件，這些字在修飾名詞時，緊跟在限定形容詞(包括冠詞)之後，但置於其他形容詞(及數詞)之前，故稱作後位限定詞。

◈ I saw him talking with a **certain** pretty girl yesterday.
  昨天我看見他在和某個漂亮女孩談話。

◈ It's very important to the **entire** national economy.
  這對整個國民經濟非常重要。

◈ It is the **first** public performance of the play.
  這是該劇的首次公演。

◈ Without high technology, there can be no **further** economic advances.
  離開了高科技，不可能有進一步的經濟進展。

◈ Turn right at the **next** tall building and you'll see the post office.
  在前面的那棟高樓處向右轉，你就會看見郵局了。

◈ She's wearing her **usual** white dress.
  她穿著她平時穿的白衣服。

◈ I have been ill these **past** few weeks.
  過去這幾個星期我病了。

注：可做後位限定詞的形容詞在做類別形容詞並和數詞連用時，須置於數
　　詞之後。

◈ The criminal had had <u>four</u> **previous** <u>convictions</u> before he was
arrested this time.
這名罪犯在這次被捕之前有四次前科。

◈ I have <u>two</u> **further** <u>questions</u> to ask.
我還有另外兩個問題要問。

◈ There still remain <u>two</u> **main** <u>problems</u> to be solved.
還有兩個主要問題尚待解決。

3 形容詞按構詞法分類

形容詞按其構成，主要可分為簡單形容詞(simple adjectives)、
衍生形容詞(derivative adjectives)和複合形容詞(compound
adjectives)。

3.1 簡單形容詞(Simple Adjectives)

簡單形容詞為沒有字首(prefix)或字尾(suffix)的單一字的形容
詞，如 good, bad, old, new, long, short, east, west, great, small, noble,
mean, early, late, fast, slow 等。

有些簡單形容詞還可做名詞。

(一)表示顏色的形容詞都可做名詞。

black, blue, brown, cream, gray/grey, green, orange, pink, purple,
red, violet, white, yellow

(二)有些表示方位的簡單形容詞可做名詞。

east, west, north, south, middle, left, right, back, front, bottom

（三）其他也可做名詞的簡單形容詞。

amateur 業餘愛好者；業餘的	bankrupt 破產者；破產的
dark 黑暗；黑暗的	fat 脂肪；肥胖的
ideal 理想；理想的	liquid 液體；液體的
right 正確；正確的	solid 固體；固體的
square 正方形；正方形的	wrong 錯誤；錯誤的

（四）有些簡單形容詞還可作動詞。

clean 打掃；清潔的	cool 使涼；涼的
correct 改正；正確的	dry 使乾燥；乾燥的
free 使自由；自由的	warm 使暖；暖的

（五）有些簡單形容詞還可兼做名詞和動詞。

average 平均值；均分；平均的	calm 平靜；使平靜；平靜的
equal 同等的人或物；等於；相等的	hollow 洞；形成空洞；空的
total 總數；總計；總的	welcome 歡迎；受歡迎的

3.2 衍生形容詞(Derivative Adjectives)

　　衍生形容詞是指以附加詞綴的方法(affixation)構成的形容詞。

3.2.1 加字尾構成的衍生形容詞

（一）多數形容詞是在名詞或動詞後加字尾（又稱加尾碼、尾綴或

接尾辭 suffix) 構成的。有很少的形容詞是在形容詞後加字
尾構成的，加字尾的一般規則如下：

1. 在字的結尾後直接加字尾。

act 行動 → act**ive** 活動的	
artist 藝術家 → artist**ic** 藝術方面的	
back 後 → back**ward** 向後的	
capital 資本 → capital**ist** 資本主義的	
care 留心 → care**ful** 留心的	
child 孩子 → child**like** 孩子似的	
Christ 基督 → Christ**ian** 基督教的	
color 顏色 → color**less** 無色的	
comfort 使安樂 → comfort**able** 舒適的	
comic 滑稽的 → comic**al** 滑稽的	
convert 轉換 → convert**ible** 可轉換的	
danger 危險 → danger**ous** 危險的	
east 東 → east**ern** 東方的	
fool 笨人 → fool**ish** 笨的	
gold 金 → gold**en** 金色的	
herb 草本 → herb**aceous** 草本的	
Japan 日本 → Japan**ese** 日本的	
long 長的 → long**ish** 稍長的	
luck 幸運 → luck**y** 幸運的	
meddle 管閒事 → meddle**some** 愛管閒事的	

nation 國家 → national 國家的
sea 海 → seaworthy 適合航海的
second 第二的 → secondary 次要的
sick 病的 → sickly 病態的
suburb 郊區 → suburban 郊區的
two 二 → twofold 兩倍的；雙重的
wing 翼 → winged 有翼的
whole 完全的 → wholesome 有益於健康的

2. 將字的結尾不發音的 e 去掉，再加字尾。

continue 繼續 → continuous 繼續的
create 創造 → creative 有創意的
ease 容易 → easy 容易的
move 移動 → movable 可移動的
Rome 羅馬 → Roman 羅馬的
sage 聖人 → sagacious 明智的
sense 感覺 → sensible 可以感覺到的

3. 有些以子音＋y 結尾的字，先將 y 改成 i，再加字尾。

geography 地理 → geographical 地理的
glory 光榮 → glorious 光榮的
melody 曲調 → melodious 聲調優美的
victory 勝利 → victorious 勝利的

4. 有些以一個母音字母＋子音字母結尾的「強勢音節」
（strongly stressed syllables）（或稱「重讀音節」），先雙寫結
尾的子音字母再加字尾。

forget 忘記 → forget**table** 易忘記的	
fun 玩笑 → fun**ny** 好笑的	
skin 皮膚 → skin**ny** 皮包骨的	
red 紅的 → red**dish** 略帶紅色的	

5. 將表示名詞意義的字尾去掉，再加上表示形容詞意義的字
尾。

difference 不同之處 → differen**t** 不同的
importance 重要 → importan**t** 重要的
nucleus 原子核 → nucle**ar** 核子的
vision 視力 → visi**ble** 可見的

(二)常用的構成形容詞的字尾有：
1. **-able** 或 **-ible**：接在動詞之後，含有「具有或顯示⋯⋯的
性質或特點」；「可以或必須⋯⋯的」；「具有⋯⋯的能
力」；「傾向於⋯⋯」等意義。

agree 同意 → agree**able** 同意的
comfort 安慰 → comfort**able** 舒適的
drink 喝 → drink**able** 可飲用的
avail 有用 → avail**able** 可用的；可得到的

2. **-al** 或 **-ial**：置於名詞之後，含有「……的」；「關於……的」；「有……特性的」等意義。

accident 偶然事件；意外 → accident**al** 偶然的；意外的

center 中央 → centr**al** 中央的

music 音樂 → music**al** 音樂的

editor 編輯 → editor**ial** 編輯的

essence 本質 → essent**ial** 本質的

industry 工業 → industr**ial** 工業的

3. **-an** 或 **-ian** 置於表示國籍或民族的專有名詞之後，含有「……的」等意義。

America 美國；美洲 → Ameri**can** 美國的；美洲的

Europe 歐洲 → Europe**an** 歐洲的

Canada 加拿大 → Cana**dian** 加拿大的

Italy 義大利 → Ital**ian** 義大利的

4. **-ant** 或 **-ent**：接在動詞之後，含有「處於……狀態的」；「進行……動作的」等意義。有些名詞在將表示名詞意義的字尾去掉後，再加上 -ant 或 -ent，也可構成形容詞，含有「具有……性質的」或「處於……狀態的」等意義。

brilliance 光輝；絕頂聰明 → brilli**ant** 光輝的；絕頂聰明的

expect 期待 → expect**ant** 期待的

depend 依賴 → depend**ent** 依賴的

differ (與某人或某事物)不一樣 → differ**ent** 不一樣的

obedience 順從 → obedient 順從的

prudence 審慎 → prudent 審慎的

resist 抵抗 → resistant 抵抗的

> 5. -ar 置於名詞之後，含有「……的」；「……形狀的」等意義。

circle 圓圈 → circular 圓形的

line 線 → linear 線狀的

pole 極地 → polar 極地的

rectangle 長方形 → rectangular 長方形的

triangle 三角形 → triangular 三角形的

> 6. -ary 或 -ory：置於名詞之後，或將表示名詞意義的字尾去掉後，再加上 –ary 或 -ory 含有「……的」；「與……有關的」等意義。

congratulation 祝賀 → congratulatory 祝賀的

contradiction 矛盾 → contradictory 矛盾的

element 元素 → elementary 元素的

honor 榮譽 → honorary 榮譽的

necessity 必需 → necessary 必需的

satisfaction 滿意 → satisfactory 滿意的

> 7. -ate 置於名詞之後，含有「有……的」；「富於或顯示……性質的」等意義。

affection 情感；愛情 → affectionate 富有感情的

fortune 幸福 → fortunate 幸福的

passion 熱情 → passionate 熱情的

8. -en 置於物質名詞之後，含有「……的」；「由……形成的」；「……製的」等意義。

flax 亞麻 → flaxen 亞麻的

gold 黃金 → golden 黃金的；金製的；金色的

silk 絲 → silken 絲的；綢的；絲製的

wood 木；木材 → wooden 木製的

wool 毛；毛線 → woolen 毛紡的；毛織物的

9. -ful 置於名詞之後，含有「充滿……的」；「有……性質的」；「有……傾向的」等意義。

beauty 美 → beautiful 美麗的

care 小心 → careful 小心的

hope 希望 → hopeful 有希望的

use 用 → useful 有用的

10. -ic, -ical 含有「……的」；「關於……的」等意義，由 -ic 構成的形容詞與由 -ical 構成的形容詞在意義上有時有些差別。

atom 原子 → atomic 原子的

angel 天使 → angelic 天使般的

electron 電子 → electronic 電子的

scene 景色 → scenic 景色優美的

comic 漫畫；喜劇演員 → comic 漫畫的；滑稽的 → comical 滑稽的；好笑的

economy 理財 → economic 經濟(學)的 → economical(物品等)經濟的；節省的；節約的

history 歷史 → historic 具有歷史意義的 → historical 歷史(上)的；根據歷史的

11. **-ish** 置於名詞之後，含有「像……的」；「……似的」；「屬於……的」；置於顏色形容詞之後，含有「有點……的」；「稍帶……色的」等意義；在口語中置於數目後，含有「大約，……左右」的意義。

boy 男孩 → boyish 男孩似的

fool 蠢人 → foolish 愚蠢的

freak 怪人 → freakish 怪異的

brown 棕色 → brownish 近棕色的

self 自己 → selfish 自私的

Turk 土耳其人 → Turkish 土耳其(人)的

thirty 三十 → thirty-ish 三十左右

12. **-ist** 置於名詞之後，含有「……主義的」；「有……特徵的」等意義。

capital 資本 → capitalist 資本主義的

commune 公社 → communist 共產主義的

fascism 法西斯主義 → fasc**ist** 法西斯主義的

socialism 社會主義 → social**ist** 社會主義的

13. **-ive** 置於動詞之後，含有「有……性質的」；「有……傾向的」等意義。

act 活動 → act**ive** 有活動力的

attract 吸引 → attract**ive** 有吸引力的

construct 建設 → construct**ive** 建設性的

express 表現 → express**ive** 表現的

14. **-less** 置於名詞之後，含有「無……的」的意義，置於動詞之後，含有「不……的」；「不能……的」的意義。

child 兒女 → child**less** 無兒女的

home 家 → home**less** 無家的

hope 希望 → hope**less** 無希望的

price 價錢 → price**less** 無價的

count 數；計算 → count**less** 無數的；數不清的

tire 疲倦 → tire**less** 不疲倦的

15. **-like** 置於名詞之後，含有「像……的」；「……似的」等意義。

child 孩子 → child**like** 孩子般的

life 生命 → life**like** 栩栩如生的

war 戰爭 → war**like** 好戰的

16. **-ly** 置於名詞之後，含有「外觀似……的」；「有……性質的」；置於形容詞之後，含有「有……傾向的」的意義。

coward 懦夫；coward**ly** 膽小的；怯懦的

friend 朋友；friend**ly** 友好的

man 男子漢；man**ly** 有男子氣慨的

scholar 學者；scholar**ly** 學者氣派的

kind 親切的；kind**ly** 親切的

sick (有)病的；sick**ly** 有病的；多病的

17. **-ous, -ious** 或 **-eous** 置於名詞之後，或將表示名詞意義的字尾去掉後，再加上 **-ous, -ious, -eous** 含有「具有……性質或特徵的」等意義，用於化學術語時，表示「含……的」。

ambition 野心 → ambit**ious** 野心勃勃的

courage 勇氣 → courag**eous** 勇敢的

danger 危險 → danger**ous** 危險的

glory 光榮 → glor**ious** 光榮的

nitrogen 氮 → nitrogen**ous** 含氮的

sulfur 硫磺 → sulfur**ous** 含硫磺的

suspicion 懷疑 → suspic**ious** 可疑的

18. **-some** 置於名詞、形容詞或及物動詞之後，含有「易於……的」；「有……傾向的」；「使人……的」等意

　　義。

glad 高興 → glad**some** 可喜的

meddle 管閒事 → meddle**some** 愛管閒事的

quarrel 爭吵 → quarrel**some** 好爭吵的

trouble 麻煩 → trouble**some** 麻煩的

weary 疲勞的 → weari**some** 使人疲勞的

win 勸服 → win**some** 吸引人的

19. **-y** 置於名詞之後，含有「儘是，充滿……的；多……的；有……性質的」；置於顏色形容詞之後，含有「呈現……的；稍帶……的」等意義；置於動詞之後，含有「有……傾向的；易於……」的意義。

air 空氣 → air**y** 空氣充足的

dirt 汙物 → dirt**y** 髒的

dust 灰塵 → dust**y** 多灰塵的

ice 冰 → ic**y** 冰的；如冰的；多冰的

greed 貪婪 → greed**y** 貪婪的

hair 髮；毛 → hair**y** 多毛的；有毛的

rain 雨；下雨 → rain**y** 下雨的；多雨的

sun 太陽 → sunn**y** 陽光充足的

water 水 → water**y** 水的；水分多的；水中的

pink 粉紅色的 → pink**y** 帶粉紅色的

yellow 黃色的 → yellow**y** 呈黃色的；帶黃色的

run (指液體)流動 → runny 水分過多的；流鼻涕的

stick 黏貼 → sticky 黏的

3.2.2 加字首構成的衍生形容詞

常用的構成形容詞的字首(又稱首碼、頭綴或接頭辭 prefix)有：

(一)**non-** 為衍生能力最強的表示否定意義的字首之一，置於形容詞之前含有「不」；「無」；「非」等意義。

acid 酸性的 → **non**acid 非酸性的

binary 二進位的 → **non**-binary 非二進位的

destructive 破壞的 → **non**-destructive 非破壞的

initial 最初的 → **non**-initial 不是最初的

involved 介入的 → **non**involved 拒絕介入的；沒有介入的

metallic 金屬的 → **non**metallic 非金屬的

(二)**un-** 為衍生能力最強的表示否定意義的字首之一，置於形容詞之前含有「不」；「非」；「未」等意義。

acceptable 可接受的 → **un**acceptable 不可接受的

armed 武裝的 → **un**armed 非武裝的

clean 清潔的 → **un**clean 不清潔的

fair 公平的 → **un**fair 不公平的

happy 高興的 → **un**happy 不高興的

imaginable 可以想像的 → **un**imaginable 不可想像的

important 重要的 → **un**important 不重要的

known 已知的 → **un**known 未知的

like 類似的 → **un**like 不相似的

loaded 裝有貨的 → **un**loaded 空載的

popular 得人心的 → **un**popular 不得人心的

safe 安全的 → **un**safe 不安全的

usual 平常的 → **un**usual 不平常的

welcome 受歡迎的 → **un**welcome 不受歡迎的

(三)**dis-** 置於形容詞之前含有「不」;「非」;「未」等意義。

content 知足的 → **dis**content 不知足的

courteous 有禮貌的 → **dis**courteous 沒禮貌的

honorable 光榮的 → **dis**honorable 不光榮的

loyal 忠誠的 → **dis**loyal 不忠誠的

orderly 整齊的 → **dis**orderly 紊亂的

respectful 恭敬的 → **dis**respectful 不恭敬的

similar 相似的 → **dis**similar 不相似的

(四)**in-, il-, im-** 或 **ir-** 置於形容詞之前皆含有「不」或「無」的
意義。當形容詞以 l 開頭時,用 il-;以 m 或 p 開頭時,用
im;以 r 開頭時,用 ir。

accurate 準確的 → **in**accurate 不準確的

comparable 可比較的 → **in**comparable 不可比較的

dependent 依賴的 → independent 獨立的

efficient 效率高的 → inefficient 效率低的

finite 有限的 → infinite 無限的

hospitable 好客的 → inhospitable 不好客的

offensive 冒犯的 → inoffensive 不觸犯人的

valid 有效的 → invalid 無效的

literate 識字的 → illiterate 不識字的

material 物質的 → immaterial 非物質的

possible 可能的 → impossible 不可能的

regular 規則的 → irregular 不規則的

(五)a- 表示否定的「缺乏；無」等字首，主要用於書面用語或科學辭彙中。

chromatic 彩色的 → achromatic 無色的

cyclic 循環的 → acyclic 非循環的

moral 道德(上)的 → amoral 非道德(上)的

sexual 性的 → asexual 無性的

typical 典型的 → atypical 非典型的

theistic 有神論的 → atheistic 無神論的

(六)pro- 含有「支持；贊成」等意義；anti- 含有「反對；對抗；排斥」。二者都是衍生能力很強，可與名詞或形容詞結合的字首。

abortion 墮胎 → **anti**-abortion 反對墮胎的

abortion 墮胎 → **pro**-abortion 贊成墮胎的

birth-control 節育 → **pro**-birth-control 支持節育的

American 美國的 → **anti**-American 反美的

American 美國的 → **pro**-American 親美的

Japanese 日本人 → **anti**-Japanese 抗日的

colonial 殖民地的 → **anti**-colonial 反殖民地的

government 政府 → **anti**-government 反政府的

government 政府 → **pro**-government 支持政府的

slavery 奴隸制 → **anti**-slavery 反奴隸制的

slavery 奴隸制 → **pro**-slavery 贊成奴隸制的

(七)**over-, under-** 或 **hyper-** 皆是衍生能力很強，可與名詞或形
　　容詞結合的字首。

　　1. **over-** 含有「在……上的」；「在……之外的」；「超
　　　　過……的」；「過於」等意義。

competent 能幹的；能勝任的 → **over**competent 過於能幹的；能力太
強了(大材小用)

cooked 煮熟的 → **over**cooked 煮過頭的

curious 好奇的 → **over-**curious 過於好奇的

head 頭 → **over**head 在頭上的；架空的

hasty 性急的 → **over-**hasty 過於性急的

long 長 → **over**long 太長

sea 海 → **over**seas (在，向，來自)海外的，國外的

　　2. **under-** 為 over- 的反義字首，含有「在……之下的」；「少
　　　於……的」；「不足……的」等意義。

age 年齡 → **under**age 未成年的；未到法定年齡的

cooked 煮熟的 → **under**cooked 未煮熟的

developed 發達的 → **under**developed 經濟發達不充分的，不發達的

fed 餵養的 → **under**fed 餵養不足的

paid 有薪的 → **under**paid 工資太低的

sea 海 → **under**sea 水下的；海下的

water 水 → **under**water 水下的

　　3. **hyper-** 含有「過度的」；「在……的上方」；「超」等意
　　　義。

active 活動的 → **hyper**active 活動過度的

critical 挑剔的 → **hyper**critical 吹毛求疵的

sonic 音速的 → **hyper**sonic 高超音速的

(八)**super-** 及其反義的字首 **sub-** 都是衍生能力很強可與名詞或
　　形容詞結合的字首。
　　1. **super-** 含有「在……上的」；「再……的」；「超……
　　　的」；「過度……」等意義。

abundant 豐富的 → **super**abundant 極豐富的；過多的

efficient 有效率的 → **super**-efficient 超高效的

human 人類的 → **super**human 超乎常人的

natural 自然的 → **super**natural 超自然的

secret 秘密的 → **super**-secret 絕密的

2. -sub 含有「在……之下」;「亞……的」;「近……的」
意義。

conscious 意識的 → **sub**conscious 下意識的

marine 海的 → **sub**marine 海底的

polar 極地的 → **sub**polar 近／亞極地的

tropical 熱帶的 → **sub**tropical 亞熱帶的

(九) **extra-, intra-, inter**：

1. **extra** 置於形容詞之前,含有「……外的」;「……範圍之
外的」等意義。

curricular 課程的 → **extra**curricular 課外的

legal 法律(上)的 → **extra**legal 超出法律範圍的

terrestrial 陸地的;地球的 → **extra**terrestrial 地球外的

ordinary 普通的 → **extra**ordinary 非凡的

2. **intra-** 為 extra- 的反義首碼,置於形容詞或名詞之前,含有
「……內的」的意義。

city 城市 → **intra-**city 市內的

dermal 皮膚的 → **intra**dermal 皮膚內的;皮層內的

venous 靜脈的 → **intra**venous 靜脈內(注射)的

3. inter- 置於形容詞或名詞前,含有「……間的」;「相
互……的」等意義。

action 動作 → **inter**active 互動的

city 城市 → **inter**city 城市之間的

continental 洲的 → **inter**continental 洲際的

departmental 部門的 → **inter**departmental 部門之間的

dependent 依賴的 → **inter**dependent 相互依賴的

national 國家的 → **inter**national 國際的

state 州的 → **inter**state 州際的

(十)trans- 置於形容詞之前,含有「橫穿」;「通過」;「超
越」等意義。

Atlantic 大西洋的 → **trans**atlantic 橫渡大西洋的,大西洋彼岸的

continental 大陸(洲)的 → **trans**continental 洲際的

sexual 性別的 → **trans**sexual 改變性別的

Siberian 西伯利亞的 → **trans**-Siberian 橫跨西伯利亞的

(十一)semi-, hemi- 置於形容詞或名詞之前,二者的衍生能力很
強,可和形容詞結合,皆含有「半」的意義,但有時有
區別:

1. **semi-** 含有「半」;「部分」;「不完全」;「次於」;
「準」;「亞」等意義。

annual 年度的 → **semi**annual 半年度的

artificial 人造的 → **semi**-artificial 半人造的

colonial 殖民地的 → **semi**-colonial 半殖民地的

　　2. **hemi**- 含有「半」；「偏側」；「單側」的意義。

cephalous 有頭的 → **hemi**cephalous 半頭的

facial 面的；臉部的→ **hemi**facial 半面的

spherical 球的 → **hemi**spherical 半球的

(十二)**pseudo**-(**pseud**-)置於形容詞或名詞之前，含有「假」；
　　　「偽」等意義，衍生能力很強，可和形容詞結合。

algebraic 代數的 → **pseudo**-algebraic 偽代數的

democratic 民主的 → **pseudo**-democratic 假民主的

intellectual 有知識的 → **pseudo**intellectual 假裝有知識的

(十三)**uni-/mono-, bi-, tri-, quadri-/quadr-, mult-/multi-** 分別表
　　　示「一，二，三，四，多」。
　　1. **mono-, uni-** 皆表示「一」。

lingual 語言的 → **mono**lingual 僅會／用一種語言的

syllabic 音節的 → **mono**syllabic 單音節的

theistic 有神論的 → **mono**theistic 一神論的

cellular 細胞的 → **uni**cellular 單細胞的

lateral 側邊的 → **uni**lateral 單邊的；單方的

　　2. **bi**- 表示「二」；「雙」。

lateral 側邊的 → **bi**lateral 兩邊的；雙方的

lingual 語言的 → **bi**lingual 會／用兩種語言

3. **tri-** 表示「三」。

angular 有角的 → **tri**angular 三角(形)的

lateral 側邊的 → **tri**lateral 三邊的；三方的

lingual 語言的 → **tri**lingual 會／用三種語言的

4. **quadri-/quadr-** 表示「四」。

angular 有角的 → **quadr**angular 四角形的

lateral 側邊的 → **quadri**lateral 四邊的；四方面的

lingual 語言的 → **quadri**lingual 會／用四種語言的

5. **mult-/multi-** 表示「多」。

faceted 小平面的 → **multi**faceted 多方面的

colored 有顏色的 → **multi**colored 多顏色的

lateral 側邊的 → **multi**lateral 多邊的

national 國家的 → **multi**national 多國的

3.2.3 加 **-ing** 構成的衍生形容詞

加 **-ing** 構成的衍生形容詞主要是由動詞加 -ing 構成的現在分詞轉變來的。

（一）由動詞加 **-ing** 構成的描述形容詞

如 alarm**ing**, astonish**ing**, interest**ing**, mov**ing**, surprisi**ng**, becom**ing**, retir**ing**, try**ing** 等。(參看 2.2 屬性形容詞)

(二)由動詞加 **-ing** 構成的類別形容詞

　　如 act**ing**, circulat**ing**, driv**ing**, dy**ing**, exist**ing**, increas**ing**, lead**ing**, liv**ing**, miss**ing**, remain**ing**, walk**ing** 等。(參看 2.3 類別形容詞)

(三)少數以 **-ing** 結尾的形容詞並不是由動詞的現在分詞轉變來的，而是由名詞轉變來的。

名詞	形容詞
cunning 狡猾	cunn**ing** 狡猾的
enterprise 事業心	enterpris**ing** 有事業心的
neighbor 鄰近的人或物	neighbor**ing** 鄰近的

3.2.4 加 **-ed** 構成的衍生形容詞

(一)加 **-ed** 構成的衍生形容詞，即 -ed 形容詞，主要是由動詞加 -ed 構成的過去分詞、包括不規則動詞的過去分詞轉變來的。

　　1. 由動詞加 **-ed** 構成的描述形容詞，如 amaz**ed**, annoy**ed**, astonish**ed**, bor**ed**, content**ed**, delight**ed**, excit**ed**, frighten**ed**, interest**ed**, pleas**ed**, puzzl**ed**, satisfi**ed**, shock**ed**, surpris**ed**, tir**ed**, worri**ed** 等。

　　(參看 2.2 描述形容詞)

　　2. 由動詞加 **-ed** 構成的類別形容詞（包括由不規則動詞的過去分詞轉變成的），如 advanc**ed**, arm**ed**, brok**en**, develop**ed**, drunk**en**, establish**ed**, fad**ed**, fall**en**, load**ed**, mark**ed**, not**ed**,

paid, retired, tired, united 等。

（參看 2.3 類別形容詞）

（二）由名詞加 **-ed** 結尾的形容詞及非動詞或名詞轉化來的以 **-ed** 結尾的形容詞，如 antiquat**ed**, armor**ed**, belov**ed**, concert**ed**, craz**ed**, flower**ed**, gift**ed**, manner**ed**, point**ed**, rugg**ed**, skill**ed**, wall**ed**, wing**ed**等。

▮4▮ 形容詞在句中的作用

4.1 限定的用法

　　大多數形容詞置於被修飾的名詞或代名詞之前，此種形容詞做名詞或代名詞的前置修飾語的用法，稱作限定的用法(attributive use)。

　　◈ Tom is a **tall** <u>boy</u>.
　　　 湯姆是個高個子的男孩。

　　◈ His **former** <u>wife</u> died three years ago.
　　　 她的前妻三年前去世的。

　　◈ There's a **pretty little star-shaped** <u>flowerbed</u> beside the apple tree.
　　　 在蘋果樹旁有一個漂亮的小星形花壇。

4.2 敘述的用法

　　形容詞置於聯繫動詞之後做主詞補語，用以敘述主詞，或置

於動詞的受詞後做補語，用以敘述動詞作用於受詞所產生的結果的用法，皆稱作敘述的用法 (predicative use)。

(一) 用作主詞補語。

◈ He is **old** but **healthy** and **strong**.
他年老了但健壯。

◈ He fell **ill** yesterday morning, but he got **well** last night.
他昨天早晨生病了，但是昨天晚上就好了。

◈ His dream has come **true** at last.
他的夢想終於實現了。

◈ Her hair has gone/turned **white**.
她的頭髮變白了。

(二) 在被動語態的動詞之後做主詞補語。

◈ The door was painted **red**.
門漆成了紅色。

◈ His office is always kept **clean** and **tidy**.
他的辦公室總是保持得很整潔。

◈ He was found **dead** under a bridge.
他被發現死在一座橋下。

◈ The policeman was beaten **black** and **blue**.
那員警被打得青一塊紫一塊的。

(三) 用作受詞補語。

◈ He always keeps the room **clean**.
他總是保持這房間清潔。

◈ They considered the man **capable**.

他們認為此人能幹。

◈ You'd better dye it **blue**.
你最好把它染成藍色的。

◈ Please get everything **ready** for supper before I come back.
請在我回來之前把晚餐都準備好。

◈ I consider what he did **foolish**.
我認為他所做的事是愚蠢的。

4.3 形容詞用作副詞

(一)有些形容詞可充當副詞(其中有些已兼做副詞)修飾另一形容詞。

bright green 翠綠色的	**bitter** cold 酷寒的
dark blue 深藍色的	**ghostly** pale 像鬼一樣蒼白的
jolly good 很好的	**light** brown 淺棕色的
mighty clever 非常聰明的	**real** sorry 非常抱歉的
wide open 敞開著的	

(二)在規範的用法中,有些形容詞可用比較級和最高級充當副詞做狀語,修飾動詞。

◈ Speak **clearer**. (＝Speak more clearly.)
說得更清楚一些。

◈ It's **easier** said than done. (＝It's more easily said than done.)
說比做容易。

(三)在規範的用法中，有些「形容詞＋and」後接形容詞或副詞時，可充當副詞做狀語修飾形容詞、副詞；有些「形容詞＋and＋形容詞」可充當副詞做狀語修飾動詞。

◈ The car is going **nice and fast**. (＝The car is going very fast.)
這輛汽車跑得挺快的。

◈ It's **nice and warm** in the room. (＝It's very warm in the room.)
這屋裡很暖和。

◈ I hear you **loud and clear**. (＝I hear you loudly and clearly.)
你的話我聽得很清楚。

◈ That's the truth, **pure and simple**. (＝That's the truth and nothing else.)
這是不折不扣的真理。

◈ I hit him **good and hard**. (＝I hit him very hard.)
我狠狠地揍了他一拳。

◈ I won't go until I'm **good and ready**. (＝I won't go until I'm completely ready.)
我準備周全之後才會去。

4.4 形容詞的解釋性用法

(一)有些形容詞常可和其他的字詞結合或單獨地對主詞(偶爾對受詞)進行解釋，它和主詞常用逗點隔開，起狀語作用，相當於分詞片語或副詞子句。這稱作解釋性用法(explanatory use)。有些文法專著將此種結構列入無動詞子句(verbless clauses)的類別。

◈ **Curious**, we looked around for other guests.（＝Being curious, we looked around for other guests.）
出於好奇，我們向四面看看還有什麼別的客人。

◈ **Anxious** for a quick decision, the chairman called for a vote.（＝Because he was anxious for a quick decision, the chairman called for a vote.）
由於急於迅速作出決定，主席要求表決。

◈ **Unable** to check inflation, the minister of finance had to resign.（＝Because he was unable to check inflation, the minister of finance had to resign.）
由於不能制止通貨膨脹，財政部長不得不辭職。

◈ **Penniless**, he sold his watch.（＝Being penniless, he sold his watch.）
由於一無分文，他賣了他的手錶。

◈ I can't drink it **hot**.（＝I can't drink it when it's hot.）
這東西熱的時候我不能喝。

◈ **Awake** or **asleep**, his anxiety for his father weighed on his mind.（＝Whether he was awake or asleep, his anxiety for his father weighed on his mind.）
不論是醒著還是睡著，他時時刻刻掛念他的父親。

(二)有些形容詞常可和其他的字詞結合或單獨地對主詞(偶爾對受詞)進行解釋，它和主詞常用逗點隔開，相當於非限制的關係子句，或對等子句。

◈ **Young**, **rich** and **attractive**, Alice has many boyfriends.
（＝Alice is young, rich, and attractive, and therefore she
has many boyfriends.）
愛麗絲年輕、富有而且漂亮，因此有許多男朋友。

◈ We found his wife, **unconscious**, an hour later. （＝We
found his wife, who was unconscious, an hour later.）
一個小時後，我們找到了他的妻子，這時她已失去了知覺。

◈ I met Rosa, **angry** at me as usual, at the party. （＝I met
Rosa, who was angry at me as usual, at the party.）
在晚會上我遇見了羅莎，她還是像往常一樣生我的氣。

◈ We took Mike, half **dead**, to the hospital. （＝We took
Mike, who was half dead, to the hospital.）
我們把已半死了的邁克送往醫院。

4.5 形容詞用作獨立結構

　　有些形容詞，如 curious, funny, strange, odd, contrary, true,
needless 等，以及少數形容詞的比較級和最高級，可置於句
子之前，單獨地或和其他字詞結合用作獨立構句（absolute
construction），對整個句子作某種解釋。

◈ **Curious** to say, the old man still remembers our names.
（＝It's curious to say that the old man still remembers our
names.）
說來奇怪，那老人仍然記得我們的名字。

◈ **Funny/Odd**—he was here a moment ago, but now he's
gone. （＝It's funny/odd that he was here a moment ago
but now he's gone.）

奇怪，他剛才還在這裡，轉眼就走了。

◈ **Contrary** to our expectations, he sent in his resignation.
和我們的期望相反，他提出了辭職。

◈ **True**, he has married twice.（＝It's true that he has married twice.）
真的，他結過兩次婚。

◈ **Sad** to say, the weather here has been nothing but rain all week.
真倒楣，這裡的天氣整個星期沒有別的只是下雨。

◈ **Needless** to say, he came late as usual.
不用說，他和平時一樣來晚了。

◈ He has no job and no money. **Worse**, he is ill.（＝He has no job and no money. What is worse, he is ill.）
他又沒工作又沒錢。更糟糕的是，他病了。

4.6 形容詞可轉化成為名詞

在許多情況下，形容詞可轉為名詞：

(一)表示「國名的」的形容詞和定冠詞連用，表示某一國國民整體的用法。

the British 英國人	the Chinese 中國人
the Dutch 荷蘭人	the Finnish 芬蘭人
the French 法國人	the Irish 愛爾蘭人
the Japanese 日本人	the Portuguese 葡萄牙人
the Spanish 西班牙人	the Swiss 瑞士人

(二)名詞化的形容詞。定冠詞置於形容詞或分詞之前，使其名詞化，表示整個這一類的人或事物，或表示某一抽象概念。

1. 表示某類人的名詞化形容詞。

the blind 盲人	the deaf 聾子
the dumb 啞巴	the dying 垂死的人
the innocent 無辜的人；天真無邪的人	the living 活著的人
the old 老年人	the poor 窮人
the unemployed 失業的人	the unfortunate 不幸的人
the wounded 受傷的人	the young 年輕人

2. 表示某一類事物或抽象概念的名詞化的形容詞。

the impossible 不可能的事	the mystical 稀奇古怪的事
the ordinary 普通的事	the possible 可能的事
the right 正義	the unknown 未知的事物
the unusual 不尋常的事	

(三)定冠詞＋形容詞的最高級有時可省略暗指的名詞或代名詞充當名詞使用。

◈ He is the **tallest** (student) in our class.
　他是我們班最高的(學生)。

◈ Tom is the **youngest** (person) in his family.
　湯姆在他的家中是最年輕的(人)。

◈ Of all the men I've ever met, he is <u>the **handsomest**</u> (one).
在我遇過的所有男人中，他是最帥的。

(四)在某些固定搭配的習慣用語中，有些形容詞可轉為名詞做
介詞的受詞。

at all 絲毫；根本	at best 頂多	at large 逍遙法外
at last 終於	at least 至少	at most 至多
at present 目前	for certain 確定地	from bad to worse 越來越糟
in brief/ in short 簡言之	in common 共同	in full 全部；詳細
in general 通常	in particular 特別地	in private 私底下
in public 公然	in secret 秘密地	in vain 無效
like mad 瘋狂地	of late 近來	

5 形容詞及其相等語的位置

5.1 形容詞做補語時的位置

(一)形容詞做主詞補語時，置於聯繫動詞之後。

◈ I am <u>thirteen years **old**</u>.
我十三歲。

◈ Granny Li looks **young**.
李奶奶看起來年輕。

◈ The pear smells **sweet**.

這梨聞起來很香。

◈ She has grown **old**.
她老了。

◈ The weather is getting **warmer** and **warmer**.
天氣變得越來越暖和了。

(二)形容詞做受詞補語時，置於動詞的受詞之後。

◈ I found the book **interesting**.
我發現這書有趣。

◈ We all thought him **dead**.
我們都以為他死了。

5.2 形容詞或其相等語與被其修飾的名詞或代名詞的相關位置

5.2.1 形容詞及其相等語置於被修飾的名詞或代名詞前面的場合

(一)大多數形容詞作限定用法時，一般置於被其修飾的名詞或代名詞的前面。

◈ It is a **good** book.
那是一本好書。

◈ She is a **capable** nurse.
她是位能幹的護士。

◈ Please pass me my cup. The **blue** one is mine.
請把我的茶杯遞給我。那個藍色的是我的。

(二)以 -ed 結尾的(包括由不規則動詞的過去分詞轉變的)形容詞作限定用法時,皆置於被其修飾的名詞或代名詞的前面。

a **broken** cup 一個破了的茶杯	a **locked** door 上了鎖的門
a **naked** boy 一個光著身子的男孩	a **retired** worker 一個退休的工人
an **aged** father 一位年邁的父親	an **excited** crowd 一群激動的人
boiled water 煮開過的水	**fallen** leaves 落葉

(三)以 -ing 結尾的形容詞作限定用法時,一般置於被其修飾的名詞或代名詞前面。

a **boring** party 一次枯燥無味的聚會	a **surprising** decision 令人吃驚的決定
a **tiring** journey 令人疲勞的旅行	an **amusing** story 一個有趣的故事
an **appetizing** smell 令人垂涎的香味	**interesting** novels 有趣的小說
neighboring countries 鄰國	

(四)少數可用作形容詞的副詞作限定用法時,置於被其修飾的名詞或代名詞前面。

the **above** paragragh 上段	an **away** game 在客場上進行的比賽
the **then** chairman 當時的主席	

注:有的副詞,如 downstairs, upstairs, home, inside, outside 也可做形容詞用於限定用法,在現代英文中已被看作形容詞。

(五)有些名詞可用作限定用法,置於被其修飾的名詞前面,相當於形容詞。

case histories 病歷	cotton dresses 棉布衣服
farm produce 農產品	football players 足球運動員
summer vacation 暑假	information desk 詢問台
kitchen cabinets 碗櫥	leather shoes 皮鞋
telephone numbers 電話號碼	winter sports 冬季運動

（六）名詞所有格作限定用法，置於被其修飾的名詞前面，相當
　　　於形容詞。

Tom's toy 湯姆的玩具	cow's milk 牛奶
today's news 今日新聞	the earth's gravity 地球的引力
the church's doctrine 教會的教旨	Martin's diligence 馬丁的勤奮
Mary's beauty 瑪麗的美麗	duty's call 責任的召喚
science's role 科學的作用	

（七）動名詞可作限定用法，置於被其修飾的名詞前面，相當於
　　　形容詞。

| dining car 餐車 | reading room 閱覽室 | sleeping car 臥車 |
| swimming pool 游泳池 | walking stick 手杖 | |

5.2.2 形容詞及其相等語置於被修飾的名詞或代名詞後面的場合

（一）修飾由 any-, some-, every-, no- 和 -one, -body, -thing, -where
　　　所構成的複合不定代名詞，及指示代名詞 those 和不定代名
　　　詞 all 等時，形容詞要置於其後。

◈ Is there <u>anything</u> **important** in today's paper?
今天報上有什麼重要的事嗎？

◈ I hope to live <u>somewhere</u> **quiet**, **clean**, **comfortable** and **convenient**.
我希望住在安靜、清潔、舒適而方便的地方。

◈ <u>Those</u> **present** at the party were all my grandfather's old schoolmates.
出席晚會的都是我爺爺的老同學。

◈ The mistake was obvious to <u>all</u> **present**.
所有在場者一眼就看出那個錯誤。

(二)形容詞子句修飾名詞或代名詞時，須置於名詞或代名詞後面。

◈ He was reading a book **that was written by Mark Twain**.
他在讀一本馬克吐溫寫的書。

◈ He's the man **whose son won the Nobel Prize**.
他就是兒子獲得諾貝爾獎的那個人。

◈ All **that live** must die.
凡有生命的都會死。

◈ This is the house **where I used to live**.
這就是我過去住的房子。

(三)在表示度量的片語中，形容詞總是置於表示度量單位的名詞後面。

thirteen years **old** 十三歲	six inches **high** 六英寸高
three miles **long** 三英里長	ten meters **wide** 十公尺寬

two centimeters **thick** 兩公分厚	six feet **tall** 六英尺高
two feet **deep** 兩英尺深	three feet **broad** 三英尺寬
six meters **square** 六平方公尺	

（四）在少數頭銜、職業的名稱中，形容詞要置於名詞後面。

attorncy **general** 檢察總長	governor **general** 總督
heir **apparent** 法定繼承人	poet **laureate** 桂冠詩人
postmaster **general** 郵政部長	president-**elect** 當選總統
secretary **general** 秘書長	sergeant **major** [美]士官長

（五）在少數其他慣用詞語中，形容詞要置於名詞後面。

Asia **Minor** 小亞細亞	body **politic** 政治統一體（指國家）
court **martial** 軍事法庭	Goodness **gracious**! 天哪！
hope **eternal** 永恆的希望	letters **patent** 專利證書
notary **public** 公證人	time **immemorial** 史前時期

（六）有少數的形容詞，如 absent, alive, concerned, involved, present 等，在表示「暫短性」的特徵，而不是表示「永久性」的特徵時，通常置於它們所修飾的名詞後面，相當於限制的關係子句。

◈ He is the greatest poet (that is) **alive**.
他是當代最偉大的詩人。

◈ He was the only man (who was) **absent** from the meeting.
他是唯一未出席會議的人。

◈ There were more than 200 people <u>(who were)</u>**present** <u>at the wedding</u>.
有兩百多人出席婚禮。

◈ We'd better consult the other experts <u>(who are)</u>**concerned**.
我們最好向其他有關的專家請教。

◈ The detective is seriously concerned about all the problems <u>(that are)</u>**involved**.
該偵探對所有相關的問題都非常關心。

(七)修飾名詞的形容詞之後帶有介詞片語等修飾語時，須置於被修飾的名詞的後面，相當於限制的關係子句。

◈ This kind of pesticide can kill insects <u>(which are)</u>**resistant** <u>to DDT</u>.
這類殺蟲劑能殺死抗 DDT 的昆蟲。

◈ We need some fabrics <u>(that are)</u>**impervious** <u>to moisture</u>.
我們需要一些防潮的紡織品。

◈ Sound waves cannot be transmitted through a space <u>(which is)</u>**devoid** <u>of air</u>.
聲波不能通過無空氣的空間傳送。

◈ I like to talk to people <u>who are **frank** with others</u>.
我喜歡和對人坦率的人談話。

◈ Please find a nurse <u>(who is)</u>**experienced** <u>in looking after children</u>.
請找一位有照料孩子的經驗的保姆。

(八)介詞片語用作形容詞修飾名詞時，須置於名詞之後。

◈ He is a man **of great ability**.

他是一個很有才幹的人。

◈ Who is the girl **with yellow hair and dark eyes**?
那黃頭髮黑眼睛的女孩是誰?

◈ I don't know anyone **of that name**.
我不認識叫這個名字的人。

(九)不定詞片語用作形容詞修飾名詞時,須置於名詞之後。

◈ I have a lot of work **to do**.
我有許多工作要做。

◈ Who was the last one **to leave the office yesterday**?
昨天是誰最後離開辦公室的?

(十)分詞片語用作形容詞修飾名詞或代名詞時,須置於名詞或
代名詞之後。

◈ Do you know <u>the woman **standing in front of the gate**</u>?
你認識站在大門前的那女人嗎?

◈ <u>The man **talking with the principal**</u> is our math teacher.
和校長談話的那人是我們的數學老師。

◈ <u>Those **wishing to see the mayor**</u> should wait here.
想要見市長的人需在此等候。

(十一)簡單(單一的)分詞用作形容詞修飾代名詞時,須置於代
名詞之後。

◈ <u>Those **remaining**</u> had to wait for another two days.
剩下的人還得再等兩天。。

◈ <u>Everyone **invited**</u> came on time.
所有應邀的人都及時到達了。

(十二)有些副詞，如 before, below, here, there 作限定用法，相
當於形容詞，須置於被其修飾的名詞後面。

- ◈ The old woman died <u>the week **before**</u>.
  一個星期以前那老婦人去世了。

- ◈ Write your name in <u>the space **below**</u>.
  把你的名字寫在下面的空白處。

- ◈ <u>The car **here**</u> is not mine.
  這裡的車不是我的。

- ◈ <u>The people **there**</u> have many peculiar customs.
  那裡的人有許多奇風異俗。

5.2.3 形容詞及其相等語可置於被修飾的名詞或代名詞前面或後面的場合

(一)有些形容詞，如 concerned, involved, present, proper,
responsible 作限定用法時，可置於名詞或代名詞前面或後
面，但意義有區別。

- ◈ <u>His **concerned** parents</u> worried that his friends were a
  bad influence on him.
  他那關心他的父母憂心他朋友是壞的影響。

- ◈ <u>Everyone **concerned** in the bribery case</u> has been identi-
  fied.
  所有與此受賄案有牽連的人皆已被確認。

- ◈ He told me <u>an **involved** story</u> about his family.
  他對我說了關於他家庭的複雜故事。

- ◈ There are <u>many big issues **involved**</u> in this.

這裡面涉及很多大問題。

◈ What are <u>your **present** feelings</u>?
你現在的感覺怎麼樣？

◈ There were <u>many elderly people **present**</u>.
有很多老人在場。

◈ You should treat your teacher <u>with the **proper** respect</u>.
你對老師應該有適當的尊重。

◈ <u>The city **proper**</u> is relatively small.
那城市本身不太大。

◈ You'd better give the task to <u>a **responsible** man</u>.
你最好把這工作交給一個可靠的人。

◈ <u>The vice manager **responsible**</u> was expelled.
負有責任的副經理被開除了。

(二) 簡單分詞(simple participles)，即單一的分詞，作限定用法
表示狀態、品質、特徵時，一般置於被修飾的名詞前面；
但在某些特定的場合可以或必須置於被修飾的名詞後面：
1. 一般置於被修飾的名詞前面。

a **floating** bridge 浮橋	a **forbidding** look 一副險惡的面目
a **grown** man 成人	a **spoiled** child 寵壞了的孩子
a **tempting** offer 誘人的提議	an **escaped** prisoner 越獄的囚犯
an **injured** soldier 傷兵	**alluring** eyes 迷人的眼睛
damaged goods 受損的貨物	**fried** eggs 炸雞蛋

spoken English 英文口語	**undying** love 永恆的愛
untiring efforts 不懈的努力	**written** form 書面形式

2. 分詞被強調時，可置於被修飾的名詞後面。

◈ <u>No man</u> **living** could have done better.
當今的人沒人能做得更好。

◈ One third of <u>the people</u> **singing** are my old friends.
唱歌的人中有三分之一是我的老朋友。

◈ <u>The person</u> **questioned** was innocent.
被詢問的那個人是無辜的。

◈ Don't forget <u>the date</u> **appointed**.
別忘記約定的日期。

類似的用法：

the money **lent** 借出的錢	the money **spent** 花掉了的錢
the reason **given** 所告知的原因	the guests **invited** 應邀的客人
the plan **suggested** 提出的計畫	

(三) following, last, next 修飾表時間的名詞時，可置於被其修
飾的名詞前面或後面，意義不變，須注意在置於名詞後面
時，名詞前的介詞不可遺漏。past, preceding, positive, total
可置於被其修飾的名詞前面或後面，意義不變。

◈ She told me she would resign **the following day/ on the
day following**.
她告訴我她將於次日辭職。

◈ She left here **last December/ in December last**.
她去年十二月離開了這裡。

◈ I'll go to see her **next Sunday/ on Sunday next**.
我將在下星期日去看她。

◈ She suffered many humiliations **in past years/ in years past**.
她在過去的歲月中受過很多屈辱。

◈ She treated him well **in the preceding years/ in the years preceding**.
她前幾年待他很好。

◈ We have found **positive proof/ proof positive**.
我們已找到了確鑿的證據。

◈ Is that the **sum total/ total sum** of what you have done in the last two years?
這就是你最近兩年中完成的全部數量嗎？

（四）形容詞 enough 可置於被其修飾的名詞前面或後面，意義不變，但現在較少置於名詞後面。

◈ There is still **enough time/ time enough** for us to do the work.
我們還有足夠的時間做此工作。

◈ I've bought **enough food/ food enough** for us three to eat.
我買了足夠咱們三個人吃的食物。

⑥ 修飾性形容詞的字序

　　如果兩個或兩個以上的前置形容詞同時修飾一名詞，這些形容詞一般要按照一定的順序排列。

　　在名詞被兩個或兩個以上的前置修飾語修飾時，作限定用法的形容詞或其相等語，一般情況下多按下列規則排列順序：

(一)作限定用法的表示類別的名詞或動名詞須緊鄰被其修飾的名詞。

a large **conference** hall 一間大會議廳

an expensive **tennis** racket 一支昂貴的網球拍

(二)表示質地的物質形容詞須緊鄰上述表示類別的名詞或動名詞之前；如名詞前無類別形容詞，則置於被其修飾的名詞前。

a **diamond** <u>wedding</u> ring 一隻鑽石結婚戒指

a large **wooden** <u>conference</u> hall 一間大木結構的會議廳

a large **wooden** <u>gate</u> 一扇大木門

(三)作形容詞用的過去分詞一般最靠近物質形容詞、動名詞、作形容詞用的名詞或緊鄰被其修飾的名詞。

a **handmade** <u>dining</u> table 一張手工製作的餐桌

a **handmade** <u>table</u> 一張手工製作的桌子

a **handmade** <u>wooden</u> dining table 一張手工製作的木餐桌

（四）表示大小、長短、高低的形容詞多置於表示新舊、形狀、溫度、風味的形容詞之前，而 (great) big 一般置於其他表示品質的形容詞之前。

a **great big** lie 一個漫天大謊

a **great big** <u>tall</u> tree 一棵又大又高的樹

a **huge** <u>ice-cold</u> strawberry milkshake 一大份冰鎮的草莓奶昔

a **large** <u>square</u> table 一張大方桌

a **short**, <u>thick</u> log 一根短粗的圓木

a **small** <u>round</u> stool 一張小圓凳

a **tall** <u>angry</u> young man 一個高個子生氣的年輕人

big, <u>strong</u> hands 粗大的手

long, <u>straight</u> hair 長的直髮

（五）little, old, new, young 一般置於其他表示品質的形容詞之後，如 little 和 old 同時出現時，little 要置於 old 之前。

a <u>crowded</u> **little old** cottage 擁擠而矮小的舊茅舍

a <u>nice</u> **little** restaurant 一家很不錯的小餐館

a <u>pleasant</u> **little old** man 一位和藹可親的小老頭

an <u>intelligent</u> **young** officer 一個聰明才智的年輕軍官

（六）表示情感性的、評估性或主觀性的形容詞，如 beautiful, lovely, wonderful, nice, horrible, nasty, terrible, cheap, expensive, precious, valuable 等，通常置於其他表示品質的形容詞之前。

a **beautiful** <u>tall</u> building 一座美麗高大的建築物

a **beautiful,** <u>spacious, airy</u> room 一個美麗、寬敞、空氣流通的房間

a **cheap** <u>Chinese</u> restaurant 一間便宜的中國餐館

a **lovely** <u>fat</u> little girl 一個可愛的胖胖女孩

a **valuable** <u>antique</u> vase 一件珍貴的古花瓶

an **expensive** <u>red</u> sports car 一輛昂貴的紅色賽車

beautiful <u>warm</u> weather 極好的溫暖的天氣

（七）typical 多置於類別形容詞或被修飾的名詞之前。

a **typical** <u>British</u> pub 一個典型的英式小酒店

a **typical** <u>country</u> teacher 一個典型的鄉村教師

a **typical** <u>small manufacturing</u> city 一個典型的小工業城市

（八）表示時間和地點的修飾語傾向於置於其他類別形容詞的前面。

local <u>economic</u> interests 本地的經濟利益

the **annual** <u>linguistic</u> conference 語言學年會

（九）表示數量的詞，及 other 等，通常置於各屬性形容詞及類別
　　形容詞的前面。

four <u>poor old</u> ladies 四個貧窮的老太太

many <u>good</u> friends 許多好朋友

several <u>other new</u> students 幾個其他的新生

some <u>sour green</u> apples 一些酸綠的蘋果

the **two other** <u>difficult</u> problems 兩個其他的難題

the **other two** <u>difficult</u> problems 其他的兩個難題

(十)序數詞等後位限定形容詞，置於基數詞和各屬性形容詞及
　　類別形容詞的前面。

◈ Learn **the first three** lessons by heart.
　把前三課背下來。

◈ Then he won **his next two naval** battles.
　然後他又打勝了接下來的兩次海戰。

◈ He told us **the same two dull** stories as he did yesterday.
　他對我們又講了和他昨天講的一樣的兩個枯燥的故事。

◈ She gave **her only two antique gold** coins to me.
　她把她僅有的兩個古金幣給我了。

◈ He bought this house for **a certain elderly** relative.
　他給一個年長的親戚買了這棟房子。

◈ It's very important to **the entire national** economy.
　這對整個國家的經濟非常重要。

◈ He's wearing **his usual** uniform.
　他穿著他平時穿的制服。

(十一)指示形容詞、代名形容詞、名詞所有格、冠詞等限定形
　　　容詞一般置於數詞、屬性形容詞及類別形容詞的前面。

◈ **The man's first two famous** novels were published by us.
　那人的前兩部著名的小說是我們出版的。

◈ **Those three tall white** horses are mine.

這三匹高大白馬都是我的。

◈ **The valuable long gold** belt was stolen last night.
那條珍貴的長金腰帶昨晚被盜了。

7 形容詞之間 and 的使用

(一)當名詞前有兩個或兩個以上的非並列形容詞時，通常不需用 and 隔開。

a tall young man 一個高個子的男青年

a nice little Chinese restaurant 一家很不錯的中式小餐館

six yellow roses 六朵黃色的玫瑰花

(二)在名詞前最後兩個或兩個以上的形容詞表示顏色時，須用 and 隔開。

a blue and white flag 一面藍白兩色的旗

a black and white cat 一隻黑白花的貓

a blue and white cap 一頂藍白相間的帽子

a red, white and blue flag 一面紅、白、藍三色旗

(三)當名詞前有兩個或兩個以上的並列形容詞時，常用 and 隔開。

a long and winding road 漫長而彎曲的路

old and musty wine 陳年腐酸的酒

a dark and dreary wilderness 黑暗淒涼的荒野

(四)在 be, seem, appear, look 等聯繫動詞之後，最後的兩個做主
　　詞補語的屬性形容詞之間加 and。

　　◈ The house looked **large and inconvenient**.
　　　那房子看起來很大但不方便。

　　◈ The weather was **cold**, **wet and windy**.
　　　天氣寒冷、潮濕而且有風。

　　◈ My shoes are **dirty**, **wet**, **old and worn**.
　　　我的鞋又髒、又濕、又舊、又破。

Chapter 5

數詞
Numerals

1 概說

1.1 數詞的定義

　　數詞是表示數目多少或順序先後的字,其用法相當於形容詞與名詞。

1.2 數詞的種類

　　數詞包括基數詞(cardinal numerals)和序數詞(ordinal numerals)兩種:表示數目多少的數詞,如 one, two, six, twelve, fifteen, forty, six hundred, ten thousand, eight million 等,稱作基數詞。

　　表示順序先後的數詞,如 first, second, third, fourth, fifteenth, fortieth, sixty-first, hundred and twenty-third 等,稱作序數詞。

2 基數詞 (Cardinal Numerals)

2.1 基數詞的表示法

(一)百以下的基數詞的表示法:

　　1-12

| 1 one | 2 two | 3 three |

4 four	5 five	6 six
7 seven	8 eight	9 nine
10 ten	11 eleven	12 twelve

13-19 皆由個位數詞(digit)＋字尾 -teen 構成，其中 13, 15 詞幹(stem)的拼寫與個位數詞有所不同，18 在 eight 之後，只加 -een：

13 thirteen	14 fourteen	15 fifteen
16 sixteen	17 seventeen	18 eighteen
19 nineteen		

20-90 各十位數整數一般由個位數詞＋字尾 ty 構成，注意 20, 30, 40, 50, 80 的拼寫：

20 twenty	30 thirty	40 forty
50 fifty	60 sixty	70 seventy
80 eighty	90 ninety	

21-99 皆由十位加個位數構成，中間用連字號〔-〕連接。這些由兩個簡單數詞構成的兩位數的數詞，稱作複合數詞(compound numerals)。

21 twenty-one	32 thirty-two	43 forty-three
54 fifty-four	65 sixty-five	76 seventy-six
88 eighty-eight	99 ninety-nine	

(二)百位數的基數詞的表示法：

1. 百位數的整數 100 至 900 皆由個位數詞＋ hundred 構成：

100 a/one hundred	200 two hundred	300 three hundred
400 four hundred	500 five hundred	600 six hundred
700 seven hundred	800 eight hundred	900 nine hundred

注一：表示一百，如和 exactly 或 only 連用，強調恰好或僅僅是整數時，
　　　須用 one hundred，否則，多用 a hundred。

2. 1,000 至 9,000 之間到百位數的整數，常常說若干個 hundred。

1,100 eleven hundred	4,200 forty-two hundred
8,700 eighty-seven hundred	

3. 百位數與十位數或個位數之間，在英國通常要用 and 連接，百位數與十位數之間的 and 常可省略，尤其是在美國。在口語中還可分別讀三位數中的各個單個數。

		只在口語時使用
101	one hundred and one	one-oh-one
110	one hundred and ten	one-one-oh（或 one-ten）
315	three hundred fifteen	three-one-five（或 three-fifteen）
225	two hundred (and) twenty-five	two-two-five（或 two-twenty-five）
620	six hundred (and) twenty	six-two-oh（或 six-twenty）
978	nine hundred (and) seventy-eight	nine-seven-eight（或 nine-seventy-eight）

4. 一般不到一百的數字多用文字表示，一百及大於一百的
   數字多用阿拉伯數字(Arabic numerals)表示。但是如果
   能用兩個數詞寫出來的(如 one hundred, five thousand, two
   million)，通常用文字表示。

◈ Usually I write **three** or **four** letters to my parents every
   year.
   通常我每年給父母寫三、四封信。

◈ The doctor told Mike to open his mouth and say "**ninety-
   nine**".
   醫生要邁克張開嘴說「99」。

◈ On the first day, **530** books were sold.
   第一天售出了530本書。

◈ **150** people attended the ceremony.
   有150人參加了儀式。

◈ The house cost me **eighty thousand** dollars.
   這棟房子花了我8萬美元。

5. 專門指數字本身時要用阿拉伯數字表示。

◈ If you pick number **7**, you'll never get the right answer.
   如果你選數字7，你就永遠得不到正確答案。

◈ He has a seven-figure income, at least **$1,200,000**.
   他有一筆七位數的收入，至少120萬美元。

◈ The Arabic number **1** looks like the letter I.
   阿拉伯數字1很像(小寫)字母 I。

(三)千位數及不足百萬的基數詞的表示法：

　　1. 千位數皆由個位數＋thousand 構成，其後的百、十、個位
　　　數的構成方法同前項。

1,000	one thousand
2,001	two thousand and one
3,029	three thousand and twenty-nine
5,456	five thousand four hundred and fifty-six
9,123	nine thousand one hundred and twenty-three

　　注：在千以上的數詞中，表示一百(多)時，hundred 之前只可用 one，不可
　　　　用 a。

　　2. 英文的萬一般要用「十千」，即 ten thousand 來表示，十萬
　　　要用「百千」，即 hundred thousand 來表示。

10,000	ten thousand
100,000	a/one hundred thousand
200,000	two hundred thousand
49,556	forty-nine thousand five hundred and fifty-six
646,562	six hundred and forty-six thousand five hundred and sixty-two

(四)百萬以上基數詞的表示法：

　　1. 在英文中，若干個百萬以上的整數，分別以百萬、十億、
　　　兆等為單位。

100萬	1,000,000	a/one million

800萬	8,000,000	eight million
1000萬	10,000,000	ten million
1億	100,000,000	a/one hundred million
10億	1,000,000,000	one billion [美]
1兆	1,000,000,000,000	one trillion [美]

2. 百萬以上、含有不足百萬的基數詞同千位以上的數詞的表示法相同。

85,000,000	eighty-five million
762,000,000	seven hundred and sixty-two million
763,784,291	seven hundred and sixty-three million seven hundred and eighty-four thousand two hundred and ninety-one
9,000,000,000	nine billion

3. 百萬以上的數字通常用「阿拉伯數字＋million(or billion)」表示，以避免文字上的繁瑣。

◈ Last year there were over **10 million** tourists.
去年有一千多萬遊客。

◈ This gulf country turns out **35 million** barrels of crude oil every year.
這個海灣國家年產原油3500萬桶。

◈ The GNP of that country is over **100 billion** dollars now.
那個國家的國民生產毛額現在已超過1000億美元。

注一：用阿拉伯數字表示數目時，在財政金融方面，在美國通常逢千位，仍用逗點分開，如 $50,000。但在大多數非英文國家，逗點是用以

表示小數點的，所以在英文的阿拉伯數字中，也常避免用逗點以免
引起混淆。在科學和工程技術方面用間隔分開，如 50 000。此種表
示法符合國際化標準組織的建議，並已為人所接受，可用以表示貨
幣的數目，如 $50 000。

注二：太大的數字，通常用 10 的若干次方來表達。例如美國的 one
quintillion 就是10的18次方＝ten to the eighteenth power。

(五) 基數詞做名詞用時可有複數形式。

　　1. 用以表示若干個相同的數目。

two fives 兩個五	three threes 三個三

　　2. hundred, thousand 和 million 的複數形式後接 of 片語時，用
　　　以表示不確定的數目，此時前面不可有具體的數詞。

(many/several) hundreds of dollars 數百美元

tens of thousands of pounds 幾萬英鎊

hundreds of thousands of guns 幾十萬隻槍

hundreds of millions of locusts 億萬的蝗蟲

　　3. hundred, thousand 和 million 的複數形式之間還可由 and 或
　　　upon 連接，後接 of 片語，也可表示不確定的數目。

hundreds and hundreds of times 成百倍的

hundreds and thousands of wild animals 成千上萬的野獸

millions and millions of insects 無數的昆蟲

thousands upon thousands of people 成千上萬的人

（六）dozen, score 之前有不定冠詞 a 或具體數目用作前置修飾語
時，用單數形式；後接 of 片語時，用以表示不確定的數目
時，用複數形式。

◈ I bought **two dozen** eggs. He bought **a score of** oranges.
我買了兩打雞蛋。他買了20顆橘子。

◈ I have tried **a dozen** times.
我試了很多次了。

◈ There are **dozens of** cattle.
有許多牲畜。

◈ **Dozens/Scores of** people have come.
來了很多人。

2.2 基數詞在句中的作用

基數詞既可做名詞，又可做形容詞，因而在句中既可有名詞
的功能，又可有形容詞的功能，有時還有副詞的功能。

（一）基數詞可在句中做主詞。

◈ **Seven** is an odd number.
7是奇數。

◈ There are **five** of them.
（他們總共）有5個。

◈ Is **thirteen** an unlucky number?
13是不吉利的數目嗎？

◈ **Hundreds of** lives were lost in the fire.
數百人在大火中喪生。

◈ **Millions (of people) are** starving.
上百萬的人在挨餓。

◈ **Thousands and thousands of** people catch the flu every year.
每年成千上萬的人受到流行性感冒感染。

(二)基數詞可在句中做動詞的受詞。

◈ I need at least **eight**.
我至少需要8個。

◈ He killed **one** of the prisoners.
他殺害了一名囚犯。

◈ She gave each of us **two**.
她給我們每個人兩個。

◈ We need at least **a million** dollars.
我們至少需要100萬美金。

(三)基數詞可在句中做介詞的受詞。

◈ Two plus **two** equals four.
2加2等於4。

◈ Eight minus **five** is three.
8減5餘3。

◈ The country has a population of **eighty million**.
那個國家有8000萬人口。

◈ The crowd dispersed **by twos** and **threes**.
人群三三兩兩地散開了。

◈ There are three fours **in twelve**.
12裡有3個4。

（四）基數詞可在句中做主詞補語。

◈ Two plus three is **five**.
2加3等於5。

◈ We are altogether **eight**.
我們一共8個人。

◈ Her child is **five**.
她的小孩5歲了。

◈ Three fives are **fifteen**.
三五得十五。

（五）基數詞可在句中做主詞同位語或受詞同位語。

◈ When shall we **four** meet again?
咱們四個人什麼時候再見面？

◈ You **two**, come here!
你們兩個，過來吧！

◈ Have you ever seen us **three**?
你見過我們三個人嗎？

◈ None of us **five** said so.
我們五個人誰也沒那麼說。

（六）基數詞可在句中做名詞的修飾語。

◈ **Thirty** students are doing chemical experiments in the lab.
30個學生正在實驗室裡做化學實驗。

◈ We invited **six** friends to dinner.
我們邀請了6位朋友吃飯。

◈ I've been there **five** times.
我去過那裡5次。

◈ The stone weighs **fifteen hundred** kilograms.
這石頭重1500公斤。

◈ World War **II** ended in 1945.
第二次世界大戰是在1945年結束的。

2.3 含有基數詞的習慣用語

(一)at one 表示「(和某人)意見一致」;「(和某人)一條心」。

◈ We are **at one** on this subject.
我們在這個問題上意見一致。

◈ Husband and wife were **at one** on everything but money.
除了錢以外的事,夫妻都能和諧。

(二)split(sth.)fifty-fifty 表示「平分」;「一半一半」;「均攤」;「分攤」。

◈ We **split the cost of dinner fifty-fifty**.
我們各出一半的晚餐錢。

◈ I'll tell you what: we'll **split the pizza fifty-fifty**.
那這麼辦吧:我們把披薩平分掉。

(三)number one

1. 接在 look out for 後面,表示「保護自己(的利益)」。

◈ I'd love to help you, but it's too dangerous—I have to look out for **number one**.
我想幫你,但實在太危險了——我也得保護自己啊。

2. 做名詞用，表示「首領」；「頭頭」；「第一把交椅」，
   做形容詞用，表示「最重要的」；「第一流的」。

◈ George is **number one** around here, and I'm his **number two**.
   喬治是這一帶的頭頭，我是他的副手。

◈ This company is **number one** in oil business.
   這家公司在石油業首屈一指。

◈ He's easily America's **number one** golfer.
   他無疑是全美首席高爾夫球手。

3. 兒童講的委婉語，表示「小便」（動詞用 go）。

◈ Mommy, I have to go **number one**.
   媽媽，我要去小便。

（四）number two

1. 表示「副主管」、「第二把交椅」。

◈ Mike is in charge of the whole operation, and Alice is his **number two**.
   邁克負責整個企業，愛麗絲是他的副手。

2. 兒童講的委婉語，表示「大便」（動詞用 go）。

◈ Mommy, Dennis is bad—he went **number two** in his pants.
   媽媽，鄧尼斯很壞，他大便拉在褲子裡。

（五）one and all 表示「大家」；「人人」，相當於 everybody，
對一群人說話時用。

◈ I would like to thank you, **one and all**.
   謝謝大家。

◈ Good day, **one and all**!
　　各位好！

(六)one in a thousand/million 表示「千中挑一」；「百裡挑一」；「極為稀有的」。

◈ Jack, not **one man in a thousand** would have forgiven you as he has done.
　　傑克，很少人會像他那樣寬恕你。

◈ My wife is **one in a million**.
　　我的老婆是萬中選一的。

(七)on all fours 表示「匍匐著」；「爬」；「趴」。

◈ The baby can walk, but he stays **on all fours** most of the time.
　　這嬰兒能走路了，但大部分時間還是在爬。

◈ I dropped a contact lens and spent an hour **on all fours** looking for it.
　　我的隱形眼鏡掉了，結果我趴在地上找了一個小時。

(八)a hundred/thousand/million and one 表示「很多」。

◈ I've got **a hundred and one** things to do.
　　我有很多事要做。

◈ He gave me **a million and one** reasons why he couldn't hire me.
　　他給我無數的理由，說明為何他不能雇用我。

(九)ten to one 表示「十之八九」；「幾乎可以肯定」；「多半」。

◈ **Ten to one** it will rain tonight.
十之八九今晚要下雨。

◈ You just tell him you've broken the vase; **ten to one** he won't be angry.
你就告訴他你把花瓶打破了，幾乎可以肯定他不會生氣的。

（十）kill two birds with one stone 表示「一石二鳥」；「一箭雙雕」；「一舉兩得」。

◈ Making an outline **kills two birds with one stone**: it makes you study the lesson till you understand it, and it gives you notes to review before the test.
做大綱是一舉兩得的：既易理解課文，又可做考前復習之用。

（十一）基數詞用於某些諺語中。

◈ **Two** of a trade never agree.
同行是冤家。

◈ **Two** can play at that game.
你的花招我也會。

◈ If **two** men ride on a horse, **one** must ride behind.
兩人合騎一馬，必有一人在後。

◈ It takes **two** to fight.
一個巴掌拍不響。（一個人吵不起來。）

◈ **Two**'s company; **three**'s a crowd.
兩人成伴，三人不歡。

③ 序數詞（Ordinal Numerals）

3.1 序數詞的表示法

序數詞在文句中通常用文字表示。

（一）1 至 19 的序數詞，除第一至第三，即 first, second, third 有
　　　特殊拼法外，其他一般由基數詞加 -th 構成，注意第五、
　　　八、九、十二的拼寫：

1st	first	$2^{nd}/2^{d}$	second	3rd	third
4th	fourth	5th	fifth	6th	sixth
7th	seventh	8th	eighth	9th	ninth
10th	tenth	11th	eleventh	12th	twelfth
13th	thirteenth	14th	fourteenth	15th	fifteenth
16th	sixteenth	17th	seventeenth	18th	eighteenth
19th	nineteenth				

注：second 的縮寫形式 2d 已不常見，多半用於正式文件。

（二）20 至 90 的各兩位數為整數的序數詞的構成方法是：將各
　　　十位基數詞的字尾 -y 改為 -ie，再加 -th：

20th	twentieth	30th	thirtieth	40th	fortieth
50th	fiftieth	60th	sixtieth	70th	seventieth
80th	eightieth	90th	ninetieth		

(三)21 至 99 的兩位的有零數的序數詞的構成方法是：十位數
用基數詞，個位數用序數詞，中間須用連字號連接。

21st	twenty-first	32nd	thirty-second	43rd	forty-third
54th	fifty-fourth	65th	sixty-fifth	76th	seventy-sixth
88th	eighty-eighth	99th	ninety-ninth		

(四)超過 100 的多位數序數詞的構成法是：在整數的多位數基
數詞之後直接加 -th。

100th	hundredth	500th	five hundredth
1000th	thousandth	5000th	five thousandth
50,000th	fifty thousandth	1,000,000th	millionth

(五)超過 100 的多位數非整數的序數詞的構成法是：百以上的
整數用基數詞，結尾為不足百的部分用序數詞。

101st	one hundred and first	210th	two hundred and tenth
1001st	one thousand and first	2045th	two thousand and forty-fifth

3.2 序數詞在句中的作用

序數詞既可做形容詞又可做副詞或名詞，因此在句中可做前
置修飾語、主詞、受詞、主詞補語、狀語或同位語。

(一)序數詞在句子中主要做前置修飾語：

　　1. 在表示順序的序數詞前面一般要加定冠詞或所有形容詞。

◈ We celebrated the fiftieth anniversary of winning **the Second World War**.
我們慶祝了二次世界大戰勝利五十周年。

◈ January is **the first** month of the year.
一月是一年中的第一個月。

◈ **The first** three chapters were written by me.
前三章是我寫的。

◈ **Their third** child is a high official.
他們的第三個孩子是個高官。

2. 序數詞前加不定冠詞表示「再一」；「又一」；「額外的」；相當於 additional, another, extra。

◈ I had to show my ID card **a second** time.
我還得再一次出示我的身分證。

◈ Shall I ask him **a third** time?
我還要問他第三次嗎？

◈ We need **a second** car.
我們還需要一輛汽車。

◈ He thinks he can be **a second** Churchill.
他認為他能成為另一個邱吉爾。

◈ Was there **a third** party present when you and she agreed to the sale of the house?
當你和她同意銷售房子時，有第三者在場嗎？

3. 在某些固定搭配的名詞片語中，做前置修飾語的序數詞前用零冠詞。

◈ She's going to travel **second** class.

她打算坐二等車旅行。

◈ **Second**hand cars are much cheaper.
二手車便宜很多。

(二)序數詞在句子中做主詞，多前接定冠詞，也可前接不定冠詞或用零冠詞。

◈ **The first** is better than **the second**.
第一個比第二個好。

◈ One was deaf, another was blind, and **the third** was lame.
一個是聾子，另一個是瞎子，第三個是瘸子。

◈ It was **a real first** for the French team.
這是法國隊的創舉。

（在口語中 first 可表示「(從前未有過的)顯著成就、事件等」。）

◈ **First** place went to the Chinese team.
中國隊得了第一。

(三)序數詞在句子中做受詞，多前接定冠詞，有時也可前接不定冠詞。

◈ He was among **the first** to arrive.
他是眾多第一批到達的人中的一個。

◈ He was <u>one of **the first**</u> to start collecting Picasso paintings.
他是最早開始收集畢卡索繪畫的人之一。

(四)序數詞在句子中做主詞補語，多前接定冠詞，也可用零冠詞。

◈ Today is **the fifth**(day)(of September).
今天是(九月)五號。

◈ He was（**the**）**ninth** on the list.
他在名單上是第九名。

◈ I'm **the first** in my village to go to college.
我是我們村裡第一個上大學的。

◈ He's **first** in everything.
他什麼事都是占第一。

◈ That country's population is **second** only to of China.
這個國家的人口僅次於中國。

（五）序數詞在句子中做狀語／副詞，修飾動詞或修飾全句。

◈ When did you **first** meet him?
你第一次見到他是什麼時候？

◈ She ranks **third** in her class.
她在班上排名第三。

◈ He came in **second** in the race.
他賽跑得了第二名。

◈ **First**, apologize to him.
首先，向他道歉。

（六）序數詞在句子中做同位語。

◈ We are going to have get-together on Saturday **the six-teenth** in Zhongshan Park.
我們將在十六號星期六在中山公園聚會。

◈ That girl, **the second** in the front row, is Marina.
前排第二個女孩是瑪麗娜。

3.3 含有序數詞的習慣用語

(一)at first 表示「起初」;「最初」;「開始時」。

◈ There was a little trouble **at first**, but soon everything was fine.
起初有點小麻煩,但不久一切都沒問題了。

◈ **At first** I didn't like it at all.
起初我一點也不喜歡。

(二)at first hand 表示「第一手地」;「直接地」;at second hand 表示「第二手地」;「間接地」。

◈ My family was poor in my childhood, and I learned **at first hand** what it was like to be hungry.
我小時候家裡很窮,因而我對挨餓有切身的體會。

◈ I was too young to remember the war, but I've heard a lot about it **at second hand** from my father.
我當時太小,記不得那場戰爭,但我從父親那裡間接地聽到了許多。

(三)at first glance/sight 表示「乍看」;「一眼看去」;「驟然看來」。

◈ **At first glance**, the problem appeared quite simple. Later we learned just how complex it really was.
乍一看,這問題顯得頗為簡單,後來才知道它實際上是多麼複雜。

◈ They fell in love **at first sight**.
他們一見鍾情。

(四)first and foremost/ first of all 表示「首先」；「第一」；
「最重要的」。

◈ Have this in mind **first and foremost**: keep smiling.
首先要記住的是：臉上常帶笑容。

◈ **First of all**, we'll try to find a place to live.
首先，我們要盡力找住的地方。

(五)first come, first served 表示「先到先接待」；「先到先
給」；「依次」。

◈ There are only a few seats left, so it's **first come, first served**.
只有一些空位，所以先來的先入座。

◈ Please line up and take your turn. It's **first come, first served**.
請排隊按次序來。先來先招待。

(六)first things first 表示「最重要者優先」；「要事先辦」。

◈ Do your homework now. Go out later. **First things first**.
現在做作業。過一會兒再出去。重要的事先辦。

◈ "Let's go to the cinema." "**First things first**—have you got any money?"
「我們去看電影吧！」「有個要緊的問題——你有沒有帶錢？」

(七)second to none 表示「不亞於任何人或事物」；「最好的」。

◈ If his cold is still bad, tell him to try this medicine—it's **second to none**.
如果他的感冒還不好，叫他試服這種藥，它的療效顯著。

◈ Her suggestion was **second to none**, and the manager accepted it eagerly.
她的建議最好，經理馬上就採納了。

(八) second thought/thoughts 表示「重新的考慮」；「再度思考後的想法」。

◈ You need to give it a **second thought**.
你需要再想想。

◈ On **second thought**, I think I'd better go now.
重新考慮之後，我認為最好現在就走。

◈ We're having **second thoughts** about sending our child to that school.
我們正在重新考慮是否送孩子去那所學校讀書。

(九) get one's second wind 表示「疲倦後重新感到有精力」；「在激烈的運動中，經過一度呼吸困難之後，再度恢復正常的呼吸」。

◈ I often feel sleepy after supper, but then I **get my second wind** later in the evening.
晚飯後我常常想睡覺，到半夜卻又有精神了。

◈ He often gets out of breath shortly after the beginning of a race, but then he **gets his second wind** and can finish.
他在起跑後不久常喘不過氣來，但過了這一階段，他會恢復正常呼吸，一直跑到終點。

▌4 分數詞（Fractions）

4.1 分數詞的表示方法

（一）分數詞一般是由基數詞和序數詞構成的，分子用基數詞表示，分母用序數詞表示，如果分子大於 1，分母用序數詞的複數形式。

$\frac{1}{3}$	one third	$\frac{1}{5}$	one fifth
$\frac{1}{8}$	one eighth	$\frac{2}{3}$	two thirds
$3\frac{2}{5}$	three and two fifths	$37\frac{7}{8}$	thirty-seven and seven eighths

（二）有些分數詞須用或可用其他方法表示：

$\frac{1}{2}$	a half/ one half	$\frac{1}{4}$	a quarter/ one quarter/ one fourth
$\frac{3}{4}$	three quarters/ three fourths		

在數學中，分子和分母可皆用基數詞表示，中間加介詞 over，以表示二者的關係，表示數目較大的分子和分母時，尤多用此種方法。

$\frac{1}{2}$	one over two

$\dfrac{1}{3}$	one over three
$\dfrac{2}{5}$	two over five
$\dfrac{75}{89}$	seventy-five over eighty-nine
$\dfrac{32}{689}$	thirty-two over six hundred (and) eighty-nine
$\dfrac{22}{9}$	twenty-two over nine

(在書寫時，多用數學式表示；後面的是口語的說法，一般並不這麼寫)

(三)代分數中的整數和分數之間須用 and 連接。

$1\dfrac{1}{2}$	one and a half	$2\dfrac{1}{4}$	two and a quarter
$2\dfrac{4}{9}$	two and four ninths	$99\dfrac{3}{8}$	ninety-nine and three eighths
$12\dfrac{3}{4}$	twelve and three quarters		

(四)分數詞做前置修飾語時，在表分子的基數詞和表分母的序數詞或 quarter(s) 之間須加連字號，但連字號不與不定冠詞連用。

| a three-quarters majority 四分之三的多數 |
| a half/ half a mile 半英里 |
| one and a quarter inches 一又四分之一英寸 |

（五）分數詞做名詞時，在表分子的基數詞和表分母的序數詞或
　　quarter(s)之間加不加連字號皆可，但以不定冠詞做分子的
　　分數詞皆不加連字號。

one third/ one-third of a meter 三分之一公尺
two fifths/ two-fifths of a yard 五分之二碼
three quarters/ three-quarters of a mile 四分之三英里
one half/ one-half of them 他們當中的一半
a quarter of a gallon 四分之一加侖
a fifth of a pound 五分之一磅
an eighth of a ton 八分之一噸

4.2 分數詞在句中的作用

（一）分數詞可在句中做主詞。

◈ **A quarter** of the students are from Europe.
　四分之一的學生是歐洲人。

◈ **Four fifths** of the textile workers are women.
　五分之四的紡織工人是女的。

（二）分數詞可在句中做動詞或介詞的受詞。

◈ She spends **one third** of her income on clothing.
　她把自己三分之一的收入花在服裝上。

◈ Some 30 million dollars, about **one sixth** of the total
　budget, was spent on medical care last year.
　去年約占總預算六分之一的大約三千萬美元用於醫療保健。

◈ Total industrial output value increased by **one third**.
工業總產值增加了三分之一。

◈ She is entitled to **a twelfth** of the cash.
她有權獲得此現金的十二分之一。

（三）分數詞可在句中做前置修飾語。

◈ This laptop computer is only **one-tenth** the weight of a normal desktop computer.
這台筆記型電腦僅是一台普通桌上型電腦的十分之一重。

◈ The post office is only **a half/ half a** mile from here.
郵局離這裡只有半英里。

（四）分數詞可在句中做同位語。

◈ Some two thousand ounces of gold, **three quarters** of his savings, were robbed last week.
大約兩千兩黃金，占他儲蓄的四分之三，上星期被搶劫了。

◈ He left her a villa and a million dollars, **one third** of his legacy.
他留給了她一棟別墅和一百萬美元，占他遺產的三分之一。

（五）分數詞可在句中做主詞補語。

◈ His income is only **one third** of his wife's.
他的收入只有他妻子的三分之一。

◈ The tax he paid was only **a fifth** of what he should have paid.
他已繳的稅只是他應交稅的五分之一。

（六）分數詞可在句中做狀語，修飾形容詞或修飾動作。

◈ The airport here is **a third** smaller than the one in Hong Kong.
這裡的機場比香港的機場小三分之一。

◈ Your car only goes **three fifths** as fast as hers.
你的汽車行進的速度只有她汽車的五分之三。

5 倍數詞 (**Multiplicatives**)

常見的倍數詞主要有 half, double, treble, twice, triple, quadruple, times 及由字尾 -fold 構成的倍數詞等。

5.1 常用倍數詞的用法

5.1.1 倍數詞 half 的用法

(一)用作形容詞，表示「一半」；「部分的」；「不完全的」等。

1. 表示「一半」既可用 a half，也可用 half a/an。

a half hour/ half an hour 半小時	a half mile/ half a mile 半英里
a half dozen/ half a dozen 半打 (6個)	

2. 表特指的「一半」用 half the，或 half 加所有形容詞，相當於代名詞 half＋of＋the/one's。

◈ **Half** (of) the teachers are women.
一半的教師是女的。

◈ I haven't said **half** (of) the things I wanted to say.

我想說的事一半還沒說呢。

◈ **Half** (of) our work is done.
我們的工作完成了一半。

3. 有些固定搭配的片語或複合字，只可用 half 或 a half，不可改用 half a/an。

a half brother 異父或異母兄弟	a half moon 半月；上弦或下弦月
a half smile 稍微笑了一下	a half truth 半真半假的話
half speed 半速	half the battle 成功的一半

4. 在名詞片語中，名詞被「某一整數又一半」修飾時，可有兩種表示方法：

基數詞＋名詞＋and＋a＋half
基數詞＋and＋a＋half＋名詞（較常用）

如：

two hours and a half/ two and a half hours 兩個半小時
one mile and a half/ one and a half miles 一英里半
one pound and a half/ one and a half pounds 一磅半

(二)用作名詞主要表示「半」；「一半」；「二分之一」；「半票」，體育比賽或音樂會的「半場」；「半學年」等，可有複數形式。

◈ Please read **the first half** of the text.
請讀這課文的前半部分。

◇ We'll divide each of the four pies into **halves** and share them among the eight of us.

我們將會把這四個派都切兩半，在這裡的八個人一起吃。

◇ **Two halves** make a whole.

兩個一半成為一個整體。

(三)用作代名詞表示「半數」；「一半」。

◇ <u>Half of the money</u> is mine.

這錢的一半是我的。

◇ <u>Half of the apples</u> are ripe.

半數的蘋果是熟的。

◇ Out of thirty students, **half** passed.

在三十個學生中，有一半及格了。

◇ <u>Half of them</u> have already arrived.

他們半數人已經來了。

◇ This house is worth ninety thousand pounds. He's only paid for <u>half of it</u> so far.

這間房子價值九萬英鎊，到目前他只付了一半款。

(四)用作副詞

1. 表示「一半地」；「一半」。

◇ The girl left her homework **half** done.

這女孩只完成了她的一半作業。

◇ She's **half** French and **half** English.

她是英法混血兒。

◇ She was **half** asleep.

她半睡半醒。

2. 表示「部分地」;「不完全地」。

◈ I **half** agree with you.
我不完全同意你的意見。

◈ The beef is **half** cooked.
這牛肉是半生不熟的。

3. 用以加強語氣,表示「幾乎」;「差不多」。

◈ The fish were **half** dead.
這些魚幾乎奄奄一息了。

◈ It's a good thing we're about to eat dinner—I'm starving **half** to death!
還好快要吃晚飯了──我餓得半死了!

5.1.2 倍數詞 double 及 twice 的用法

倍數詞 double 可做形容詞、名詞、副詞或動詞。twice 為副詞,做倍數詞表示「兩倍」。

(一) double 做形容詞,表示「雙倍的」;「雙倍於」;「雙重的」;「雙人的」;「雙層的」;「兩面的」,主要用作前置修飾語或補語。

◈ Your room is **double** the size of mine.
你的房間有我的兩倍大。

◈ He is **double** her age.
他的年齡比她大一倍。

◈ The word has a **double** meaning.
此字有雙關的意義。

◈ He did **double** duty.

他做了雙重任務。

◈ I want a **double** room.
我要一個雙人房間。

◈ He is a man with **double** personality.
他是個雙重人格的人。

(二) double 做名詞，表示「兩倍」；「雙倍」；「長得很像的人或物」；「雙打」。

◈ She's paid **double** for the same job.
她做同樣的工作，而報酬比別人多一倍。

◈ Most movie stars have stunt **doubles** to perform dangerous stunts for them.
大部分明星都有替身演員來幫他們表演特技。

◈ Jane and Tom won the mixed **doubles**.
珍和湯姆在混合雙打中獲勝。

(三) double 做動詞，表示「(使某物)加倍」；「兼做」；「兼任」等。

◈ The output of cotton **has doubled**.
棉花的產量增加了一倍。

◈ This video game console **doubles** as a CD player.
這台電視遊樂器可以兼做CD播放器。

(四) double 做副詞，表示「成雙」；「成對」；「兩倍」。
twice 表示「兩倍」。

◈ He walked **double/twice** the distance.
他走了兩倍的路。

◈ If you drink too much, you might start seeing **double**.
如果你喝太多酒，你可能會出現複視（將一物看成兩物）。

◈ She has **twice** his courage./ She has **twice** the courage he has.
她有他雙倍的勇氣。

◈ **Twice** three is six.
二三得六。

◈ He is **twice** the man he was.
他比以前強一倍。

◈ I advise you to think **twice** about the contract before signing it.
我勸你在簽訂合約之前要三思。

5.1.3 倍數詞 treble, triple 和 quadruple 的用法

倍數詞 treble, triple 和 quadruple 皆可做形容詞、動詞和名詞。

（一）treble, triple 用作形容詞皆可表示「三倍的」；「三重的」，triple 還可表示「三部分的」；「涉及三者的」。

◈ The plan has <u>a **treble/triple** purpose</u>.
這計畫有三重目的。

◈ They formed <u>a **triple** alliance</u>.
他們組成了三國聯盟。

（二）treble, triple 用作動詞皆可表示「增至三倍」；「增兩倍」。

◈ The national income **has trebled/tripled**.
國民收入增加了兩倍。

◈ The price of stamps **has trebled/tripled**.
郵票的價格增加了兩倍（增至三倍）。

◈ He **trebled/tripled** his income in five years.
五年中他使他的收入增加了兩倍。

（三）treble, triple 用作名詞皆可表示「三倍」；「三重」。

◈ Why is he paid **triple** for doing the same work as every-
one else?
為什麼他跟別人做一樣的事情，卻可以領別人的三倍薪水？

◈ His current scoring average is **triple** what it was last year.
他現在的平均得分是去年的三倍。

（四）quadruple 可做形容詞、名詞或動詞。

1. 做形容詞表示「四倍的」；「由四部分組成的」；「由四
方組成的」。（這種用法現在較少見）

◈ They signed a **quadruple** agreement.
他們簽訂了一個四方協定。

◈ We'd do better to form a **quadruple** alliance.
我們最好組織一個四國聯盟。

2. 做名詞表示「四倍」。

◈ With her four children, she has **quadruple** the trouble I
have with my one son.
她養四個小孩的麻煩程度是養一個獨子的我的四倍。

◈ Hers cost **quadruple** what mine did.
她的價錢是我的價錢的四倍。

3. 做動詞，表示「變成四倍」；「乘以四」；「增至四
倍」；「增加三倍」。

◈ In five years, their profits **have quadrupled**.
他們的利潤在五年中增至四倍／增加三倍。

◈ I've had a bad year—my debt **has quadrupled**.
我今年很糟——我的債務增加到四倍。

5.1.4 倍數詞 time 和由基數詞＋ -fold 構成的倍數詞的用法

（一）三倍及三倍以上的倍數常可用介詞 times，指「倍」或「乘」。

◈ <u>**Five times** three</u> is fifteen.
五乘三是十五。

◈ This book is <u>**five times** as long as</u> that one.
這本書的篇幅是那本書的五倍。

◈ This book is <u>**five times** longer than</u> that one.
這本書的篇幅比那本書多四倍。

◈ This book is <u>**five times** the length of</u> that one.
這本書的篇幅為那本書的五倍。

◈ This yard is <u>**three times** larger than</u> that one.
這院子比那院子大兩倍。

（二）兩倍及兩倍以上的倍數也常可用由基數詞＋ -fold 構成的倍
數詞。

　1. 做形容詞表示「……倍的」；「……重的」；「有……部
　　分的」。

◈ Their target was **twofold**.
他們的目標是雙重的。

◈ There has been <u>a **tenfold** increase</u> in output.
產量增長達十倍。

2. 做副詞表示「……倍地」。

◈ This kind of engine increased aircraft speed **threefold**.
這種引擎使飛行器速度增加了兩倍（增加至原來的三倍）。

◈ During these five years his income increased **fourfold**.
這五年裡他的收入增加了三倍（增加至原來的四倍）。

5.2 含有倍數詞的習慣用語

（一）and a half 表示「非同小可的」；「特別的」；「了不起的」。

◈ It's a job **and a half**.
那是一件了不起的的工作。

◈ That was a game **and a half**!
那場比賽十分精彩！

（二）by half

1. 通常和「too＋形容詞或副詞」，表示「太」；「過於」。

◈ He is too clever **by half**.
他過於聰明了。

◈ You did that too quickly **by half**. It's all wrong.
那事你做得太快了，全錯了。

2. 表示「（增加或減少）一半」。

◈ This nail is too long **by half**.
這釘子長了一半。

◈ We have reduced costs **by half**.
我們將成本降低了一半。

(三) by halves 表示「不徹底的」;「不完善的」;「半途而廢的」。

◈ He's not a man who does things **by halves**.
他不是那種做事半途而廢的人。

◈ Never do a thing **by halves**.
做事絕不要半途而廢。

(四) go halves 表示「均攤費用」。

◈ You don't have to pay for me—let's **go halves**.
你不用幫我付帳,一起分攤吧!

(五) the half of it 表示「最重要的部分」;「僅僅是事情的一部分」。

◈ "Have you been ill?" "Ill? That's not **the half of it**—I've been in the hospital for six months!"
「你生病了嗎?」「生病?豈止生病,我已住院六個月了。」

◈ If I told you **the half of it**, you'd be shocked.
如果我把部分要項說給你聽,你就會震驚不已。

(六) at the double [英]/ on the double [美] 表示「速度加倍」;「腳步加快」。

◈ He took a force of soldiers and came **at the double**.
他帶了一隊士兵,跑步過來。

◈ "Forward, men! **On the double!**"
「士兵們,前進!動作快!」

◈ The boss wants you—you'd better get upstairs **at the double**.
老闆叫你——你最好趕緊上樓去。

（七）double back 表示「對折」；「急忙退回」；「順原路返回」；「折回」。

◈ **Double** the edge **back** before sewing.
在縫紉前把邊對折起來。

◈ The fox **doubled back** and escaped the hounds.
狐狸順原路溜回，避開了獵犬。

◈ He **doubled back** by another road and surprised us.
他從另一條路折了回來，嚇了我們一跳。

6 小數和百分數（Decimals and Percentages）的表示法

6.1 小數的表示法

（一）在說英文的國家中，小數的阿拉伯數字的書寫方法，要求在整數和小數之間，加一圓點的小數點（歐洲大陸國家用逗點做小數點），小數點（decimal point）之後無論有幾位數，中間不可另加逗點，但每三位或五位數之間可留空。

0.1	1.25	34.687
256.29	47.639 082	51.08913 25464 5

（二）小數點前的整數用基數詞的表示法讀，小數點後的數字，先要讀出小數點 point，然後逐個讀出各數目。

5.15	five point one five

| 13.246 | thirteen point two four six |
| 720.80953 | seven hundred and twenty point eight zero nine five three |

(三)小數點前的數字小於 1 時，zero 可省略不讀。

0.32	(zero)point three two
0.68	(zero)point six eight
0.12579	(zero)point one two five seven nine

6.2 百分數的表示法

分母為一百的分數稱作百分數，表示其中的分母的百分號，在美語中寫作 percent，在英文中寫作 per cent，二者讀法相同。

(一)百分數的分子為整數時，分子以基數詞的表示法讀。

| 1% | one percent | 10% | ten percent |
| 50% | fifty percent | 200% | two hundred percent |

(二)百分數的分子為含有小數或為小數時，分子以小數的表示法讀。

0.2%	(zero)point two percent
0.46107%	(zero)point four six one zero seven percent
3.98%	three point nine eight percent

7 倍數詞、分數、小數、百分數用於二者比較的表示方法

(一)n 倍數、分數等＋as... as 表示「相當於某人某物的 n 倍」；「比某人某物增加 n-1 倍」。

1. half as much/many as 表示「……的一半」。

◈ I have only **half as much** money **as** him.
我的錢只有他的一半。

◈ I have only **half as many** stamps **as** her.
我的郵票只有她的一半那麼多。

2. twicc as... as 表示表示「相當於……的兩倍」；「淨增一倍」。

◈ This car cost me **twice as much as** the last car I bought.
這輛汽車比我上次買的那輛貴一倍。（相當於那輛汽車的兩倍）

◈ Her hair is **twice as long as** mine.
她的頭髮比我的長一倍。（相當於我的頭髮的兩倍長）

3. n 倍數＋as... as 表示「相當於某人某物的 n 倍」，或「比某人某物增加 n-1 倍」。小於 1 的 n 分數詞＋as... as，則只表示「相當於某人某物的 n 倍」。

◈ The volume of the sun is about **1,300,000 times as large as** that of the earth.
太陽的體積大約為地球體積的130萬倍。

◈ China is **twenty times as large as** Japan.
中國是日本的20倍大。

◈ The road is only **one third as long as** that one.
這條路只有那條路的三分之一長。

◈ I have only <u>**ten percent as much** money **as**</u> he has.
我有的錢只相當於他的十分之一。

(二) n 倍數＋被比較的人物表示「相當於……的 n 倍」；
「比……多 n-1 倍」。n 倍數詞做動詞 magnify 的受詞表示
「放大至……的 n 倍」。

◈ She earns <u>**half** my salary</u>.
她賺的錢是我薪水的一半。

◈ His wife earns <u>**treble** what he does</u>.
他妻子賺的錢是他掙的錢的三倍。

◈ He paid <u>**double/twice** the usual fare</u>.
他付了平常價格的兩倍。

◈ The earth is <u>**forty-nine times** the size of the moon</u>.
地球的大小是月球的49倍。

◈ Nigeria is <u>**ten times** the size of Great Britain</u>.
奈及利亞的大小是英國(大不列顛)的10倍。

◈ This microscope **magnifies** objects to **500 times their original size**.
此顯微鏡放大物體至五百倍。

(三) 在「……＋倍數詞＋比較級＋than」的結構中，比較級前
的倍數等表示「相當於原來的 n 倍」或「增加 n-1 倍」。
在「……＋小於 1 的分數詞或百分比＋比較級＋than」的
結構中，比較級前的分數詞或百分比表示淨增的數量。

◈ This bag is **four times heavier than** that one.

這一袋的重量相當於那一袋的四倍。

這一袋比那一袋重三倍。

◈ Its profits are rising **3.8 times faster than** the average company.

它的利潤的增長速度相當於平常的公司的三點八倍。

（它的利潤的增長比平常的公司快二點八倍。）

◈ Kuwait oil wells yield nearly **500 times** more than U.S. wells.

科威特油田產油量幾乎相當於美國油田500倍。

（科威特油田產油幾乎比美國油田多499倍）。

◈ His house is **one third larger than** mine.

他的房子比我的房子大三分之一。

◈ Their grain output last year was **18.5 percent** higher than the year before last.

他們去年的糧食產量比前年增長了18.5％。

(四)用作動詞的 n 倍數詞表示「增加至 n 倍」；「增加 n－1 倍」。

◈ In five years, rice output **has** more than **doubled**.

稻米的產量五年中增加了一倍多。

◈ Their income **trebled/tripled** between 1995 and 1999.

他們的收入在1995年至1999年之間增加了兩倍。

◈ She **quadrupled** her income in two weeks.

兩個星期中她使她的收入增加了三倍。

（五）increase, rise 等動詞＋by＋百分數，表示淨增的數量。

◈ The gross national product **increased by 8.1 percent**.
國民生產總額增加了8.1％。

◈ The price of houses here **has increased by 65%** since 1990.
自1990年以來，這裡的房價增加了65％。

◈ Between 1997 and 1999, total output **rose by one third**.
在1997年至1999年之間，總產量增加了三分之一。

（六）百分數等修飾做名詞的 increase 或修飾副詞時，表示淨增數量。

◈ There was **an 80 percent increase** in production.
生產增加了80%。

◈ This shows **a fifty percent increase** over the previous season.
這顯示比上一季增加50%。

（七）reduce, shorten 等表示減少的動詞＋by＋小於一的分數、百分數等，表示淨減的量。

◈ They decided to **reduce** the price by **ten percent**.
他們決定減價10％。

◈ The letter **should be shortened** by **two fifths**.
這封信應縮短五分之二。

（八）在表示「減少」的意義的結構中，n 倍數＋比較級＋than，表示減至 1/n，如 n 倍數為小於 1 的分數或百分數時，則表示淨減數。

◈ She is **three times younger than** her grandfather.
她的年齡是她的爺爺年齡的三分之一。

◈ So far we've had __30 percent fewer__ patients **than** last year.
到目前為止，就診的患者人數較去年同期少了30％。

◈ The park is **one third smaller than** that one.
這公園比那公園小三分之一。

8 數詞在不同場合的使用

8.1 有關數詞的常用數學用語表示法

8.1.1 常用的數學符號、代號或縮寫字的表示法及舉例

+	plus/add 或 and 表示「加(上)」
−	minus/subtract 或 take away from 表示「減(去)」
±	plus or minus 表示「正負或加減」
×	times 或 multiplied by 表示「乘以」，(表示面積、體積時)表示「乘」
÷	divided by 表示「除以」
=	equals/ is equal to 表示「等於」
≠	is not equal to/ does not equal 表示「不等於」
≈	is approximately equal to 表示「約等於」

≡	is equivalent to/ is identical with 表示「全等於」
>	is greater than 表示「大於」
≯	is not greater than 表示「不大於」
<	is less than 表示「小於」
≮	is not less than 表示「不小於」
≥	is greater than or equal to 表示「大於或等於」
≤	is less than or equal to 表示「小於或等於」
%	percent/per cent 表示「百分之」
∞	infinity 表示「無限大」
log	logarithm 表示「對數」
x^2	x squared/ x square 表示「x 的平方」
x^3	x cubed/ x cube 表示「x 的立方」
x^4	to the power of four x/ x to the fourth power 表示「x 的四次方或四次冪」
π	pi 表示「圓周率」π (pi 為希臘文的第16個字母 π，相當於羅馬字母 p。)
°	degree 表示「度」
′	minute(of an arc or angle)；foot or feet(unit of length)表示「分」(角度單位)；「英尺」
″	second(of an arc or angle)；inch or inches(unit of length)表示「弧秒」；「秒(角度的單位)」；「英寸」

8.1.2 常用的表示法

(一)加(addition)、減(subtraction)、乘(multiplication)、除

(division)算式的表示法如下，注意其中的動詞應用單數或複數。

$5+8=13$

◈ Fifteen <u>plus</u> eight **is** thirteen.
（運算符 plus 是介詞，由其引導的做修飾語的介詞片語是附加成分，主詞的中心詞是數字 five/5，故用單數動詞。）

◈ Five **and** eight **is/are** thirteen.
Five **plus** eight **is equal to** thirteen.
Five **and** eight **equals** thirteen.
五加八等於十三。

$15-6=9$

◈ Fifteen **minus** six **is/makes** nine.
（運算符 minus 是介詞，由其引導的做修飾語的介詞片語是附加成分，主詞的中心詞是數字 fifteen，故用單數動詞。）

$4\times5=20$

◈ Four **times** five **is/makes** twenty.
（做修飾語的倍數詞 four times 是附加成分，主詞的中心詞是數字 five，故用單數動詞。）

◈ Four **multiplied by** five **is/equals** twenty.
（做修飾語的過去分詞片語 multiplied by five 是附加成分，主詞的中心詞是數字 four，故用單數動詞。）

◈ Four **fives** **are** twenty.
四乘以五等於二十。
（口語中小數目的乘法，第二個數位用名詞的複數形式，等號用 are 表示。但在美國已漸罕用。）

$8 \div 2 = 4$

◈ Eight **divided by** two **is** four.
八除以二等於四。

（做修飾語的過去分詞片語 divided by two 是附加成分，主詞的中心詞是數字eight，故用單數動詞。）

(二)大於、小於或等於等式子的表示法：

◈ A＞B
A is **greater than** B.
A 大於 B。

◈ A≯B
A is **not greater than** B.
A 不大於B。

◈ A≥B
A is **greater than or equal to** B.
A 大於或等於 B。

◈ A＜B
A is **less than** B.
A 小於 B。

◈ A≮B
A is **not less than** B.
A 不小於 B.

◈ A≤B
A is **less than or equal to** B.
A 小於或等於 B。

◈ A≠B

A is **not equal to** B.

A 不等於 B。

（三）關於乘方或開方的表示法

◈ $5^2 = 25$

<u>Five squared</u> **is/makes/equals** twenty-five.

5 的平方等於 25。

◈ $5^3 = 125$

<u>Five cubed</u> **is** one hundred and twenty-five.

5 的立方等於 125。

◈ $2^4 = 16$

<u>Two to the fourth power</u> **is** sixteen.

2 的四次方等於 16。

◈ $10^5 = 100,000$

<u>The fifth power of ten</u> **is** one hundred thousand.

<u>Ten to the fifth (power)</u> **is** one hundred thousand.

10 的五次方／冪 是 100,000。

◈ $\sqrt{16} = 4$

<u>The square root of sixteen</u> **is** four.

16 的平方根等於 4。

◈ $\sqrt[3]{27} = 3$

<u>The cube/third root of twenty-seven</u> **is** three.

27 的立方根等於 3。

◈ $\sqrt[5]{a^2} = x$

<u>The fifth root of a squared</u> **is** x.

a(的)平方的五次根等於 x。

8.1.3 關於比率 (ratios) 的表示法

比率的表示通常都用數位，有時亦可用文字。

$15：3＝5$

◈ **The ratio of** fifteen **to** three **equals** five.
十五比三等於五。

◈ **The ratios of** 1 **to** 3 and 5 **to** 15 **are** the same.
一與三和五與十五的比率是相同的。

8.2 日期、年份或世紀等的表示法

（一）日期（日或月日）的表示法

1. 單獨地表示某日或表示在「某日＋of＋某月」的結構中的某日時，須用表示序數的數字或序數詞，並前加定冠詞 the。

◈ Is today's date **the 7ᵗʰ/seventh** or **the 8ᵗʰ/eighth**?
今天的日期是7號還是8號？

◈ It's **the 1ˢᵗ/first of September** now. There'll be a dance on **the 6ᵗʰ/sixth**.
現在是9月1號了。在6號將有個舞會。

◈ She came here on **the 3ʳᵈ/third of April**.
她4月3日到這裡來的。

2. 表示「某月某日」時，美語和英文的讀法略有不同，例如：

在美國 May 6 讀作 May sixth。

在英國 May 6 讀作 May the sixth。

(二)年、月、日的表示法，英國和美國書寫的方法不同，讀法也不盡相同：美國通常把月寫在最前面，然後寫日期，最後寫年，日期和年之間要加逗點；英國多把日期寫在最前面，然後寫月和年，在月和年之間加標點符號。三者之間還可用〔／〕號，或〔-〕號隔開。

1. 美語的一般書寫方法和讀法是按月日年的順序排列的，月日年三者之間還可用逗點、〔／〕號或〔-〕號隔開。但在少數場合也有按日月年的順序排列的。

April/Apr. 1, 1999	4/1/1999；4/1/99
04-01-1999；04-01-99	1999 年 4 月 1 日

(讀作 April first, nineteen ninety-nine)（西元2000年以後，大部分用法會把年份的四個數字全部寫出來）。

◈ He was born on **May 9th, 1968.**
He was born on **May ninth, nineteen sixty-eight**.
他生於1968年5月9日。

◈ The U.S. naval base in Pearl Harbor was suddenly attacked by Japan on **December 7th, 1941.**
美國珍珠港海軍基地在1941年12月7日遭到了日本的突然襲擊。

2. 英國多把日期寫在最前面，然後寫月和年，在月和年之間要加逗點，或是在日月年三者之間用逗點；〔／〕號；或〔-〕號隔開。也可把月寫在最前面，然後寫日期，最後寫年；日期和年之間要加逗點。

1 April/Apr., 1999	1/4/99
1/4/1999	01-04-99
01-04-1999	1999 年 4 月 1 日

◈ He was born on **9ᵗʰ May, 1968.**
   He was born on **the ninth of May, nineteen sixty-eight**.
   他生於1968年5月9日。

◈ I got to know her on **7ᵗʰ August, 1955.**
   I got to know her on **the seventh of August, 1955.**
   我在 1955年8月7日和她相識的。

3. 由於英國和美國用數字表示年、月、日的排列順序不同，書面形式的日期會產生歧義，如 1/4/99 或 01-04-99 在美國指 January 4, 1999，而在英國則指 April 1, 1999。因而在正式的文告、法律文件及請柬(如喜帖)中，年月日通常用文字表示，如 1999 年 4 月 1 日 要寫為 April(the)first, nineteen ninety-nine 或 the first of April, nineteen ninety-nine。現今越來越多人用 "5 October 1987" 這種格式來迴避這個問題。

(三) 年的書寫多用數字，超過百年的讀法，要分為兩部分：先讀超過百的部分，再讀不足百的部分，但兩千年則直接說兩千。

1937 讀作 **nineteen**(多省略 hundred)(多省略 and)**thirty-seven**
1945 讀作 **nineteen**(多省略 hundred)(多省略 and)**forty-five**
1900 讀作 **nineteen hundred**
1901 讀作 **nineteen**(多省略 hundred)**and one** 或 **nineteen oh one**

2000 讀作 **two thousand**

2007 讀作 **two thousand**（and）**seven**

2015 讀作 **twenty fifteen** 或 **two thousand**（and）**fifteen**

221 B.C. 讀作 **two**（多省略 hundred）（多省略 and）**twenty-one B.C.** 西元前 221 年（B.C.為 before Christ 的縮寫式；也有人用B.C.E.[before the Christian era]來取代B.C.）。

627 A.D. 讀作 **six**（多省略 hundred）（多省略 and）**twenty-seven A.D.**西元 627 年或西曆 627 年（A.D. 為 Anno Domini 的縮寫式，在不會誤解的情況下通常省略。現在有人用C.E.[Christian era]取代A.D.）

A.D. 37 讀作 **A.D. thirty-seven**（在西元後年代較短的，A.D. 不宜省略。）

註：B.C.(E.)可寫成BC(E)；A.D. 可寫成AD；C.E. 可寫成CE。

（四）十年、世紀和千年的表示法

　　1. decade 表示十年的期間；century 指百年，世紀，表示耶穌誕生前或後的每百年為一個世紀；millennium 表示一千年。

◈ He became famous in **the first decade of the twentieth century**.

他在二十世紀最初的十年中（指 1900—1909）成名的。

◈ It is the year 2001. That is to say, we've entered a new **millennium**.

今年是 2001 年。這就是說，我們已進入了一個新的千禧年。

（指2001—3000；千禧年的算法常有人誤會，第一個千禧年是1-1000；第二個是1001-2000；餘類推）。

◈ There were two world wars in **the 20th century**.

在二十世紀(1900-1999)有兩次世界大戰。

2. 表示某個世紀或幾十年代，用百或十的複數形式表示。 表示某個千禧年則用千的複數形式表示。

◈ This happened in **the 1940s/1940's**.
這發生在1940年代(讀成 **nineteen forties**)。

◈ All my classmates were born in **the 1920s/1920's**.
我的同學都出生於1920年代(讀成 **nineteen twenties**；指 1920-1929)。

◈ He wrote this book in **the early forties**.
他在1940年代初寫的這本書。

◈ Now we've entered **the 2000s**.
現在我們已進入第三個千禧年(讀作 **two thousands**)。
(也可以說 Now we've entered **the 21st century**. 現在我們已進入二十一世紀。)

8.3 時刻的表示法

(一)表示幾點幾分的時刻的讀法
1. 以 12 個小時為一階段的表示時刻的讀法用數字表示時間，英國在時與分之間加圓點(full stop)，美國加冒號(colon)。

7:00	seven o'clock [美；英]	七點(鐘)
	seven [美；英]	
1:01	one-oh-one [美；英]	一點(過)一分
1:10	one- ten/ ten after one [美]	一點(過)十分
	one- ten/ ten past one [英]	

2:11	two eleven [美；英]	兩點十一(分)
9:15	nine fifteen/ a quarter after nine [美]	九點十五(分)／
	nine fifteen/ a quarter past nine [英]	九點一刻
11:26	eleven twenty-six [美；英]	十一點二十六(分)
5:30	five thirty/ half past five [美；英]	五點三十(分)／
	thirty minutes after five [美]	五點半
2:45	two forty-five/ a quarter to three [美；英]	兩點四十五(分)／差一刻三點
2:56	two fifty-six/ four minutes to three [美；英]	兩點五十六(分)／差四分三點

註：通常在較整數的時間(例如5分、10分、20分)才會用 after 或 past 來表示。

2. 用於火車或航班等時刻表以 24 個小時為一階段的表示時刻的讀法在此種表示法中的數字 0，可讀作 zero, nought 或 o(oh)。

08:00 讀作 **eight hundred hours**(早上)八點(通常軍隊才會用 "hundred hours"來代替 "o'clock")

09:05 讀作 **nine oh five** (早)九點零五分

12:00 讀作 **twelve hundred hours/ twelve o'clock/ midday/ noon** 十二點或中午

14:15 讀作 **fourteen fifteen** 十四點十五(分)

22:24 讀作 **twenty-two twenty-four** 二十二點二十四分

24:00 讀作 **twenty-four hundred hours/ midnight** 二十四點或午夜

(二) a.m./am (＝before noon，為拉丁文 ante meridiem 的縮寫式，表示上午) 或 p.m./pm (＝afternoon/ after midday，為拉丁文 post meridiem 的縮寫式，表示下午) 之前的時刻，只可用數字表示，因而 a.m. 或 p.m. 不可和 o'clock 等任何文字連用。其前面的時刻如為整點，整數後不可加「：00」。

◈ You may go to the office to pick up the documents between **8** and **9 a.m.**
你可以在上午八點至九點之間去辦公室取文件。

◈ The supermarket is open from **8:30 a.m.** to **10 p.m.**
那超級市場從早上八點半至晚上十點營業。

◈ The great poet died at **5/five a.m**.
那位偉大的詩人在清晨五點去世的。

(三) 表示整點時刻的副詞 o'clock 可置於單獨的整數的數字或文字的基數詞之後，和文字連用較正式些。在不會產生歧義時，o'clock 在句中常可省略。

◈ He left here between **five** and **six o'clock**.
他在五點和六點之間離開這裡的。

◈ He began to learn English at **eight o'clock**.
他八點鐘開始學英文的。
(此處如省略了 o'clock，說成 He began to learn English at eight. 有可能誤解為「他八歲開始學習英文的。」)

◈ There will be a meeting from **8/eight** to **10/ten** this morning.
今天上午八點至十點有個會。

8.4 年齡、生日或周年紀念日的表示法

(一)表示人的年齡用數字或文字皆可，在專業性的資料或統計
　數字中一般用數字表示，在正式的寫作多用文字。

◈ The general manager received a job application from a
man **aged 60**.
總經理收到了一個60歲的人的職業申請。

◈ Any employee who has worked here for at least 15 years
is automatically retired at the end of the month in which
he reaches **age 65**.
任何一個工作了至少15年的雇員到了他65歲的那個月的月底就
要自動退休了。

◈ He will retire on pension **at 65**.
65歲他退休時將靠退休金過活。

◈ **At 60/sixty** he was by no means hard of hearing.
60歲了，他一點都不聾。

◈ She has reached **the age of thirty-three**.
她已有33歲了。

(二)書寫某人多大年齡可直接用數字或文字表示，也可用「數
　字或文字＋years old」表示。

◈ The girl is **7/seven**(**years old**).
這女孩7歲。

◈ The man, **35**(＝who is **35/thirty-five years old**), was ap-
pointed Minister of Education.
那個人，35歲，被任命為教育部長。

◈ This is my child. He is **3 years and 2 months old**.
這是我的小孩。他三歲零兩個月。

◈ The baby is **3 months and six days old**.
這嬰兒有三個月零六天了。

(三)「所有形容詞加上十位數整數的複數形式」，可用來表示
人的年齡的「十幾歲」；「幾十幾歲」等。

◈ "The girl is only in **her early teens**(about 13-15)." "But I
think she's in **her mid teens**(about 15-17)."
「這女孩只有大約13歲到15歲。」「但是我看她大約有15到17
歲了。」

◈ I guess Mike is in **his late teens**(about 17-19)now.
我猜邁克現在大約17歲到19歲了。

◈ His father became a colonel in **his early 30s/30's/thir-
ties**.
他父親三十多歲(三十出頭或剛過三十)就成為上校了。

◈ Albert was promoted to vice general manager of a big firm
in **his late 20s/20's/twenties**.
艾爾伯特二十八九歲就被提升為大公司的副總經理。

◈ He was still able to play basketball in **his 60s/60's/six-
ties**.
他六十多歲的時候還能打籃球呢。

(四)表示在某年的第……次生日、周年紀念日通常用序數詞表
示。

◈ Today is **the ninety-ninth birthday** of my grandfather.
今天是我爺爺的99歲(第99個)生日。

◈ Tomorrow will be **the 55th/fifty-fifth anniversary** of the founding of the UN.

明天是聯合國成立55周年紀念日。

◈ This July 4 will be **the 229th anniversary** of the adoption of the Declaration of Independence of the United States.

即將到來的7月4日是美國宣佈獨立229周年紀念日。

8.5 「0」的讀法

在英文中在不同的場合，數字「0」有不同的讀法：

(一)打電話時，「0」可讀作 oh 或 zero。末尾數為 00 或 000 時，通常讀作 hundred 或 thousand。

◈ My phone number is 6506-4275.

我的電話是 6506-4275。

(6506-4275 讀作 six five **oh** six four two seven five。)

◈ Can you put me through to 502-5600?

幫我接 502-5600 可以嗎？

(502-5600 可讀作 five **oh** two five six **hundred** 或 five **oh** two fifty-six **hundred**。)

◈ Her phone number, 123-4000, is easy to remember.

她的電話號碼──123-4000，很容易記。

(123-4000 讀作 one two three four **thousand**。)

(二)在表示年分或時刻的零數時，「0」一般讀作 o(h)。

◈ He was born in 1903.

他生於1903。

（1903 讀作 nineteen and three 或 nineteen **oh** three。後者較常用。）

◇ The flight will arrive at 06:03。
該航班將於六點零三分到達。

（06:03 可讀作 six **oh** three。）

（三）在一般事物的編號，表示大於兩位元數的數字中的「0」時，常可讀作 oh。

◇ Its registration number is X 980 302.
它的註冊號碼是 X 980 302。

（X 980 302 讀作 X nine eight **oh** three **oh** two。）

◇ My passport number is 143040508.
我的護照號是 143040508。

（143040508 讀作 one four three **oh** four **oh** five **oh** eight。）

（四）在表示溫度時，「0」一般讀作 zero。

◇ They say the temperature will fall to -20° tonight.
據說今晚溫度將降至零下二十度。

（-20℃可讀作 twenty degrees **below zero** 或 **minus** twenty degrees。）

（五）在多數球類比賽中，如在足球比賽中，表示得零分時，「0」一般讀作 nil 或讀作 nothing。但在網球賽中「0」一般讀作 love。

◇ Our team won by three goals to **nil/nothing**.
我們隊以三比零獲勝。

◇ Hull 6, Leeds 0.
赫爾六分，里茲零分。

（讀作 Hull six, Leeds **nil/nothing**。）

◈ Becker leads by two sets to **love**.
貝克以二比零領先兩盤。

8.6 編號的表示法

（一）電話號碼的讀法通常按編號的順序逐個地讀出，遇到「0」
時多讀作 oh，相連的兩個相同的基數詞可讀作 double...。
在美國和加拿大電話號碼中的「0」，讀作 oh 或 zero，末
尾的數字為 00 或 000 時，可讀作 hundred 或 thousand，末
尾的四位數還可兩個兩個地讀。

◈ My office phone number is 268-8064, extension 321.
我的辦公室電話是 268 8064，分機 321。
（268-8064, extension 321讀作 **two six eight eight oh six four extension three two one**。）

◈ My home phone number is 422-3455.
我家的電話是 422-3455。
（422-3455 可讀作 **four double two three four double five** 或 **four twenty-two thirty-four fifty-five** 或 **four two two three four five five**。）

◈ Is your phone number 248-4578?
你的電話是 248-4578 嗎？
（248-4578 可讀作 **two four eight forty-five seventy-eight** 或 **two four eight four five seven eight**。）

（二）房間號、帳號、汽車牌號、航班號等按編號的順序一個一個地讀出，遇到「0」時多讀作 o(h)，相連的兩個相同的基數詞可讀作 double...。

◈ My account number is 38800685.

我的帳號是38800685。

（38800685 可讀作 **three double eight double oh six eight five** 或 **three eight eight oh oh six eight five**。）

◈ He lives in Room 1702.

他住在 1702 房間。

（Room 1702 讀作 **room seventeen oh two**。）

◈ Her car license plate number is CCA6159.

她的汽車牌照號是 CCA6159。

（CCA6159 讀作 **CCA six one five nine**。）

◈ Flight number 4793 will arrive there at 10:12.

4793 號航班將於十點十二分到達。

（4793 讀作 **four seven nine three** 或 **forty-seven ninety-three** [在英文中4個數字通常也都會兩兩說出]。）

（三）在下列場合下，在名詞後的數位須用大寫的羅馬數字（Roman numerals），而不是用所謂的阿拉伯數字（真正的阿拉伯數字與我們認識的頗有不同），用序數詞來讀。

1. 書的卷數、章數，劇本中的場次須用大寫的羅馬數字表示，但表示第幾幕須用小寫的羅馬數字表示（不過，現在很多地方也用阿拉伯數字表示了）。

Volume Ⅱ／Volume Two 第二卷（讀作**volume two** 或 **the second volume**）Chapter Ⅱ／Chapter 2 第二章（讀作 **chapter two**）

Act Ⅲ, Scene ii 或 Act 3, Scene 2 第三幕第二場（此處的 i 是小寫的羅馬數字，相當於 1。）

2. 在表示某帝王或王后的第幾代等場合時，須用大寫的羅馬數字表示。

Charles Ⅰ 查理一世 讀作 **Charles the first**

Elizabeth Ⅱ 伊莉莎白二世 讀作 **Elizabeth the second**

3. 在表示第幾次世界大戰時，須用大寫的羅馬數字表示。

World War Ⅱ 第二次世界大戰　讀作 **world war two** 或 **the second world war**

Chapter 6

副詞
Adverbs

1 副詞的定義

　　副詞是用以做狀語，修飾動詞、形容詞、其他副詞、以及片語、子句或全句的字，表示程度、方式、原因、結果、條件、時間、地點及狀態等。

◈ It mattered **little**.

這不要緊。

（副詞 little 修飾動詞 mattered。）

◈ It's **rather** cold today.

今天頗冷。

（副詞 rather 修飾形容詞 cold。）

◈ He runs **very** fast.

他跑得非常快。

（副詞 very 修飾副詞 fast。）

◈ He **often** does this kind of thing.

他常常做這種事。

（副詞 often 修飾動詞片語 does this kind of thing。）

◈ This long nail went **right** through the plank.

這根長釘子完全穿透了木板。

（副詞 right 修飾介詞片語 through the plank。）

◈ There was a knock at the door **just** as we were about to have dinner.

我們正要吃晚飯的時候有人敲門。

（副詞 just 修飾副詞子句 as we were about to have dinner。）

◈ **Regrettably**, he missed the opportunity.

很遺憾，他錯過了機會。

（副詞 regrettably 修飾全句。）

2 副詞的種類

　　副詞從構成的方法來區別，可分為簡單副詞（simple adverbs）、衍生副詞（derivative adverbs）和複合副詞（compound adverbs）。副詞從意義上來區別，主要可分為方式副詞（adverbs of manner）、程度副詞（adverbs of degree）、地方副詞（adverbs of place）、時間副詞（adverbs of time）、頻率副詞（adverbs of frequency）、因果副詞（adverbs of cause and effect）、讓步副詞（adverbs of concession）、強調副詞（adverbs of emphasis）、肯定副詞（adverbs of affirmation）和否定副詞（adverbs of negation）等。副詞從在句中的作用來區別，可分為疑問副詞（interrogative adverbs）、連接副詞（conjunctive adverbs）、關係副詞（relative adverbs）、複合關係副詞（Compound Relative Adverbs）和句子副詞（sentence adverbs）。

2.1 副詞按構詞法分類

2.1.1 簡單副詞（Simple Adverbs）

　　簡單副詞為未加字首或字尾的單一字的副詞。其中有些與形容詞同形且意義有關聯，有些與形容詞沒關係。

（一）與形容詞同形且意義有關聯的簡單副詞常見的有 alike, alone, awful, back, deep, direct, even, extra, far, fast, fine, first, free, full, further, half, hard, high, last, late, little, long, loud, low, mighty, next, only, plain, quick, real, right, slow, solo, straight, tight, well, wide, wrong 等。

注：在此類副詞中有些還可加字尾構成副詞，如：

deep → deeply	direct → directly
free → freely	full → fully
hard → hardly	high → highly
late → lately	loud → loudly
right → rightly	wide → widely

不加字尾也可做副詞的，稱作無語尾變化的副詞(flat adverbs)。

（二）與形容詞同形但意義無關聯的簡單副詞常見的有 jolly, just, past, pretty, still 等。

（三）與形容詞無關聯的簡單副詞常見的有 almost, also, besides, either, enough, hence, hereby, indeed, instead, more, much, perhaps, quite, rather, so, though, thus, together, too, very 等。

（四）與介詞同形且意義有關聯的簡單副詞，又稱作介詞（形）副詞 (prepositional adverbs)或介副詞，有 aboard, about, above, across, around, behind, below, beneath, besides, beyond, down, in, near, off, opposite, out, over, past, underneath, up 等。

2.1.2 衍生副詞 (Derivative Adverbs)

許多副詞是由形容詞、分詞或名詞加字尾或字首而衍生出來的。

2.1.2.1 以 -ly 結尾的衍生副詞

(一)方式副詞絕大多數都是由形容詞加字尾 -ly 構成的。如：

abruptly, absently, accidentally, accurately, anxiously, artificially, automatically, badly, beautifully, bitterly, boldly, bravely, brightly, brilliantly, briskly, calmly, carefully, carelessly, casually, cheaply, cheerfully, cleanly, clearly, closely, comfortably, collectively, commercially, confidently, contentedly, consistently, correctly, curiously, dangerously, dejectedly, deliberately, delicately, delightedly, deeply, desperately, differently, diligently, directly, discreetly, distinctly, dramatically, duly, eagerly, easily, economically, effectively, evenly, faintly, faithfully, fiercely, finely, firmly, fluently, formally, freely, furiously, gladly, gratefully, gently, gracefully, happily, hastily, heartily, heavily, helplessly, honestly, hopefully, hopelessly, illegally, impatiently, independently, indirectly, individually, innocently, instinctively, intently, involuntarily, jointly, knowingly, legally, logically, miserably, neatly, nervously, nicely, mechanically, naturally, oddly, officially, openly, overly, passionately, patiently, peacefully, peculiarly, perfectly, personally, plainly, pleasantly, politely, poorly, privately, professionally, properly, proudly, publicly, quickly, quietly, rapidly, readily, reluctantly, richly, rightly, roughly, ruthlessly, sadly, scientifically, securely, sensibly, seriously, sharply, shyly, silently, simply, sincerely, singly, skillfully, slowly, smoothly, softly, solidly, specifically, splendidly, steadily, stiffly, strangely, superbly, swiftly, systematically, symbolically, tenderly, thickly, thinly, thoroughly, thoughtfully, tightly, thriftily, truthfully, uncomfortably, uneasily, unhappily, unskillfully, unwillingly, urgently, vaguely, vigorously, violently, vividly, voluntarily, warmly, wearily, widely, willingly, wonderfully 等。

(二)句子副詞多數都是由形容詞的字尾加 -ly 構成的。如：

absurdly, aesthetically, apparently, astonishingly, biologically, broadly, chemically, coincidentally, commercially, culturally, doubtlessly, ecologically, economically, electronically, emotionally, environmentally, essentially, cthically, evidently, financially, fortunately, fundamentally, funnily, geographically, hopefully, ideally, ideologically, incredibly, intellectually, interestingly, ironically, logically, luckily, manifestly, mentally, mercifully, miraculously, morally, mysteriously, numerically, obviously, outwardly, physically, politically, possibly, presumably, probably, psychologically, racially, remarkably, scientifically, seemingly, sexually, socially, spiritually, statistically, superficially, technically, technologically, theoretically, truly, typically, ultimately, unbelievably, understandably, unfortunately, unhappily, unmistakably, visibly, visually。

(三)其他由形容詞加 -ly 構成的副詞。如：

absolutely, abundantly, actually, adequately, amazingly, awfully, barely, basically, certainly, chiefly, commonly, completely, concurrently, considerably, constantly, continually, continuously, currently, dearly, definitely, dreadfully, endlessly, enormously, entirely, especially, eternally, eventually, exactly, exceedingly, excessively, exorbitantly, extraordinarily, extremely, fairly, fantastically, finally, formerly, frequently, fully, generally, globally, greatly, horribly, hugely, immensely, incredibly, incessantly, indubitably, infrequently, interminably, internationally, largely, literally, locally, mainly, merely, mostly, nationally, necessarily, normally, notably, occasionally, particularly, permanently, perpetually, plentifully, positively, powerfully, precisely, predominantly, primarily, presently, principally, profoundly, previously, punctually, purely, radically, rarely, really, regularly, scarcely, significantly, simultaneously, solely, soundly, specifically, sufficiently, supremely, surely, surprisingly, specially, timelessly, tolerably, ultimately, utterly, unceasingly, unduly, undyingly, universally, unnecessarily, unquestionably, unreasonably, wholly 等。

(四)有些其他副詞是由以 -ed 結尾的形容詞加 -ly 構成的。如：

absent-mindedly, admittedly, advisedly, allegedly, assuredly, belatedly, blessedly, collectedly, composedly, contentedly, crookedly, decidedly, dejectedly, delightedly, deservedly, determinedly, disappointedly, discontentedly, distractedly, doggedly, exaggeratedly, excitedly, fixedly, guardedly, half-heartedly, heatedly, high-handedly, hurriedly, ill-advisedly, light-heartedly, markedly, pointedly, repeatedly, reportedly, reputedly, resignedly, supposedly, unconcernedly, undoubtedly, unexpectedly, unhurriedly, wholeheartedly, wickedly 等。

(五)形容詞字尾在下列情況下加字尾 -ly 構成副詞時，拼寫方法略有不同。

1. 以 -le 結尾的形容詞構成副詞時，以 -ly 代替 -le。如：

able → ably	capable → capably
gentle → gently	possible → possibly
simple → simply	single → singly
terrible → terribly	

注：whole 相應的副詞形式為 wholly。sole 相應的副詞形式為 solely。

2. 以 -y 結尾的雙音節或多音節形容詞構成副詞時，以 -ily 代替-y。如：

busy → busily	easy → easily
heavy → heavily	satisfactory → satisfactorily
temporary → temporarily	

3. 以子音 + -y 結尾的單音節形容詞構成副詞時，一般以 -ily 代替 -y 或直接加 -ly，但 shy 和 wry 構成副詞時，只可加 -ly。如：

dry → dryly/drily	shy → shyly
sly → slyly/slily	wry → wryly

4. 少數以 -e 結尾的形容詞構成副詞時，將 -e 去掉，再加 -ly。如：

due → duly	true → truly
undue → unduly	eerie → eerily

5. 以 -ll 結尾的形容詞構成副詞時，只加 -y。如：

dull → dully	full → fully

6. 以 -ic 結尾的形容詞構成副詞時，一般加 -ally，但也有直接加 -ly 的。如：

automatic → automatically	dramatic → dramatically
energetic → energetically	scenic → scenically
public → publicly	politic → politically

（六）由名詞加 -ly 構成的副詞。

　　1. 由名詞加 -ly 構成的兼作形容詞的副詞。如：

day → daily	week → weekly
month → monthly	year → yearly
hour → hourly	fortnight → fortnightly （英；fornight = two weeks）
quarter → quarterly	longing → longingly

　　2. 其他由名詞加 -ly 構成的副詞。如：

body → bodily	name → namely
part → partly	purpose → purposely

（七）個別的副詞是由介詞或現在分詞加 -ly 構成的。如

according → accordingly	joking → jokingly

2.1.2.2 衍生副詞的其他構成方法

(一)在名詞之後加字尾 -wise 構成副詞。如：

clock → clockwise	like → likewise
length → lengthwise	cross → crosswise

(二)在名詞之後加字尾 -ward(s) 或 -way(s) 構成(有些兼作形容詞的)副詞。如：

back → backward(s)	north → northward(s)
side → sideway(s)	half → halfway

(三)在名詞之後加字尾 -fashion 構成副詞。如：

schoolboy → schoolboy-fashion	crab → crab-fashion

(四)在名詞之後加字尾 -style 構成副詞。如：

cowboy → cowboy-style

(五)在名詞或形容詞之前加字首 a-。如：

bed → abed	broad → abroad
fire → afire	foot → afoot
ground → aground	head → ahead
loud → aloud	new → anew
shore → ashore	side → aside
sleep → asleep	way → away

2.1.3 複合副詞 (Compound Adverbs)

有些由兩個字合成的副詞，稱作複合副詞。

(一)有些複合副詞現在常用。如：

anyhow	anyway	anywhere
beforehand	everywhere	forever
halfway	however	meantime
midway	otherwise	overhead
overnight	overseas	somehow
sometime	sometimes	somewhere
therefore	underground	whenever
wherever		

(二)有些複合副詞在當代英文中用於某些正式或極為正式的語體中。如：

henceforth	henceforward	hereafter
hereby	herein	hereinafter
heretofore	hereupon	herewith
thenceforth	thenceforward	thereafter
thereinafter	thereupon	whereto
whereupon		

2.1.4 與形容詞同形的副詞和加 -ly 的副詞在字義上的比較

有些副詞分別與同一個形容詞相關，一個與相應的形容詞同

形，另一個是加 -ly 構成的。這類的加 -ly 的與不加 -ly 的副詞，有些在意義上相同或相近，使用的場合或在句中的位置不同或不盡相同；有些在意義上不同。現舉例如下：

2.1.4.1 cheap 與 cheaply 的比較

(一)表示買、賣的「便宜地」；「花費少」，和 buy, get, sell 連用時，cheap 常可與 cheaply 互換。和 go 連用只可用 cheap。

◈ I bought the house **cheap/cheaply**.
這棟房子我買得便宜。

◈ He sold it **cheap/cheaply**.
他那個賣得便宜。

◈ I can get the car **cheaper** elsewhere.
我在別處能用較便宜的價錢買這車。

◈ You can live **cheaper** in a small town.
你在小鎮生活花費能少一些。

◈ It will produce electricity **more cheaply** than a nuclear plant.
這比核電廠發電更便宜一些。

◈ The local shop has some televisions going **cheap**.
本地商店有些廉價出售的電視機。

(二)cheaply 還可表示「省力地」；「代價低地」，這時不可用 cheap 代替。

◈ Peace will not come **cheaply**.
和平得之不易。

◈ Do you think the fruits of victory were **cheaply** won?
你認為勝利的成果是不費勁地得來的嗎？

2.1.4.2 clear 與 clearly 的比較

在 "loud and clear" 這句慣用語裡，可和 loudly and clearly 互換（意為「清楚地；明白地」）。但除此之外即不能互換，副詞用字還是 loudly，或 clearly。

◈ I can hear you **loud** and **clear**/ **loudly** and **clearly**.
你的聲音很大，我能聽得很清楚。

◈ He spoke **loud** and **clear**/ **loudly** and **clearly**.
他講話聲音大而且清楚。

2.1.4.3 close 與 closely 的比較

（一）close 表示位置上的「靠近」；「接近」；「挨近」，指中間無空隙的「緊緊地」或表示在量或質上的「接近」；「將近」。

◈ They sat **close** together.
他們緊靠著坐。

◈ We live **close** by the park.
我們住在公園旁邊。

◈ He followed **close** behind her.
他緊跟在她的後面。

◈ He came **close** to where I was hiding.
他來到了我的藏身處的附近。

◈ Mr. Smith is **close** to ninety.

史密斯先生將近九十歲了。

◈ I'm **close** to ten pounds lighter than I was half a year ago.
我比半年前減輕將近十磅。

(二)closely 不指距離，而是作比喻的(figurative)用法表示人際
關係的「緊密地」；「親密地」；「親近地」；「仔細
地」；「密切地」；「嚴密地」。

◈ Let's cooperate more **closely**.
讓我們更加緊密地合作。

◈ The prisoners were **closely** guarded.
囚犯被嚴密地看守。

◈ We'll follow the development of the situation **closely**.
我們將密切注意形勢的發展。

◈ She listened **closely** while he spoke.
他發言的時候她仔細地聽著。

2.1.4.4 dead 與 deadly 的比較

dead 與 deadly 在表示「極其」；「非常」時，為近義字，在
其他場合意義不同。

(一)dead 表示「極其」；「非常」；「完全地」；「絕對
地」；「突然」；「正好」等。

◈ She was **dead** tired.
她極其勞累。

◈ He was **dead** drunk.
他酩酊大醉了。

◈ I'm **dead** certain that I saw her.
我百分之百確定我見到她了。

◈ You're **dead** right.
你完全正確。

◈ She stopped **dead**.
她突然停住了。

(二)deadly 表示「像死人一樣地」;「極其」;「非常」等。

◈ The man suddenly turned **deadly** pale.
這人突然變得像死人一樣地蒼白。

◈ He is **deadly** serious.
他極其嚴肅(此句也可用 dead serious)。

2.1.4.5 dear 與 dearly 的比較

(一)dear 表示「高價地」;「昂貴地」,用於交易,買賣物品、貨物。dearly 表示「因何事而付出昂貴的代價」。在此 dear 和 dearly 意思十分相近,雖可互通,但用 dearly 的情況較多。

◈ If you want to make money, buy cheap and sell **dear**.
你要想賺錢就得賤買貴賣。

◈ Tom's mistake cost him **dearly/dear**.
湯姆的錯誤使他付出了沉重的代價。

◈ He paid **dearly** for his carelessness.
他因他的疏忽而付出了重大的代價。

（二）dearly 表示「高價地」;「昂貴地」時，通常多用於比喻的說法，指因損失、損壞、損傷而付出昂貴的代價。dearly還常和 love 連用，表示「非常」。

◈ Victory was **dearly** bought.
勝利得之不易。

◈ She **dearly** loves her husband.
她深深地愛她的丈夫。

◈ I would **dearly** love to see her again.
我非常想再見到她。

2.1.4.6 deep 與 deeply 的比較

（一）表示位置向下、向內或在涉及某事深入到某種程度的「深深地」;「深入地」時或修飾某一動作時，多用 deep，也可用 deeply。

◈ They dived **deep** into the ocean.
他們深深地潛入海中。

◈ How **deeply** did the submarine dive?
這潛水艇潛水多深？

◈ The knife cut **deep** into his arm.
這刀深深地切入了他的胳臂。

◈ The dog bit **deeply** into his arm.
狗咬了他的胳臂，咬得很深。

◈ He went **deep** into the woods.
他走進了樹林的深處。

◈ Still waters run **deep**.
(諺)靜水流深。(沈默的人其實很有深度內涵。)

◈ Upon hearing his words, she sighed **deeply**.
聽了他的話,她深深地歎了一口氣。

◈ It's healthy to breathe **deep/deeply**.
深深地呼吸有益於健康。

◈ He was **deeply** involved in a scandal.
他跟一件政治醜聞牽扯很深。

◈ His gambling losses put him **deep** in debt.
他的賭博損失使得他負債累累。

(二)表示時間延續的「深」;「遲」,只可用 deep。

◈ He went on studying **deep** into the night.
他一直讀到深夜。

(三)表示情感、心理上的「深刻地」;「強烈地」;「極為」
時,通常用 deeply,但有的習慣用語中,deep 也可表示態
度或信仰的強烈、堅定;往往跟動詞 run 連用。

◈ He was **deeply** impressed.
他深受感動。

◈ I'm **deeply** grateful to you.
我非常感激你。

◈ I **deeply** regret your misfortune.
我對你的不幸深感痛惜。

◈ At first she was **deeply** embarrassed.
最初她深感不好意思。

◈ Her faith runs very **deep**.
她的信念非常堅定。

◈ His anger and anguish clearly ran **deep**.
他的憤怒和悲痛顯然很強烈。

2.1.4.7 easy 與 easily 的比較

（一）easy 表示「慢慢地」；「緩緩地」；「小心而緩慢地移動」。

◈ **Easy** there!（＝Go gently!）
慢慢地走！

◈ **Easy** does it.
（口）別著急，慢慢來。

◈ Go **easy** here; the road is very rough.
這裡慢點走，路很不平。

◈ **Easy** with that chair—one of its legs is loose.
搬那椅子要小心，其中一支腳鬆脫了。

（二）easy 較多用於一些習慣用語中，表示「容易地」；「安然」；「悠然」。

◈ This work is（as）**easy** as pie/ **easy** as falling off a log.
這工作非常容易。

◈ **Easy** come, **easy** go.
（諺）來得容易，去得快。（易得易失。）

◈ Go **easy**（＝work less hard）.
省點勁（別那麼賣力）。

◈ Take it **easy**!
別緊張！

（三）表示「容易地」；「無困難地」；「輕易地」；「輕鬆地」；「隨便地」等，通常用 easily 修飾具體動作。

◈ He solved the problem **easily**.
他很輕易地解了那個問題。

◈ I can **easily** finish the work tomorrow morning.
我明天早晨可以輕而易舉地把這工作做完。

2.1.4.8 fair 與 fairly 的比較

（一）fair 表示「公正地」時，通常和 play 連用，或用於習慣用語 fair and square 中。

◈ We expect you to <u>play</u> **fair**.
我們要求你做得光明磊落。

◈ He won, **<u>fair</u> and square**.（＝fairly）
他贏得很公平。

（二）一般場合表示「公平地」；「公正地」；「誠實地」用 fairly。

◈ The rations must be dealt out **fairly**.
口糧必須公平分配。

◈ He always deals **fairly** with others.
他總是公平交易。

◈ She was treated **fairly**.
她受到了公正的對待。

2.1.4.9 fine 與 finely 的比較

（一）fine 與 finely 皆可表示「很好」；「優雅地」，用於道德觀

念時，尤其多用 finely。

◈ That will suit me **fine**.
　那會很適合我。

◈ I like it **fine**.
　我蠻喜歡它的。

◈ The house has been restored **finely**.
　這棟房子已修復得很好。

◈ You have done your work **fine/finely**.
　你的工作做得很好。

◈ We are getting along **fine/finely**.
　我們相處得很好。

◈ She moves **finely**, with a slow steady elegance.
　她行動落落大方，沉穩雅致。

(二)表示「華麗地」和「(精)細地」，用 finely。如：

◈ She is **finely** dressed today.
　今天她衣著華麗。(她今天穿得真漂亮。)

◈ The room was **finely** decorated.
　這房間裝飾得很華麗。

◈ Please draw your lines more **finely**.
　請你線畫得更精細一些。

2.1.4.10 firm 與 firmly 的比較

(一)firm 表示「牢牢地」；「堅定地」，只用於和 stand 或 hold
　　連用的習慣用語之中。

◈ He implored his men to <u>hold **firm**</u> till relief came.
他懇求他的部下固守，直到援軍到達。

◈ They <u>stood **firm**</u> against the war.
他們堅決反對戰爭。

◈ The enemy attacked fiercely, but our men <u>stood **firm**</u>.
敵人猛攻，但是我們的士兵堅守不動。

（二）一般情況下表示「堅固地」；「堅定地」；「果斷地」，用 firmly。

◈ The business was soon **firmly** established in the town.
該商店不久就在城裡穩固地建立起來。

◈ The fence posts were fixed **firmly** in the ground.
柵欄的立柱牢牢地固定在地下。

◈ The suggestion was politely but **firmly** rejected by the chairman.
主席婉言而果斷地回絕了該建議。

2.1.4.11 first 與 firstly 的比較

（一）在表示「先」；「初次」；「最先」；「第一次」；「最初」時，須用 first。

◈ When I **first** met him, he was very poor.
我最初見到他時，他很貧窮。

◈ He'll visit Paris **first** and London later.
他會先去巴黎，再去倫敦。

◈ I ought to think of her needs **first**.
我理應先想到她的需要。

◈ She finished **first** in the race.
她比賽得了第一名

(二)用作句子副詞，指所要敘述的內容在整個講話中的先後順
　　序，表示「首先」；「第一」時，用 first 或 firstly 皆可，
　　但多用 first。在同樣的用法中，表示「第二」；「第三」
　　的 second 與 secondly, third 與 thirdly 也可互換，更多用
　　second, third 等。

◈ **First**(**ly**), let me get a doctor for him.
首先，我去給他請個大夫吧。

◈ There are three reasons for my resignation: **first**(**ly**), I'm
dissatisfied with my wages; **second**(**ly**), my work hours
are too long; and **third**(**ly**), there is little chance of me
being promoted.
我辭職有三個原因，一是我對工資不滿意；二是工作時間太長；
三是幾乎沒有升遷的機會。

2.1.4.12 free 與 freely 的比較

(一)表示「免費地」只可用 free。

◈ Children under 4 may ride **free** when accompanied by an
adult.
有大人陪同、四歲以下的小孩免費。

◈ Members are admitted **free**.
會員免費入內。

◈ I won't work for **free**.
我不無酬工作。

(二)表示「自由地」；「隨意地」；「不受拘束地」可用 free
或 freely。

◈ Don't let the dog run **free** on the main road.
別讓狗在大街上亂跑。

◈ The animals run **free/freely** around the farm.
那些動物在農場到處無拘無束地跑。

◈ They cast their votes **freely** and without coercion on elec-
tion day.
他們在選舉日不受壓制地自由投票。

2.1.4.13 hard 與 hardly 的比較

(一)hard 表示「努力地」；「費勁地」；「費神地」；「辛
苦地」；「困難地」；「困苦地」；「嚴重地」；「猛烈
地」；「硬」等。

◈ She was studying **hard** at the university.
她在大學時非常用功。

◈ Why did he hit the bottle so **hard**?
他為什麼那麼使勁地敲打瓶子？

◈ Such taxes hit the poor **harder** than the rich.
這樣的課稅使窮人受到比富人更嚴重的打擊。

◈ Though he thought **hard**, he was unable to solve the
math problem.
儘管他想破頭，還是解不出這題數學。

◈ It's raining **hard**.
雨下得很大。

◈ The ground froze **hard** last night.
昨夜地上結凍了。

◈ The money was **hard**-earned.
這錢是辛苦賺來的。

◈ Our victory was **hard** won.
我們的勝利得之不易。

（二）hardly 主要表示「幾乎不」；「簡直不」；「刻薄地」，
偶爾表示「辛苦地」；「困難地」；「困苦地」，但感覺
起來比較正式，不如 hard 用得普遍。

◈ I **hardly** have time to travel anymore.
我幾乎沒有時間旅行了。

◈ I **hardly** ever see her now.
我現在差不多見不到她。

◈ He dealt **hardly** with me.
他對我很刻薄。

◈ Our victory was **hardly** won.
我們的勝利得之不易。（很正式的用法）

2.1.4.14 high 與 highly 的比較

（一）high 表示「高」；主要指位置上的高度，也可指地位、價
格、數額，或代價上的「高」；通常用以修飾動詞。

◈ His kite flies **high**.
他的風箏飛得高。

◈ Prices have risen too **high**.
物價漲得太高了。

◈ The young man is aiming **high**.
那年輕人有雄心壯志。

◈ How **high** can you rise in this organization?
在這機構中你能晉升多高？

(二)highly 表示「高度地」；「非常地」；「很高地」；用以
修飾過去分詞或形容詞。

◈ He is **highly** <u>paid</u>.
他薪水很高。

◈ Only a few **highly** <u>placed</u> persons know the entire story.
只有幾個地位高的人知道此事的全部真相。

◈ This **highly** <u>interesting</u> article was written by a **highly**
<u>educated</u> woman.
這篇極其有趣的文章是一位受過高等教育的女士寫的。

◈ The goods on display are very **highly** <u>priced</u>.
所展出的物品都是非常昂貴的。

◈ He was **highly** <u>amused</u>.
他覺得非常有趣。

(三)highly 表示「極為贊許」；用以修飾 think, praise, speak 等
動詞。

◈ We <u>think</u> **highly** of his research.
我們對他的研究評價很高。

◈ He <u>was</u> **highly** <u>praised</u> for his honesty.
他由於正直受到高度讚揚。

◈ Everyone **spoke** <u>highly</u> of her talents.

眾人都讚揚她的才能。

◈ Very likely you <u>will **highly** disapprove</u> of what I have done.
你很可能會對我的所作所為不表贊同。

◈ His novel <u>has been **highly** recommended</u>.
他的小說受到了人們的高度讚揚。

2.1.4.15 just 與 justly 的比較

(一)just 表示「恰好」；「僅僅」；「剛才」；「的確」等。

◈ It's **just** what I need.
這正是我所需要的。

◈ "What's wrong with you?" "I'm **just** tired."
「你怎麼啦？」「我只是累了。」

◈ I **just** got out of the hospital.
我剛出院。

◈ He lives **just** near the church.
他就住在教堂附近。

◈ These flowers are **just** beautiful.
這些花實在太美。

(二)justly 主要表示「公正地」；「正確地」；「合理地」等。

◈ He treated all his employees **justly**.
他公正地對待他所有的雇員。

◈ He helps them to reason more **justly**.
他幫助他們更正確地推理。

◈ He thought he had acted **justly**.
他認為他的做法是公正的／正確的。

2.1.4.16 late 與 lately 的比較

(一)表示「(較通常、適當的或預期的時間)晚」，「遲到」；
　　「近於一段時間的末尾」時，只可用 late。

◈ She came **late** again the next day.
　第二天她又遲到了。

◈ He goes to bed **late** and gets up **late**.
　他晚睡晚起。

◈ You shouldn't stay up too **late** at night.
　你晚上不該熬夜熬得太晚。

◈ Better **late** than never.
　遲到比不來好。(亡羊補牢，猶未晚矣。)

(二)表示「不久前」；「近來」；「新近」，通常用 lately。

◈ He hasn't been around here **lately**.
　他最近沒在這裡出現。

◈ Only **lately** has the matter become known.
　此事最近才為人知曉。

◈ How have you been **lately**?
　你最近都好嗎？

2.1.4.17 loud 與 loudly 的比較

　　loud 表示「大聲地」；「響亮地」，尤其是多與 talk, sing, laugh 等動詞連用。loudly 在許多場合下可與 loud 互換，但側重表示「喧鬧」；「嘈雜」；「吵嚷」等貶義。置於動詞之前時，多用 loudly。

◈ Don't talk so **loud/loudly**.
別那麼大聲說話。

◈ He laughed **loud** and long.
他大笑不止。

◈ Try to sing **louder**.
儘量唱得大聲些。

◈ Actions speak **louder** than words.
行動比語言更響亮。（諺：坐而言不如起而行。）

◈ He spoke **loudly** and angrily.
他憤怒地大聲說話。

◈ A dog is barking **loudly**.
一條狗在大聲吠叫。

◈ They **loudly** shouted, "Long live the King!"
他們高呼，「國王萬歲！」

2.1.4.18 low 與 lowly 的比較

（一）low 表示「低」；「往下」；「低聲地」；「低賤」；
「卑微」等。lowly 也可表示「低地」；「低聲地」；「低
賤或卑微地」等意義，有時可與 low 互換。但 lowly 也可
當形容詞用，表「卑微的」。

◈ He spoke **low/lowly** but clearly.
他很低聲地說，但是很清楚。

◈ He bowed **low** before the queen.
他在女王面前深深地鞠躬。

◈ The candles are burning **low**.

蠟燭快燒完了。

◈ The village is nestled **low** in the foothills of the great mountain range.
那村子半隱半現地坐落在大山腳下。

◈ The plane flew very **low**, just missing the tops of the trees.
那飛機飛得非常低，快碰到樹梢了。

◈ The simplest way to succeed in business is to buy **low** and sell high.
做生意成功最簡單的途徑就是賤買貴賣。

◈ Speak **lower** or she will hear you.
小聲一點，免得給她聽見了。

◈ I can't sing that **low**.
我唱不了那麼低的音調。

◈ He was born **low**.
他出身低賤。

◈ Don't value yourself too **low**.
不要把你自己估計得太低下。

◈ They were conversing **lowly**.
他們在低聲地談話。

（二）在修飾形容詞或分詞時，通常用 lowly。

◈ He hid it on a **lowly** placed shelf.
他把它藏在一個放得很低的架子上。

◈ **Lowly** paid employees barely have enough to live on.
薪資微薄的雇員連生活費都捉襟見肘。

◈ I bought some **low**-priced fruit the other day.
我那天買了一些便宜的水果。(此句不用 lowly，會過於正式)

2.1.4.19 near 與 nearly 的比較

(一)near 表示距離上的「近」;「附近」;「在附近」，時間
上的「臨近」;「接近」，這時與 nearly 無關。

◈ Come **nearer**.
走近些。

◈ These two houses stand **near** to each other.
這兩棟房子離得不遠。

◈ He lives quite **near**.
他住得相當近。

◈ Christmas is drawing **near**.
耶誕節快要到了。

(二)nearly 表示「幾乎」;「差不多」。

◈ It's **nearly** ten o'clock now.
現在快十點了。

◈ By the time we found him, he had **nearly** frozen to death.
等我們找到他的時候，他幾乎快凍死了。

◈ She **nearly** won first prize.
她差一點得了頭獎。

2.1.4.20 quick 與 quickly 的比較

　　quick 與 quickly 皆可表示「快地」;「迅速地」;「急忙
地」，quickly 還可表示「不久」;「即刻」;「馬上」。quick 用

於動詞或動詞片語之後。在較短的句子中，尤其是在祈使句中，多用 quick。書面語的一般形式用 quickly。quickly 可用於動詞之前或動詞之後。

◈ Please go there **quickly**.
請快點去那裡。

◈ Come as **quick** as you can.
你要儘快來。

◈ Come **quickly**!
快來！

◈ Don't talk too **quickly**.
別說得太快。

◈ Who will get there **quickest**?
誰將最快到那裡？

◈ Everyone is trying to get rich **quick** nowadays.
現在每個人都想儘快發財致富(get rich quick 片語：一夕致富)。

◈ Can you work more **quickly**?
你能做得快些嗎？

◈ She **quickly** finished off the sweets.
她很快地把糖果吃完了。

◈ He **quickly** opened the door and ran out.
他迅速地把門打開，跑了出去。

◈ I think I will hear from her **quickly**.
我想我不久就會收到她的信。

◈ He **quickly** saw the difference.
他馬上看出了不同。

2.1.4.21 real 與 really 的比較

(一)real 在蘇格蘭和美國的非正式用法中可做副詞，只可置
　　於被其修飾的形容詞或副詞之前，表示「非常」；「真
　　是」；「的確」等，相當於 very, really 或 extremely。

◈ I'm **real** pleased to meet you.
我見到你真是高興。

◈ You did a **real** good job.
你做得真是不錯。

◈ I'm **real** sorry about your wife.
我為你太太的事情感到非常遺憾。

(二)really 可修飾動詞，表示「確實」；「真實地」；「的
　　確」；「實際上」等，在動詞前只可用 really；修飾形容詞
　　時可表示「真正」；「非常」等；做句子副詞可表示「實
　　際上」；「確實」；「的確」。

◈ He **really** wants to go.
他真的想去。

◈ He **really** is a clever man, though he may seem foolish at
times.
他雖然有時看起來傻傻的，其實他是個很聰明的人。

◈ It is **really** hot today.
今天真熱。

◈ **Really**, that was a serious mistake.
的確，那是個嚴重的錯誤。

2.1.4.22 right 與 rightly 的比較

right 與 rightly 皆可表示「正確地」;「準確地」,right 只可用於動詞之後,而 rightly 可用於動詞或過去分詞之前,或動詞之後。

◈ She guessed **right**.
她猜得對。

◈ If I remember **right/rightly**, I've met you before.
如果我沒記錯的話,我以前見過你。

◈ He did **right/rightly** to leave here.
他離開這裡是對的。

◈ Do I understand you **rightly**?
我沒有誤解你吧?

◈ This place is **rightly** called an earthly paradise.
這地方理當被稱作人間的天堂。

2.1.4.23 sharp 與 sharply 的比較

(一)sharply 表示「突然地」;「急劇地」。但 sharp 不能這樣用。

◈ The road turns **sharply** to the right.
路突然向右轉個彎。

◈ He turned around **sharply**.
他突然地轉過身來。

◈ He pulled the horse up **sharply**.
他突然勒住了馬。

（二）表示「正(時地)」；「準(時地)」或「音偏高地」時，只
　　可用 sharp。

◈ Come at one o'clock **sharp**.
　　整一點鐘來。

◈ The meeting will begin at eight o'clock **sharp**.
　　會議將在八點鐘準時開始。

◈ You always sing this part too **sharp**.
　　你每次唱這部分音都偏高。

（三）表示「嚴厲地」；「嚴格地」；「猛烈地」時，一般用
　　sharply。

◈ He was struck **sharply** by a bullet.
　　他被一顆子彈猛烈地擊傷。

◈ Opinions are **sharply** divided on this matter.
　　在這件事上意見嚴重分歧。

◈ Distribution is to be **sharply** limited.
　　分配要受到嚴格的限制。

2.1.4.24 short 與 shortly 的比較

（一）short 表示「突然」，通常用於表示「停止」的動詞或片語
　　動詞之後。

◈ He stopped **short** when he heard his name called.
　　他聽見有人叫他，就突然停了下來。

◈ The rider pulled his horse up **short**.
　　騎士突然勒住了馬。

◈ I still had more to say, but my speech was cut **short** by his going out of the room.
我還沒說完，但他突然走出了房間，打斷了我的話。

(二)shortly 表示「馬上」；「立刻」；「不久」；「唐突地」；「無禮地」。

◈ I'll be with you **shortly**.
我馬上就來。

◈ The guests will arrive **shortly**.
客人立刻就要到了。

◈ He spoke to me rather **shortly**.
他有點不客氣地和我說話。

◈ He answered me **shortly**.
他唐突地回答我的問題。

2.1.4.25 slow 與 slowly 的比較

(一)slow 表示「緩慢地」，常用於 go, drive 等動詞或固定詞組，或用於含有分詞的複合字之中。

◈ Please drive **slower**.
請開慢點。

◈ The bus goes very **slow**.
那公共汽車開得非常慢。

◈ Relax—just take things **slow** for a while.
放輕鬆，先把腳步放慢。

◈ The adverb "**slow**" can be used in compounds with participles, such as slow-moving, slow-cooked food, slow-paced, slow-spoken, etc.

副詞 slow 可用於諸如 slow-moving（緩慢移動的），slow-cooked food（文火烹飪的食物），slow-paced（速度緩慢的），slow-spoken（說話慢慢騰騰的）等含有分詞或動名詞的複合字中。

(二)slowly 有時候做正式用法，跟 slow 一樣表示「緩慢地」，可置於動詞之前或之後，有時可被 slow 代替。

◈ Please speak **more slowly/ slower**.
請講得慢一些。

◈ The leaves **slowly** turned brown.
葉子慢慢地變成褐色。

◈ She ate **slowly**, without appetite.
她吃得很慢，毫無食慾。

◈ **Slowly** the door opened of itself.
那門慢慢地自己開了。

2.1.4.26 sound 與 soundly 的比較

(一)sound 表示「徹底地」，只與形容詞 asleep 連用；修飾動詞 sleep 時需用 soundly。

◈ She is **sound** asleep.
她在酣睡著。

◈ Depite the noise of the passing trains, he soon fell **sound** asleep.
即使來往的火車聲音嘈雜，他仍然酣睡。

◈ Troubled by strange dreams, I did not sleep as **soundly**

as I had hoped.
被怪異的夢境所擾，我沒有如我所願的熟睡。

(二)soundly 還可表示「健全地」；「正確地」；「徹底地」；
「猛烈地」等。

◈ Our company is a **soundly** administered organization.
我們公司是個管理健全的機構。

◈ He reasons **soundly**.
他推理正確。

◈ He has established himself **soundly** in his work.
他在事業中已建立了堅實的基礎。

◈ They were **soundly** defeated.
他們被徹底擊敗了。

◈ The rogue was **soundly** thrashed.
這流氓被痛打了一頓。

2.1.4.27 tight 與 tightly 的比較

tight 與 tightly 皆可表示「緊緊地」；「滿滿地」；「緊密
地」；「牢牢地」，但在過去分詞之前只可用 tightly。

◈ Hold **tight/tightly** to the railing or you may slip and fall.
握緊扶手，不然你可能會滑倒。

◈ She clasped his hand **tight/tightly** hers.
她的手緊握他的手。

◈ Shut the door **tight**.
把門關緊。

◈ The passengers <u>were **tightly** packed</u> inside the train.

火車上擠滿了旅客。

2.1.4.28 wide 與 widely 的比較

(一)wide 表示「充分地」；「完全地」；「廣泛地」；「偏離」等，可用於動詞或動詞片語、介詞片語之後。

◈ Open your mouth **wide**.
把嘴張大。

◈ He wandered **wide** through many lands.
他廣泛地漫遊了許多國家。

◈ His serve missed **wide**.
他發球超出邊界了。

◈ She greeted him with arms **wide** open.
她伸開雙臂歡迎他。

(二)widely 表示「廣泛地」；「遙遠地」；「大大地」，可用於動詞之後，動詞 be 和過去分詞之間，或形容詞、過去分詞之前。

◈ He has traveled **widely**.
他旅行過的地方很廣泛。

◈ The houses are **widely** separated.
這些房子相隔很遠。

◈ Their opinions differ **widely**.
他們意見非常分歧。

◈ These two people gave **widely** different accounts of the quarrel.
這兩個人所說的爭吵的經過大不相同。

◈ Mr. Li is **widely** read.
李先生博覽群書。

2.1.4.29 wrong 與 wrongly 的比較

wrong 與 wrongly 皆可表示「錯」;「錯誤地」;「不對」,在動詞後較多用 wrong,但用於動詞或過去分詞之前時,只可用 wrongly。

◈ You guessed **wrong**.
你猜錯了。

◈ You did it **wrong**.
那事你做錯了。

◈ This parcel is tied **wrong**.
這包裹捆錯了。

◈ He was **wrongly** accused.
他受到了錯誤的指控。

◈ He **wrongly** imagines that she loves him.
他誤以為她愛他。

2.2 副詞按意義來分類及其在句中的位置

副詞從意義上來區別,可分為方式副詞、程度副詞、地方副詞、時間副詞、頻率副詞、因果副詞、讓步副詞、強調副詞、肯定副詞和否定副詞。

2.2.1 方式副詞 (Adverbs of Manner)

(一)方式副詞表示態度、心情、方式等，一般由形容詞＋ly 構成。

1. 描述行為方式的，常見的方式副詞有 abruptly, accidentally, accurately, alone, artificially, automatically, badly, beautifully, bodily, brightly, brilliantly, briskly, carefully, carelessly, casually, cheaply, cleanly, clearly, closely, collectively, comfortably, consistently, correctly, dangerously, deeply, deliberately, delicately, differently, diligently, directly, discreetly, distinctly, dramatically, duly, easily, economically, effectively, evenly, faintly, faithfully, fiercely, finely, firmly, fixedly, fluently, formally, frankly, freely, gently, gracefully, guardedly, half-heartedly, hard, hastily, heartily, heavily, honestly, hurriedly, illegally, independently, indirectly, individually, instinctively, intently, involuntarily, jointly, justly, legally, logically, loudly, mechanically, naturally, neatly, nicely, oddly, officially, openly, overtly, patiently, peacefully, peculiarly, perfectly, personally, plainly, pleasantly, pointedly, politely, poorly, privately, professionally, properly, publicly, quickly, quietly, rapidly, readily, richly, rightly, roughly, ruthlessly, scientifically, securely, sensibly, sharply, silently, simply, slowly, smoothly, softly, solidly, solo, specifically, splendidly, steadily, stiffly, strangely, superbly, swiftly, symbolically, systematically, tenderly, thickly, thinly, thoroughly, thoughtfully, thriftily,

tightly, truthfully, urgently, vaguely, vigorously, violently, vividly, voluntarily, warmly, wickedly, widely, wonderfully 等。
如：

◈ He described my view **accurately**.
他準確地描述了我的看法。

◈ He spoke to them **slowly** and **clearly** in English.
他慢慢地、清楚地用英文對他們說話。

◈ She left the room **softly**.
她悄悄地離開了房間。

◈ We must run our enterprises **diligently** and **thriftily**.
我們必須勤儉地辦企業。

◈ He often drinks **hard**.
他常常狂飲。

◈ I only made her acquaintance **accidentally**.
我只是偶然和她相識的。

◈ Do you dare go through the forest **alone** at night?
你敢在夜晚獨自穿過那樹林嗎？

◈ The Prime Minister and the Cabinet ministers **collectively** resigned last week.
首相和內閣大臣上星期集體辭職了。

◈ He wants to speak to you **privately**.
他想私下和你談談。

◈ He was murdered. He didn't die **naturally**.
他是被謀殺的。他不是自然死亡的。

2. 描述行為者心理狀態的方式副詞，常見的有 angrily, absent-mindedly, anxiously, assuredly, bitterly, boldly, bravely, calmly, cheerfully, confidently, contentedly, curiously, dejectedly, delightedly, desperately, disappointedly, distractedly, doggedly, eagerly, excitedly, frenziedly, furiously, gladly, gratefully, happily, helplessly, hopefully, hopelessly, impatiently, innocently, intentionally, knowingly, miserably, nervously, passionately, proudly, purposely, reluctantly, sadly, shyly, sincerely, uncomfortably, uneasily, unhappily, unwillingly, wearily, willingly 。

◈ We were waiting **anxiously**.
我們在焦急地等待著。

◈ He **proudly** showed everyone the medal he had won.
他驕傲地給大家看他獲得的獎章。

◈ He looked at her **sadly**.
他淒涼地看著她。

◈ She shook her head **disappointedly**.
她失望地搖了搖頭。

◈ He waited **impatiently** for an answer.
他煩躁地等待回答。

◈ She attended their wedding **unwillingly**.
她不情願地參加了他們的婚禮。

◈ Excuse me, I did not do it **knowingly**.
原諒我，我不是故意做此事的。

(二)方式副詞在不同的場合在句中可置於不同的位置：

1. 可置於不及物動詞之前或之後(之後較常見)。

◈ After reconsidering, we **reluctantly** <u>agreed</u>.
重新考慮之後，我們勉強同意了。

◈ She usually <u>drives</u> **carefully**.
她通常開車很小心。

◈ Her sister <u>sings</u> **beautifully**.
她姐姐唱得好聽極了。

◈ They <u>followed</u> **closely** after him.
他們緊緊地跟著他。

2. 可置於動詞片語之前或之後。如：

◈ He **quietly** <u>left the room</u>.
（＝He <u>left the room</u> **quietly**.）
他靜悄悄地離開了房間。

◈ His wife **patiently** <u>nursed him back to health</u> after his
heart attack.
（＝His wife <u>nursed him back to health</u> **patiently** after his
heart attack.）
他的妻子在他心臟病發作後，耐心地護理他恢復了健康。

◈ The two of them <u>own the big firm</u> **jointly**.
（＝The two of them **jointly** <u>own the big firm</u>.）
他們二人共同擁有那大公司。

3. 可置於助動詞與 be 動詞之後或動詞片語之後。如：

◈ He <u>is</u> **loudly** <u>reading the newspaper</u>.
He <u>is reading the newspaper</u> **loudly**.(較常見)

他正在大聲讀報。

❖ He <u>could **easily**</u> solve the problem.
He <u>could solve the problem</u> **easily**.
他能夠很容易地解決這問題。

❖ Although the new highway is being used, it <u>has not yet been **officially** opened</u>.
Although the new highway is being used, it <u>has not yet been opened **officially**</u>.
雖然那新的公路已在使用，但尚未正式開放。

❖ She <u>has been **formally** appointed as ambassador to the United Nations</u>.（較好）
She <u>has been appointed as ambassador to the United Nations</u> **formally**.（雖然正確，但副詞離動詞過遠）
她已正式被任命為駐聯合國大使。

4. 表示加強語氣時，方式副詞可置於句首。如：

❖ **Quickly** the hunter picked up the gun.
獵人迅速拿起槍。

❖ **Angrily** he tore her letter to pieces.
他生氣地把她的信撕成碎片。

❖ **Suddenly** he shouted "Help!"
他突然大叫：「救命！」

❖ **Happily**, the thing has been swiftly dealt with.
幸好，這件事得到迅速處理。

2.2.2 程度副詞（Adverbs of Degree）

程度副詞用以描述動詞、形容詞或其他副詞的程度，在修飾形容詞或其他副詞時，一般須置於它們的前面。

2.2.2.1 表示不同程度的程度副詞

（一）表示「稍微」或「相當」的程度副詞：

常見的有 considerably, fairly, rather, slightly, somewhat, tolerably 等。其中 fairly 只可修飾形容詞或其他副詞，rather 還可用於形容詞或副詞的比較級及副詞 too 之前，以及動詞之前；其他副詞皆可修飾動詞、形容詞或其他副詞。

◈ This riddle is **fairly/rather** easy.
這個謎語相當容易。

◈ This watch is **rather** more expensive than that one.
這只手表比那只手表來得貴。

◈ He spoke **rather** too quickly for me to understand.
他說得有些太快了，我聽不懂。

◈ I **rather** like math.
我相當喜歡數學。

◈ Conditions here have improved **somewhat** since then.
從那時起這裡的情況有些改善。

◈ The idea **somewhat** alarmed his mother.
這想法有些驚嚇了他的媽媽。

◈ You can adjust it **slightly**.
你可以稍微把它調整一下。

(二)表示「非常」或「極為」的程度副詞：

　　常見的有 amazingly, awfully, badly, dearly, deeply, dreadfully, enormously, exceedingly, exceptionally, extraordinarily, extremely, fantastically, greatly, horribly, hugely, immensely, incredibly, largely, much, perfectly, powerfully, pretty, profoundly, quite, significantly, supremely, surprisingly, terribly, tremendously, very 等。其中 very, pretty, quite 只可置於形容詞或副詞之前；much 只能修飾動詞；其他副詞皆可修飾動詞、形容詞或其他副詞。

◈ He speaks English **very** well.
　他英文說得很好。

◈ He seemed **pretty** satisfied with what she said.
　他似乎對她的話很滿意(very 的程度比 pretty 強)。

◈ Her car is **quite** nice.
　她的汽車相當好。

◈ She sings **quite** well.
　她唱得相當好。

◈ We need money **badly** now.
　我們現在非常需要錢。

◈ I **deeply** regret your misfortune.
　我深深地為你的不幸而惋惜。

◈ He likes her **immensely**.
　他非常喜歡她。

◈ He doesn't like her **much**.
　He doesn't **much** like her.
　他不太喜歡她。

◈ I'm **dreadfully** sorry.
我非常抱歉。

◈ She's **terribly** clever.
她極其聰明。

(三)表示「太」；「過於」；「過分地」等的程度副詞：

常見的有 excessively, exorbitantly, far, overly, overmuch, too, too much, unduly, unreasonably 等。 too much 只可置於動詞之後。 其他副詞皆可置於形容詞或副詞之前，除 too, overly 外，還皆可置於動詞或動詞片語之後或助動詞之後。

◈ You're asking **too much**.
你要得太多了。

◈ The price is **excessively/exorbitantly/overly/too/unduly/unreasonably** expensive.
這價錢太貴了。

◈ Don't drive **too** fast.
開車別太快。

◈ I don't like her **overmuch**.
我不太喜歡她。

◈ He's **overly/unduly/excessively** cautious.
他過於謹慎了。

◈ He went to the airport **far too** early.
他太早去機場了。

(四)表示「更」；「更加」；「……得多」可置於形容詞或副詞的比較級之前的程度副詞(包括起程度副詞作用的片語)：

有 by far, far, far and away, even, much, the, very。其中 by far 可置於形容詞或副詞的比較級之後；the 只用於一些習慣用語中，不和 than 連用。此外 the 還常用於形容詞或副詞的最高級之前；by far, far and away 和 very 還可修飾形容詞或副詞的最高級，用以加強語氣或表示「真正地」；「顯然」；「最最」等。

◈ He runs **much** faster than his brother.
他跑得比他哥哥快得多。

◈ Canada is **even** larger than the United States.
加拿大比美國更大。

◈ James is **by far** the fastest runner in our family.
詹姆斯在我們家族中是跑最快的。

◈ It's quicker **by far** to go by airplane.
乘飛機去要快得多。

◈ If he comes tonight, **so much** the better.
如果他今天晚上來，那就更好了。

◈ That will make it all **the** worse.
這只會使事情變得更糟。

◈ He is **none the** wiser for his experience.
雖然他有經驗，卻沒因此而更聰明一些。

◈ This is **by far** the best/ **far and away** the best.
這是最好的(遠勝於別的)。

◈ This cake ought to be very good, because I used the **very best** butter.
這蛋糕應該很好吃，因為我用了最最好的奶油。

（五）表示「完全地」；「全部地」；「徹底地」等的程度副詞：

　　常見的有 absolutely, altogether, completely, entirely, fairly, fully, outright, quite, radically, soundly, thoroughly, utterly, wholly 等，可修飾動詞或形容詞。但其中 outrihgt 只能修飾動詞，且需置於動詞後面。

　　◈ I don't **quite/altogether/fully** agree.
　　　我不完全同意。

　　◈ You're **absolutely/completely/quite** right.
　　　你完全正確。

　　◈ He has **completely/fully** recovered.
　　　他已痊癒。

　　◈ When he came back, he found his house **completely/entirely** empty.
　　　當他回來時，他發現他的房子完全空了。

　　◈ The village was **completely/utterly** destroyed.
　　　那村莊被徹底摧毀了。

　　◈ They searched the house **thoroughly** but found nothing.
　　　他們徹底地搜查了那棟房子，但什麼也沒找到。

　　◈ The proposal was rejected **outright**.
　　　那個提案被徹底拒絕。

（六）表示「充分地」；「足夠地」；「豐富地」；「充裕地」
　　　等的程度副詞：

　　常見的有 abundantly, adequately, enough, plentifully, plenteously, sufficiently 等，其中 enough 須置於被其修飾的動詞、形容詞或副詞之後；abundantly, adequately, plentifully, plenteously 及 sufficiently

多置於動詞之後或動詞片語中的助動詞之後；sufficiently 還可置於形容詞前。

◈ Have you played **enough**?
你玩夠了嗎？

◈ You don't practice the piano **enough**.
你鋼琴練習得不夠。

◈ He is still strong **enough** to travel.
他仍然滿健壯能夠旅行。

◈ You'd better write the letter clearly **enough** for her to read.
你最好把信寫得夠清楚，她好看明白。

◈ Are you **adequately** insured?
保險你保得夠不夠？

◈ A gas can be liquified if it is cooled **sufficiently**.
氣體如充分地被冷卻可被液化。

◈ She may come and work for me, if she is **sufficiently** skillful.
如果她夠熟練的話可以來我這裡工作。

(七)表示「幾乎」；「不充分地」；「不足地」；「部分地」
等程度副詞：

常見的有 almost, half, nearly, partly, practically 等。這些副詞皆可置於介詞片語或副詞子句之前；修飾動詞時皆可置於聯繫動詞 be 及助動詞之後；almost, nearly 和 half 還可置於動詞之前；practically 還可置於動詞或動詞片語之後。

◈ I <u>have **almost/nearly** finished</u> writing the book.
我幾乎寫完了這本書了。

◈ There <u>was **almost**</u> no snow last winter.
去年冬天幾乎沒下雪。

（和 never, no, none, nothing 等表否定意義的字連用時，表示「幾乎」只可用 almost，不可用 nearly。）

◈ She is such an intimate friend that she <u>is **practically**</u> a member of our family.
她是那麼親近的朋友，簡直像我們的家人。

◈ I **almost/nearly** <u>had</u> a heart attack when she told me the news.
當她告訴我那消息時，我簡直要心臟病發作。

◈ I **half** <u>regretted</u> having left there.
我有些後悔離開那裡。

◈ He<u>'s told you **practically**</u> everything.
他幾乎把一切都告訴了你。

◈ He became rich, **partly** <u>by industry</u>, **partly** <u>by good luck</u>.
他發財，一半因為勤勞，一半因為運氣好。

◈ I'm not worried so much now, **partly** <u>because I have some other things to think about</u>.
我現在不再那麼憂慮，部分是因為我有一些別的事要考慮。

(八) 表示「僅僅」、「只是」等表示限定的程度副詞：

　　常見的有 barely, but, just, merely, only, purely, simply, solely 等。這些副詞皆可置於介詞片語、不定詞片語或副詞子句之前；修飾動詞時皆可置於動詞之前，聯繫動詞 be 及助動詞之後；有的還可

置於句首或動詞片語之後。

◈ He is **merely/only** a child.
他只是個孩子。

◈ He went there **only/purely** to buy a new car.
他去那裡僅僅是為了買輛新轎車。

◈ He left the army **solely** on account of ill health.
他離開軍隊只是因為身體不佳。

◈ He did it **just** for the money.
他做此事僅僅為了錢。

◈ She was **simply** teasing him.
她只不過是在取笑他。

◈ He **barely** escaped death.
他僅免於死。

◈ I can **but** try.
我只能試一試。

◈ He wants to resign **solely** because he dislikes his boss.
他想要辭職只是因為他討厭他老闆。

(九) 表示「幾乎沒有」；「幾乎不能」；「很少」；「一點也沒有」等否定意義的程度副詞：

常見的有 barely, hardly, little, scarcely 等。這些副詞修飾動詞時皆可置於動詞之前，聯繫動詞 be 及助動詞之後；有時還可置於句首或動詞片語之後。

◈ He's **hardly** eaten anything.
他幾乎沒吃什麼東西。

◈ I **scarcely** <u>have</u> time for breakfast.
我幾乎沒時間吃早餐。

◈ **Hardly** anybody believes his words.
幾乎沒有人相信他的話。

◈ He <u>has</u> **barely** enough money to buy a cup of coffee.
他幾乎不夠錢買一杯咖啡。

◈ She <u>read</u> **little** and <u>**wrote**</u> <u>less</u>.
她很少讀書，寫得更少。

◈ He <u>liked her</u> **little**, and she <u>cared</u> **little** <u>for him</u>.
他不太喜歡她，而她也不怎麼關心他。

(十)表示「達到那樣的程度」；「那麼」等意義，置於形容詞、
副詞之前的程度副詞，常見的有 so, that, this, thus。

◈ Don't talk **so** fast.
別講得那麼快。

◈ I haven't enjoyed myself **so** much for a long time.
我很長時間沒這麼高興過了。

◈ The snow is about **this** deep.
雪大約這麼深。

◈ Can you afford to spend **this** much?
你花得起這麼多錢嗎？

◈ I can't walk **that** far.
我走不了那麼遠。

◈ I have done only **that** much.
我只做了那麼多。

◈ It isn't all **that** cold.
還沒有冷到那種程度。

◈ Having come **thus** far, do you wish to continue?
已經走了這麼遠了，你還想繼續嗎？

2.2.2.2 某些常用的程度副詞用法的異同

（一）very, rather 等副詞，可修飾下列類型的形容詞：

1. 可修飾佔有形容詞大多數的具有比較等級特徵的形容詞。

◈ That man is **very** healthy and strong.
那人很健壯。

◈ It was **rather** cold yesterday.
昨天相當冷。

2. 做補語的由現在分詞或過去分詞轉變的純粹形容詞，可被
very, rather 等副詞修飾。

◈ The film is **rather** interesting.
這個電影相當有趣。

◈ He is **very** frightening.
他很令人害怕。

◈ We were all **very** concerned for your safety.
我們都非常擔心你的安全。

◈ She is **very** talented.
她很有才華。

◈ Jean is **very** pleased with Mike.
珍對邁克很滿意。

◈ I'm **very** tired.

我很疲倦。

◈ She was **very** bored.
她覺得很無聊。

◈ The girl looked **very** surprised.
那女孩顯得很驚訝。

◈ I suddenly felt **very** worried.
我突然感到非常著急。

3. 做修飾語的由現在分詞或過去分詞轉變的純粹形容詞，可
被 very, rather 等副詞修飾。

◈ He made a **very** surprising decision.
他做出了一個非常驚人的決定。

◈ The student has a **rather** interesting mind.
那學生的想法相當有意思。

◈ His face wore a **very** shocked expression.
他的臉上帶著非常震驚的表情。

◈ It is a **very** frightened animal.
那是一隻嚴重受驚的動物。

(二)有些表示某種「絕對」的沒有比較等級的形容詞，如
absolute, enough, empty, flawless, full, hopeless, mistaken,
perfect, right, unique, wrong 等，通常可用 quite 等副詞修
飾，不可被 very 或 rather 修飾。

◈ You're **quite** right.
你完全正確。

◈ His room was **quite** empty.
他的房間全空了。

◈ The theater was not **quite** <u>full</u>.
戲院尚未全滿。

◈ You are **completely/quite** <u>mistaken</u>.
你完全錯了。

(三)有些表示某種「狀態」的不可分比較等級的形容詞，如 afraid, alike, alive, alone, asleep, awake, aware 等，通常可用 much, very much 或其他副詞修飾，但不可用 very。如：

◈ I'm **very much** <u>afraid</u> that something may happen to him.
我非常害怕他會發生什麼事。

◈ The new couple are **much** <u>alike</u> in character.
這對新婚夫婦性格非常相像。

◈ Although old, he is **very much** <u>alive</u>.
雖然老了，但他的精神還十分飽滿。

◈ She was **quite** <u>alone</u> in the world.
她在世上的確形單影隻。

◈ She is now **fast** <u>asleep</u>.
她現在睡得很香。

◈ I'm **very much** <u>aware</u> of the lack of food supplies.
我深知食物貯備不足。

◈ I'm **wide** <u>awake</u>.
我完全清醒。

(四)修飾非形容詞的表示被動語態的過去分詞時，通常用 much, very much，一般不可用 very。

◈ She is(**very**) **much** <u>loved</u> by everyone.

她深受大家的喜愛。

◈ Her behavior was (**very**) **much** praised.
她的行為深受讚揚。

◈ He's **very much** admired by his students.
他的學生十分欽佩他。

◈ Britain's trade position has been (**very**) **much** weakened by inflation.
英國的貿易地位被通貨膨脹大大地削弱了。

（五）修飾一些表示「精神狀態、感情和反應」的可兼做形容詞的過去分詞，即使後接由 by 引導的施事片語，不僅可用 much, very much，也可用 very。

◈ I was **very** amused/(**very**) **much** amused by Miranda's performance.
我看了米蘭達的表演，感到非常有趣。

◈ He was **very** frightened/(**very**) **much** frightened by the report.
那報告使他驚駭不已。

◈ I wasn't **very** surprised/(**very**) **much** surprised to hear the news.
聽到那消息並沒有使我很驚訝。

◈ I'm **very** obliged/(**very**) **much** obliged to you for helping me.
我很感激你幫助我。

2.2.3 地方副詞 (Adverbs of Place)

2.2.3.1 地方副詞及其在句中的位置

地方副詞用以表示動作發生的地點、位置、方向。

(一) 可做地方副詞 (包括起地方副詞作用的片語或子句) 的有：

1. 有些單純副詞，如 abroad, home, here, there 等，可做地方副詞。

◈ Let's go **home**.
   咱們回家吧。

◈ I've been **there** many times.
   我去過那裡許多次。

2. 有些副詞片語，如 far away, deep down, high up, low down, far and near 等，可做地方副詞。

◈ He lives **far away** from his village.
   他住得離他的村莊很遠。

◈ People came from **far and near** to hear him speak.
   遠近的人都來聽他演說。

3. 有些表示地方概念的介詞片語，如 at home, on the river, in the office, below the bridge 等，可做地方副詞。

◈ She usually eats **at home**.
   她通常在家裡吃飯。

◈ There are many boats **on the river**.
   河上有許多船。

4. 表示地方的子句可做地方副詞。

◈ You can go **anywhere you want**.
你想要去哪裡就去哪裡。

◈ **Everywhere he went** he was warmly welcomed.
他所到之處都受到熱烈的歡迎。

(二)地方副詞在句中的位置：

1. 地方副詞一般可置於動詞（包括聯繫動詞）、動詞片語、補語之後。

◈ Denny is still **abroad**, and his brothers are going **abroad** soon as well.
丹尼仍在國外，他的兄弟也快要出國了。

◈ Don't rush **about**.
不要到處亂闖。

◈ It's very cold **outside**.
外邊很冷。

◈ Farmers spend most of their time **outdoors**.
農夫大部分時間都是在戶外度過的。

◈ He went **south**.
他去南方了。

2. 地方副詞也可置於名詞之後做修飾語。

◈ Put the dictionary on the shelf **above**.
把這字典放在上面的架子上。

◈ The girl **upstairs** looks like Janny.
樓上的那女孩看起來像是珍妮。

3. 若兩個地方副詞或表示地方的副詞片語同時出現，則表示小地方的地方副詞或片語須置於表示大地方的地方副詞或

片語的前面。

❖ Ribb was born **in Sydney**, **Australia**.
　瑞柏出生於澳洲雪梨。

❖ He just received a letter from **Tokyo**, **Japan**.
　他剛收到一封來自日本東京的信。

4. 有時為了強調動作發生的地點，地方副詞中的 ahead, away, below, down, in, off, out, up 等以及 here, there 可置於句首。

❖ **Down** came the rain.
　雨一直下著。

❖ **Out** rushed a pack of wolves.
　一群狼衝了出來。

❖ **Away** ran the thief.
　那小偷逃跑了。

❖ **Up** you come.
　你上來。

❖ **Off** flew the bird.
　鳥唰地飛走了。

❖ **Below** is an example of a typical business letter.
　下面是一個典型的商業信函的範例。

❖ **In** came a stranger!
　進來一個陌生人！

❖ **Ahead** you will face challenges and difficulties.
　你將面對多重險惡。

❖ **Here** are the others.

其餘的在這裡。

◈ **There** it is, on the sofa.
就在那裡，在沙發上呢。

2.2.3.2 地方副詞的分類

（一）一般的表示動作發生的地點、位置、方向的副詞。

常見的有 aboard, abroad, about, above, across, ahead, aloft, along, alongside, around, ashore, aside, away, back, backward, behind, below, beneath, beyond, by, clockwise, close, counterclockwise, down, downhill, downstairs, downstream, downtown, downward, downwind, east, eastward, forward, halfway, heavenward, here, home, homeward, in, in between, indoors, inland, inside, inward, left, midway, near, nearby, north, next door, northeast, northward, northwest, off, offshore, on, onward, opposite, out, outdoors, outside, outward, over, overhead, overseas, past, right, skyward, south, southeast, southwest, southward, there, through, underfoot, underground, underneath, underwater, up, uphill, upstairs, upstream, uptown, upward, upwind, west, westward 等。

◈ She walked **southward**.
她朝南走去了。

◈ I'm not going back **home** tonight.
今晚我不回家。

◈ The way **ahead** was blocked by fallen trees.
前面的路被倒下的樹擋住了。

◈ I saw her go **upstairs**.

我看見她上樓去了。

(二)有些表示地點、位置、方向的副詞也可用作介詞，後接受詞。這類副詞可稱作「介副詞」(prepositional adverbs)。

常見的有 aboard, about, above, across, along, alongside, around, behind, below, beneath, beside, beyond, down, in, inside, near, out, off, opposite, outside, over, past, throughout, underneath, up 等。此類「介副詞」做副詞時，不可後接名詞或名詞等同語；做介詞時須後接名詞或名詞等同語。

◈ He looked **around** but saw nobody.
他向周圍觀看，但什麼人也沒見到。(around 為副詞。)

◈ I looked **around** the station but couldn't see my friend anywhere.
我在車站四下觀望，但哪裡也見不到我的朋友。(around 為介詞。)

◈ When did he come **in**?
他什麼時候進來的？(in 為副詞。)

◈ He lives **in that house**.
他住在那棟房子裡。(in 為介詞。)

◈ The man sitting **opposite** is a general.
坐在對面的那人是位將軍。(opposite 為副詞。)

◈ The man sitting **opposite** to us is a general.
坐在我們對面的那人是位將軍。(opposite 為介詞。)

(三)有些不定地方副詞表示地點、位置時，含義模糊、籠統、不明確。

此類不定地方副詞有 anywhere, everywhere, nowhere 和 somewhere; 在美國口語中和非正式用法中還可用 anyplace, everyplace, noplace/ no place 和 someplace 表示。

1. 不定地方副詞單獨做地方副詞。

◈ We can't find her **anywhere**.
　我們哪裡都找不到她。

◈ There are flowers, grass and trees **everywhere**.
　到處都是花、草和樹木。

◈ I've seen her **somewhere** before.
　我在什麼地方見過她。

◈ His life is going **nowhere**.
　他前路茫茫。

2. 不定地方副詞可和 else 連用，表示另外的地點。

◈ I'm going **somewhere else** tomorrow.
　I'm going **elsewhere** tomorrow.
　明天我要去另一個地方。
　（somewhere else 可用 elsewhere 代替。）

◈ There is **noplace else** for me to go.
　我沒有別的地方可去。

◈ You can't get it **anywhere else**.
　你在別的地方都找不到。

3. 不定地方副詞可被地方副詞、形容詞、介詞片語、不定詞
　（片語）或關係子句修飾。

◈ I only know he is studying **somewhere abroad**.
　我只知道他在國外某個地方留學。

◈ He lost his passport **somewhere** between his office and the elevator.
他把他的護照丟在他的辦公室和電梯之間的某個地方了。

◈ First of all, we have to find **someplace** to live.
首先，我們得找個地方住。

◈ **Everyplace** I go, I find the same thing.
我所到之處，都見到了同樣的情況。

◈ You can go **anyplace** you like.
你想去哪兒就去哪兒。

（四）少數地方副詞，表示某一情況存在的範圍、廣泛程度或動作發生的地點。

常見的有 globally, internationally, locally, nationally, throughout, universally, widely, worldwide 等，可置於形容詞前，動詞之後，偶爾還可置於句首。

◈ It's a **globally** familiar brand name.
那是一個全世界眾所周知的商標。

◈ Everything we used was bought **locally**.
我們用的一切東西都是在本地買的。

◈ He is an **internationally** known pianist.
他是一位國際知名的鋼琴家。

◈ His words will be heard **worldwide**.
他的話全世界都將聽到。

◈ The rules do not apply **universally**.
這些規則並非普遍適用。

◈ She is a **nationally** known singer.

她是一位全國聞名的歌手。

◈ **Throughout** his life, he was troubled by the same question.
終其一生，他都為同樣問題所苦。

(五)少數副詞片語，用以表示朝向不同方向的反復運動，常見的有 back and forth, backward and forward, hither and thither, in and out, round and round, to and fro, up and down 等。

◈ **Round and round** the birds flew.
鳥兒盤旋飛著。

◈ The patrol marched **backward and forward** along the wall.
巡邏隊沿著牆往返巡邏。

◈ Like a bee, he was perpetually rushing **hither and thither**.
他跟蜜蜂一樣不斷地來來去去。

◈ He's been **in and out** all day.
他今天一直進進出出。

◈ Buses go **to and fro** between the center of the city and the airport.
公車在市中心及機場之間來回地跑。

◈ A butterfly is flying **up and down** among the flowers.
一隻蝴蝶正在花叢中忽上忽下地飛著。

2.2.4 時間副詞 (Adverbs of Time)

時間副詞(包括起時間副詞作用的片語或子句)用以表示動作發生(或某種狀態所存在)的時間，或表示與某一特定事件(或某種狀態所存在)之前或之後的相關聯的時間。

(一)可做時間副詞的有：

　1. 有些單純副詞，如 now, then 等，可做時間副詞。

◈ He is at home **now**.
　他現在在家。

◈ She was traveling abroad **then**.
　那時她正在國外旅行。

　2. 有些副詞片語，如 two days later, last night 等，可做時間副詞。

◈ She came back **two days later**.
　兩天以後她回來了。

◈ It was **last night** that the accident happened.
　那事故是昨天夜間發生的。

　3. 有些表示時間概念的介詞片語，如 at last, on Sundays 等，可做時間副詞。

◈ She married him **at last**.
　她終於嫁給了他。

◈ He never gets up early **on Sundays**.
　他在星期天從來不早起。

　4. 有些表示時間的名詞或名詞片語，如 today, tonight, yesterday, yesterday afternoon, tomorrow morning 等，也可單獨做時間副詞。如：

◈ She'll leave for New York **today/tonight**.
　她將於今天／今晚前往紐約。

◈ We called on him **yesterday afternoon**.
　我們昨天下午拜訪了他。

5. 表示時間的子句可做時間副詞。如：

◈ I'll email you **as soon as I get there**.
　我一到那裡就給你發電子郵件。

◈ He had learned Chinese for five years **before he came to China**.
　他在來到中國前學過五年漢語了。

(二)時間副詞在句中的位置：

1. 通常置於句尾，或置於動詞或動詞片語之後。

◈ I read a very interesting novel **last week**.
　我上個星期看了一部非常有趣的小說。

◈ We're going to the movies **this evening**.
　我們今晚要去看電影。

2. 為了強調時間，也可將時間副詞置於句首。如：

◈ **Next Monday** I will be attending an important meeting.
　下星期一我將參加一個重要會議。

◈ **Tomorrow** we have the day off.
　明天我們休假。

3. 有些時間副詞可置於動詞片語中的助動詞之後或動詞之前。如：

◈ She has **just** come back from abroad.
　她剛從國外回來。

◈ He **recently** bought a new car.
　他最近買了一輛新車。

4. 句中若出現多個表示時間的副詞片語時，表示較短時間的副詞片語位於表示較長時間的副詞片語的前面。如：

◈ The last earthquake took place **at four o'clock on May 4, 1986**.
上次地震發生於1986年5月4日四點鐘。

(三)不同的時間副詞和片語常和不同的時態連用：

1. 表示「現在」；「此時此刻」；「當代」等的時間副詞有 at present, at the moment, currently, in this day and age, now, nowadays, presently, right now, today 等，多和簡單現在式、現在進行式連用。如：

◈ He is living in New York **now/currently/presently**.
他現在正住在紐約。

◈ I have nothing to do **at the moment/ at present/ right now**.
現在我無事可做。

◈ **Nowadays/ In this day and age/ Today**, children often prefer watching TV to reading.
如今，兒童常愛看電視而不愛看書。

2. 表示「包括現在在內的時間段」的時間副詞有 this morning, this afternoon, this Tuesday, this week, this month, this year, today, now 等，可用於很多的時態。如：

◈ I've been very busy **today**.
今天我一直很忙。（現在完成式。）

◈ I'm not quite myself **today**.
我今天身體不很舒服。（簡單現在式。）

◈ I bought a computer **today**.
我今天買了台電腦。（簡單過去式。）

◈ I'll leave for London **today**.
我將於今天去倫敦。（簡單未來式。）

◈ I'm reading a novel **today**.
今天我在看一本小說。（現在進行式。）

◈ I've been working very hard **today**.
今天我一直在非常努力地工作。（現在完成進行式。）

3. 表示「立刻」；「馬上」；「即將」等的時間副詞有 at once, forthwith, immediately, in an instant, in no time, instantly, right away, right now, without delay 等，多和簡單式連用。

◈ Tell him to come here **at once/ instantly/ right away/ without delay/ right now**.
告訴他馬上到這裡來。

◈ I'll be back **in no time/ at once**.
我馬上就回來。

◈ He will be dismissed **forthwith**.
他將馬上被解職。

◈ I can't answer you **immediately/ instantly/ right away/ right now**.
我不能立刻回答你。

◈ Seeing the teacher come near, the students stopped talking **immediately/ instantly/ right away/ without delay/ in an instant**.
看見老師走近了，學生們立刻停止說話。

4. 表示「暫且」；「暫時」等的時間副詞有 temporarily, for the moment, for the present, for the time being, for the meantime 等，多和簡單現在式、現在進行式、簡單未來式

或簡單過去式連用。temporarily 還可以用於其他時態。

◈ The project <u>has been postponed</u> **temporarily**.
那案子已經暫時延期。

◈ They <u>are living</u> in a hotel **for the present**.
他們暫時住在旅館裡。

◈ I <u>will stay</u> here **for the time being**.
我暫且待在這裡。

◈ He <u>won't pursue</u> the subject **for the time being**.
他暫時沒有研讀這門課程的打算。

5. 表示在過去的「那時」;「在那時」;「本來」;「不久前」等的時間副詞有 a little while back, a short time ago, at one time, at that day, at that moment/second/instant, at the/that time, just now, just then, not long ago, on that occasion, once, originally 等,通常與簡單過去式或過去進行式連用。

◈ **At that moment** the doorbell <u>rang</u>.
就在那個時候,門鈴響了。

◈ He <u>was working</u> at his office **at the time**.
那時候他正在他的辦公室工作。

◈ **Just then** the door <u>opened</u>, and in <u>came</u> a stranger with a pistol in his hand.
就在那時候,門開了,進來一個手持手槍的陌生人。

◈ **At one time** I <u>lived</u> in Paris.
過去我曾經住在巴黎。

◈ She and he <u>were</u> **once** quite close, but now they are no longer friends.

她和他本來很要好，但現在他們不再是朋友了。

◈ The painting <u>was</u> **originally** worth two thousand dollars.
此畫原值兩千美元。

◈ He <u>was</u> here **not long ago/ just now**.
他剛才在這裡。

6. 表示明確的過去的時間副詞有 yesterday, the day before yesterday, yesterday evening, last night/week/month/year 等含有由「last＋表時間的名詞」構成的副詞片語，two days ago, a long time ago 等由「一段時間＋ago」構成的副詞片語，the other day/evening/night/afternoon 及 on May 1, 1968，或 in 1998 等表示過去的年月、日期，通常與簡單過去式或過去進行式連用。

◈ **Last month** I <u>was traveling</u> in the south.
上個月我正在南方旅行。

◈ I <u>bought</u> the house **two days ago**.
兩天前我買了這個房子。

◈ He <u>was born</u> **on Dec. 3, 1923**.
他生於1923年12月3日。

7. 表示「最後」或「終於」的時間副詞 at last, at length, finally, in the end, eventually, ultimately 等，多與簡單過去式連用，也可與簡單未來式或簡單現在式連用。

◈ **Finally/ At last/ Eventually/ In the end/ Ultimately** he <u>paid</u> his debt.
最後他(還是)還了債。

◈ She <u>was</u> free **at last**.
她終於自由自在了。

◈ **Ultimately**, all the colonies <u>will become</u> independent.
所有的殖民地終將獨立。

◈ The house <u>will have to be repaired</u> **eventually**.
這房子終究要修的。

8. 表示「隨後」；「隨即」；「在……之後（不久）」；「後來」；「接著」等的時間副詞有 then, thereupon, following that, after that, right after that, soon, after, soon after, afterward, soon afterward, at a later time, later, later on, next, subsequent (to), shortly, shortly afterward, before long, in no time, subsequently 等，多與簡單過去式或未來時態連用。

◈ They **subsequently** <u>heard</u> he had left the country.
他們隨後聽說他已出國。

◈ <u>I'll be</u> there **shortly/ before long/ in no time**.
我馬上就到。

9. 表示「同時」；「在此期間」；「與此同時」；「在此之前」；「事前」等的時間副詞有 at the same time, concurrently with, meantime, meanwhile, in the meantime, simultaneously, beforehand, at once, together 等，可與許多時態連用。

◈ He <u>was given</u> two prison sentences, <u>to be served</u> **concurrently**.
他兩罪均判監禁，同期執行。

◈ The four of them <u>arrived</u> **together/ at the same time**.

他們四個人同時到達的。

◈ **Meanwhile**, Colin <u>was sitting</u> in his room <u>watching</u> television.
同時，科林坐在房裡看電視。

◈ You <u>cannot be</u> in two places **at once**.
你不能同時在兩個地方。

◈ He <u>had made</u> preparations **beforehand**.
他事前做了準備。

10. 表示「近來」；「在這些日子」；「近幾天(星期、月、年)」等包括現在在內的時間段的時間副詞有 lately, of late, recently, the past few days, the last couple weeks, this past month, these days, not long since 等，多與完成時態或過去時態連用。

◈ I <u>haven't seen</u> her **these past few weeks/ for the past few weeks**.
近幾個星期我沒見到她。

◈ I<u>'ve seen</u> her a lot **lately/ of late/ recently**.
近來我常見到她。

◈ Our parents **recently** <u>celebrated</u> their fiftieth wedding anniversary.
我們的父母最近慶祝了他們的結婚五十週年。

◈ He<u>'s been</u> under a lot of pressure at work **this past month**.
過去一個月來他工作壓力很大。

11. 表示「過去」；「以前」；「從前」的時間副詞有

formerly, once, previously 等，通常和簡單過去式或過去完成式連用。

◈ The company **formerly** <u>belonged</u> to an international banking group.
那公司以前隸屬於一個國際銀行集團。

◈ Mr. Scott <u>was</u> **once** a professional actor.
史考特先生以前是個著名演員。

◈ She <u>had</u> **previously** <u>served</u> as an ambassador in Vietnam and Cambodia.
她曾擔任越南及柬普寨的大使。

12. 表示「在過去某時間或過去某個動作發生之前」的時間副詞有 two days before 等「由一段時間＋before」構成的副詞片語，及 the day/night before, before/by Friday 等由「by 或 before＋表示過去時間的名詞」構成的副詞片語等，往往和過去完成式或過去未來完成式連用，不過也可以和別的時態湊在一起。

◈ We <u>hope</u> to finish the job **by Friday**.
希望在星期五之前，我們把工作完成。

◈ I usually <u>finish</u> my homework **before supper**.
通常在晚飯前我已做完作業。

◈ He told me that he <u>had called</u> her **the day before**.
他對我說他前一天已給她打過電話。

◈ He arrived in Tokyo yesterday. **Three days before**, he <u>had been</u> in Paris.
他昨天到達了東京。三天前他在巴黎。

13. 表示「將來」;「以後」;「遲早」;「有朝一日」等的時間副詞有 in the future, someday, sooner or later, soon 等,及由「next＋表示時間的名詞」構成的副詞片語,如 next week, by Wednesday next(英), by next Wednesday(美), the week after next,還有 later, tomorrow, the day after tomorrow, on Monday next, later this month 等,通常和現在式或未來時態連用。

◈ I'll look after her **in the future**.
　以後我會照顧她。

◈ She'll come to see me **next week**.
　她在下星期會來看我。

◈ She will regret it **sooner or later**.
　她早晚會後悔的。

◈ They'll be back **by Sunday next**.(英)
　他們將在下星期日以前回來。

◈ We're having a party **next Friday**.
　我們下週五有派對。

◈ I'll come back to marry her **someday**.
　有朝一日我要回來娶她。

14. 表示「次日(隔日)」;「第二個星期(隔周)」;「隔晨」;「隔年」;「過了……時間之後」等在過去某個時間之後的時間副詞有 the next day/morning/week/month/year, the following day/morning/week/month/year, the day/morning/week/month/year after, three days later/afterward/after 等,多

和簡單過去式或過去未來式連用。

◈ She <u>came</u> again **the next morning**.
第二天早晨她又來了。

◈ He told me that he <u>would arrive</u> **the following week**.
他告訴我他將在下一個星期到達。

◈ **The day after**, he <u>apologized</u>.
次日，他道歉了。

◈ **A few months later** they <u>divorced</u>.
幾個月之後他們離婚了。

15. 表示「自從」；「從那……以來」；「從那……以後」；「已好久了」；「直到現在」等的時間副詞有 since, ever since, long since, not long since，介詞 since 引導的副詞片語，以及 until now, until recently, up till/until now 等，多與完成式連用，有的也可和簡單過去式連用。

◈ They <u>have</u> **since** <u>become</u> enemies.
他們在那以後成了敵人。
（這裡 since 的意思是 during the time after that）。

◈ She went to California in 1989 and <u>has lived</u> there **ever since**.
她在1989年去了加州，自那以後一直住在那裡。

◈ That man <u>has</u> **long since** <u>died</u>.
那人很久以前就死了。

◈ I <u>met</u> him **not long since**.
我不久前還見到了他。

◈ He <u>was</u> in prison **until recently**.
他之前一直在坐牢。

◈ **Up till now** I always <u>thought</u> he <u>was</u> honest.
(＝I no longer think he is honest, even though I used to.)
我還一直以為他是誠實的呢。

16. 表示「已經」;「曾經」;「從未」;「剛剛」;「常常」;「總是」;「以前」等不確定的時間副詞 already, yet, ever, never, just, often, always, before 皆可和現在完成式或簡單過去式連用。already, yet, just 和動詞 be 連用,有時其意義相當於終止性動詞的完成時態。

◈ He <u>has</u> **already** <u>gone</u> home.
He <u>went</u> home **already**.
他已回家了。

◈ <u>Have</u> you <u>read</u> the novel **yet**?
<u>Did</u> you <u>read</u> the novel **yet**?
你看了這本小說嗎?

◈ When she called me up, it <u>was</u> **already** midnight.
當她給我打電話時,已是半夜了。

◈ It <u>was not</u> **yet** dark when she <u>got</u> home.
當她到家時,天還沒黑。

◈ <u>Have</u> you **ever** <u>seen</u> such a beautiful girl?
<u>Did</u> you **ever** <u>see</u> such a beautiful girl?
你見過這麼美麗的女孩嗎?

◈ I <u>have</u> **never** <u>seen</u> him **before**.
I **never** <u>saw</u> him **before**.

我以前從來沒見過他。

◈ She <u>has</u> **just** <u>come</u> back.
She **just** <u>came</u> back.
她剛回來。

◈ They <u>have</u> **often** <u>been</u> to the south.
They **often** <u>went</u> to the south.（他們已經沒有再去）
他們常去南方。

◈ She <u>has</u> **always** <u>loved</u> gardening.
She **always** <u>loved</u> gardening.（此句有此人已不在人世的可能）
她始終喜歡園藝。

◈ The old lady <u>is</u> **already** dead.
The old lady <u>has</u> **already** <u>died</u>.
那老婦人已死亡。

◈ <u>Is</u> she well **yet**?
<u>Has</u> she <u>gotten</u> well **yet**?
她痊癒了嗎？

17. 表示對某事預期發生的或計畫發生的時間而言，是
「早」；「晚」；「及時」；「按時」；「不及時」；
「提前」；「事先」或「預先」等的時間副詞 early, late,
earlier, later, on time, in time, punctually 等，多用於簡單式。
如：

◈ <u>Come</u> **early** this evening.
晚上早點來。

◈ He <u>stayed up</u> **very late** last night.
他昨晚睡得很晚。

◈ She <u>is</u> always **on time** for appointments.
她總是準時赴約會。

◈ The flight <u>arrived</u> **punctually** at 2:15.
該航班準時於兩點十五分到達。

18. 表示某一發生過若干次的動作的其中某一次，常用 first,
the first time, for the first/second/third time, next, next time,
the next time, last, last time, the last time, for the last time 等
表示，多與簡單式連用，有的可用於完成式。

◈ I **first** <u>met</u> her on a winter morning.
我在一個冬天的清晨第一次見到她的。

◈ This is **the first time** they<u>'ve</u> ever <u>come</u> to Taipei.
這是他們第一次到臺北來。

◈ The new airplane <u>will be tested</u> **for the first time** tomor-
row.
那新型飛機明天將進行第一次試驗。

◈ When and where <u>shall</u> we <u>meet</u> **next**?
下一次我們在何時何地見面？

◈ I<u>'ll bring</u> you more **next time**.
下次我給你多帶些來。

◈ **The next time** I <u>saw</u> him, he was working in a university.
在那次之後我又見到他時，他正在一所大學工作。

◈ When <u>did</u> you **last** <u>see</u> her?
你上次見到她是什麼時候？

◈ He <u>did</u> very well **last time**.

上一次他做得很好。

◈ **The last time** I <u>saw</u> him, he was quite well.
上次我見到他時，他很健康。

◈ We <u>met</u> **for the last time** in 2006.
我們最後一次見面在2006年。

2.2.5 頻率副詞（Adverbs of Frequency）

頻率副詞（包括起頻率副詞作用的片語和子句）可用以表示某事發生的次數、頻率。

（一）可做頻率副詞的有：

1. 單純副詞 always, much, seldom 等，可做頻率副詞。如：

◈ She **always** gets her way.
她總是稱心如意。

◈ He doesn't go see his mother **much**.
他不常去看他的母親。

2. 有些副詞片語，如 again and again, all the time 等，可做頻率副詞。如：

◈ Why did you make the same mistake **again and again**?
你為什麼一再犯同樣的錯誤？

◈ My grandma watches TV **all the time**.
我的奶奶老是在看電視。

3. 介詞片語 at times, from time to time, on occasion 等可做頻率副詞。

◈ **At times** I was sure we were really flying.
有時我確信我們真的在飛了。

◈ I only go to the movies **from time to time**.
我只是偶爾去看電影。

4. 副詞子句可做頻率副詞。

◈ **Every time I went to his house**, he was out.
每次我去他家，他都不在。

◈ She cries **whenever she hears a sad story**.
每當聽到悲慘的故事她就哭泣。

(二)頻率副詞在句中的位置：

1. 一般可置於句尾，或置於動詞或動詞片語之後。

◈ Aunt Lucy <u>complains</u> **incessantly**.
露西阿姨老是不停地抱怨。

◈ Paul <u>talked</u> **continually** from dawn to dusk.
保羅從早到晚不停地說話。

2. 為了強調，有些頻率副詞也可置於句首。

◈ **Repeatedly** he called Mary to invite her to dinner.
他一再地給瑪麗打電話邀請她吃飯。

◈ **Sometimes** she prefers the one, **sometimes** the other.
有時候她喜歡這個，有時候喜歡另一個。

3. 頻率副詞也可置於動詞 be 之後，助動詞之後或動詞之前，
如強調動詞 be 時，也可置於動詞 be 之前。但 often 通常置
於句尾。如：

◈ It <u>is</u> **usually** hot here in summer.
It **usually** <u>is</u> hot here in summer.
這裡夏天天氣通常很熱。

◈ He's **always** thinking of others.

　他總是想著別人。

◈ You <u>ought</u> to write to your mother **often**.

　你應該常給你母親寫信。

◈ We **frequently** <u>send</u> her money.

　我們時常給她寄錢。

4. 表示否定意義的頻率副詞 never, seldom, hardly, scarcely 等置於句首以加強語氣時，句子用倒裝形式。

◈ **Never** <u>have I</u> felt so happy.

　我從未感到如此快樂。

◈ **Seldom** <u>do</u> I watch TV.

　我很少看電視。

5. 有些頻率副詞也有比較等級，須置於 more, less 或 most 之後。

◈ This is a commonly used word, but that is a <u>more</u> **commonly** used one.

　這是一個經常用的字，但那是一個更常用的字。

◈ He comes here <u>less</u> **often** than before.

　他來這裡沒有以前那麼勤了。

◈ The seafood I eat <u>most</u> **frequently** is prawns.

　我最常吃的海鮮是明蝦。

(三) 頻率副詞也可分為若干類別：

1. 表示「總是」；「經常」；「通常」；「時常」；「常常」的頻率副詞有 always, at all times, a lot, commonly, constantly, eternally, every time, frequently, forever, generally,

much, normally, often, on every occasion, regularly, usually
等。如：

◈ He has a cool head **at all times**.
他不論什麼時候都有清醒的頭腦。

◈ She **regularly** visited him on weekends.
她經常週末去看望他。

◈ Do you know why she worries **constantly**?
你知道她為什麼經常苦惱嗎？

◈ Children **usually** pick up foreign languages very quickly.
兒童通常學習外語非常快。

◈ We see him **often**.
我們常見他。

◈ Do you go there **much**?
你常去那裡嗎？

◈ He **generally** comes here on Sundays.
他通常星期天到這裡來。

◈ I **normally** go to bed early, but I stayed up late last night.
我通常很早就睡覺，但昨晚我熬夜了。

◈ He's **eternally** telephoning me early in the morning.
他總是大清早給我打電話。

◈ I played tennis **quite a lot** this summer.
今年夏天我經常打網球。

◈ He's **forever** finding fault with what I do.
無論我做什麼他老是挑毛病。

◈ Our soccer team wins **every time**.
　我們的足球隊每次都贏。

2. 表示「不斷地」；「不停地」；「一再地」；「反覆
　地」；「始終」；「一直」；「沒完沒了地」等的頻率
　副詞有 again and again, all along, all the time, all the while,
　ceaselessly, continually, continuously, day in and day out (day
　in, day out), year in and year out (year in, year out), endlessly,
　incessantly, interminably, over and over (again), time and time
　(again), time after time, the whole time, perpetually, repeatedly,
　unceasingly, undyingly, without end 等。如：

◈ They're **continually** arguing.
　他們爭吵不休。

◈ The wind blew **continuously** for three days.
　風連續不斷地刮了三天。

◈ Aunt Lucy was complaining **incessantly**.
　(當時)露西阿姨一直抱怨。

◈ Paul was talking **unceasingly/ceaselessly**.
　(當時)保羅一直說個沒完沒了。

◈ I've warned you **over and over**(**again**) not to do that.
　我已一再地警告你不要那樣做。

◈ I've told you **time and time**(**again**) not to touch the vase.
　我已一再地告訴你不要碰那花瓶。

◈ He had troubles **without end**.
　他的麻煩一個接一個。

◈ He talked to me **interminably/endlessly** about his first wife.
他沒完沒了地對我談論他的第一個妻子。

◈ She **perpetually** interferes in political affairs.
她不斷干涉政治事務。

◈ For a whole year I've worked **day in, day out**, without a holiday.
我一整年不斷地工作，沒休一天假。

◈ It rained **the whole time**.
一直在下雨。

◈ You know that **all along**.
你一直都知道（那件事）。

3. 表示「有時」；「偶爾」；「斷斷續續」等的頻率副詞有 at times, every so often, from time to time, now and then, now and again, occasionally, off and on (on and off), once in a while, on occasion, sometimes 等，其中有些還可表示「不時」；「時而」；「時常」。

◈ **Sometimes** she likes the one and **sometimes** the other.
有時候她喜歡這個，有時候喜歡另外的那個。

◈ It rained **on and off/ off and on** all day.
今天雨忽下忽停。

◈ The tide is very high **at times**.
潮水有時漲得很高。

◈ **N**ow and then/ Occasionally he goes to a ball game.
他有時去看球賽。

◈ I only go to the movies **from time to time**.
我只是偶爾去看電影。

◈ **Once in a while** we go to the park for a picnic.
有時我們去公園野餐。

◈ He used to visit her **sporadically/ on occasion**.
他過去偶爾地去看望她。

◈ **Now and again**, the parrot bit the wires of its cage.
那隻鸚鵡不時咬它籠子上的鏈條。

◈ **Every now and then** she went upstairs to see if he was still asleep.
她時而到樓上看看他是否還在睡覺。

◈ I write to her **now and again**.
我時常寫信給她。

◈ He left here five years ago, but I still see him **from time to time**.
五年前他就離開了這裡，但我還是時常見到他。

◈ **Every so often** we stopped to look at our map.
我們不時地停下來看看我們的地圖。

4. 表示「永遠」；「永久」；「永恆地」；「一勞永逸地」；「長期地」等的頻率副詞有 always, eternally, for all time, forever, for ever and ever, forever and a day, forevermore, once and for all, permanently, perpetually 等。

◈ I'll **always** keep that in mind.
我將永遠把此事記在心中。

◈ I'll be **eternally** grateful to you.

我永遠感激你。

◈ This will last **for all time**.
這將永垂不朽。

◈ I'll love you **forever/ for ever and ever/ forever and a day/ forevermore**.
我會永遠愛你。

◈ He's now come back to Taiwan **once and for all**.
他葉落歸根回到了台灣，再也不會走了。

◈ They knew that they would be compelled to live **perpetually** as second-class citizens.
他們知道他們將被迫永遠過著二等公民的生活。

◈ The only way to lose weight **permanently** is to completely change your attitude toward food.
長期減肥的不二法門就是徹底改變你對食物的態度。

5. 表示「幾乎未曾」；「很少」；「極少」及「難得」等意義的頻率副詞有 hardly ever, infrequently, rarely, scarcely, seldom, on rare occasions, once in a lifetime, once in a blue moon, once in a great while 等。

◈ We **rarely** eat in restaurants.
我們現在很少在飯館吃飯。

◈ She is **seldom** absent.
她很少缺席。

◈ That sort of thing happens only **infrequently**.
那種事情只是偶爾發生。

◈ I **hardly ever** go to bed before midnight.

我很少在午夜前就寢。

◈ That sort of thing happens only **once in a blue moon**.
　那種事難得發生一次。

6. 描述某動作發生的次數，可用「具體的數詞，或 many, a
　few, several 等不定形容詞＋times」或 once, twice 來表示。

◈ I've only been abroad **a few times**. I've been to France
　three times, Germany **twice** and Japan **once**.
　我只出過幾次國。我去過法國三次，德國兩次，日本一次。

◈ I called him **many times**, but he wasn't there.
　我給他打了很多次電話，但他不在。

7. 描述某經常發生的動作的頻率，可用「次數＋ a/per 或 each/
　every＋表示時間的名詞」等方法表示。

◈ I go to the movies **twice a month**.
　我一個月看兩次電影。

◈ She goes to night school **three times each week**.
　她每星期去三次夜校。

◈ The committee meets **once per quarter**.
　該委員會一個季度開一次會。

◈ She goes running **five times every week**.
　她每週跑步五次。

8. 描述某動作每隔一段時間發生的頻率，可用「every＋表示
　時間的名詞或具體的時間單位」來表示，其中的 every 也可
　用 each 代替。

◈ He gets up very early **every morning**.
　他每天早上起得很早。

◈ She sends her mother 500 dollars **every month/ each month**.
她每月給她的母親寄五百美元。

◈ You should take two pills **every six hours**.
你必須每六小時服兩顆藥。

9. 描述某動作反覆地在每隔一段時間之後發生的頻率，可用「every other＋表示時間的名詞」來表示，其中的 other 也可用 second 代替，不過 other 較為常用。

◈ She comes to see me **every other week**.
她每兩個星期便來看我。

◈ He shaves **every other day/ every second day**.
他隔一天刮一次鬍子。

10. 描述某動作反覆地在每隔一段時間之後發生的頻率，也可用「alternate＋表示時間的名詞」來表示。

◈ He comes here **on alternate days**.
他每隔一天到這裡來。

◈ She works in Paris. She comes back home **in alternate years**.
她在巴黎工作。她每隔一年回來一次。

11. 有些表示時間段的名詞加字尾 -ly，或以其他形式變為副詞，用以表示動作發生的頻率，常見的有 hourly, daily, weekly, fortnightly, monthly, quarterly, yearly/annually 等。

◈ The clock strikes **hourly**.
那時鐘每小時敲打一次。

◈ She comes here **daily**.

她每天來這裡。

◈ Wages are paid **monthly**.
工資每月付一次。

◈ The exhibition is held **annually**.
此種展覽每年舉行一次。

◈ The committee meets **quarterly**.
委員會每季開一次會。

12. 含有複數特定時間的介詞片語也可做頻率副詞。如：

◈ I attend a cooking class **on Tuesday evenings**.
我每星期二晚上學烹飪。

◈ We see each other **on weekends**.
我們在週末探望彼此。

2.2.6 因果副詞（Adverbs of Cause and Effect）

表示動作的、狀態、特徵等原因（包括條件）或結果的因果副詞（包括起因果副詞作用的片語和子句）常見的有 then, thus, hence, therefore, accordingly, consequently, in consequence, as a result, in that case, in that event, under/in the circumstances, as the matter stands, as things stand/are, but for... 等，多置於句首、句尾或動詞之前。

◈ The sun rose, and the fog **then** dispersed.
太陽出來了，霧就消散了。

◈ He studied hard, **thus** he got high marks.
他努力學習，因此他得了高分。

◈ It's already midnight; **hence/therefore**, you must go to bed.

已經是午夜了，因此你必須睡覺去。

◈ The judge believed the prisoner was innocent, and he acquitted him **accordingly**.
法官相信犯人是無辜的，於是宣判他無罪。

◈ Mr. Wilson's taken ill; **consequently** Mrs. Wilson cannot go out.
威爾森先生生病了，因而威爾森夫人不能出門了。

◈ **But for** him, we would have lost the match.
要不是他，我們會輸掉這場比賽。

◈ I was caught in heavy rain on my way home. **As a result**, I came down with a cold.
我在回家途中遇到了大雨，結果感冒了。

◈ **Under the circumstances**, I think it would be best if I stayed here.
在此情況下，我想我最好留在這裡。

◈ **In that case**, you'd better go with him.
既然是那樣，你最好和他一起去。

◈ You are not to call anyone unless you have an emergency. **In that event**, call whoever you want.
除非事出緊急，別打電話。而如果是緊急事件，打給任何你想聯繫的人。

◈ **As things stand/are**, it's not safe to stay here.
As the matter stands, it's not safe to stay here.
從目前的情況來看，留在這裡是不安全的。

2.2.7 讓步副詞（Adverbs of Concession）

　　表示讓步的副詞（包括起讓步副詞作用的片語和子句）常見的有 all/just the same, anyhow, anyway, be that as it may, even now, even so, even then, for all that, nevertheless/nonetheless, regardless, still, though, yet 等，多置於句首或句尾。如：

◈ Everyone opposed it, but Sally and Bob got married **all/ just the same**.
儘管大家都反對，莎莉仍然與鮑伯結婚了。

◈ It's raining hard, but I'm going out **anyway**.
正在下大雨，但是無論如何我還是要出去。

◈ **Be that as it may**, we are quite content.
儘管如此，我們還是十分滿足。

◈ I've shown him the photographs but **even now** he won't believe me.
雖然我已給他看了照片，但他還是不相信我。

◈ It has many omissions, but **even so** it is still a useful reference book.
此書有很多遺漏，但即使如此，它還是一本有用的參考書。

◈ Clearly he knew he was wrong, but **even then** he wouldn't admit it.
他明明知道自己錯了，但他還是不承認。

◈ We had a lot of bad luck, but **for all that**, it was still a good trip.
壞運連連，但儘管如此，這趟旅程還是不錯。

◈ He's often rude to me, but I like him **nevertheless/nontheless**.

他時常對我粗魯無禮，但我還是喜歡他。

◈ I must make the right decision **regardless** of what the consequences may be.

不管後果如何，我必須做出對的決定。

◈ He grew hungrier; **still**, he refused to eat.

他更餓了，然而他還是不肯吃飯。

◈ She promised to call me. I've heard nothing from her, **though**.

她答應打給我，可是我還沒聽到回音。

◈ He is poor, **yet** honest.

他雖然貧窮，但是誠實。

2.2.8 強調副詞（Adverbs of Emphasis）

強調副詞（包括起強調副詞作用的片語）用於強調動作所表示的行為或句中的其他內容。

（一）強調副詞在句中的位置：

1. 強調副詞多置於它所強調的單字或句子成分之前。

◈ I love the country, **especially** in spring.

我喜愛鄉村，尤其是在春天。

◈ He's interested **mainly** in sports.

他主要對體育運動感興趣。

◈ I **really** came to see you.

我確實是來看你的。

◈ It's **just** what I need.
這正是我所需要的。

◈ **Even** children can answer this question, let alone grown-ups.
連小孩都能回答這問題，更不用說大人了。

2. 有時強調副詞並不置於它所強調的單字或句子成分之前，而置於它所強調的成分之前的片語動詞之間或動詞片語之間，或其他位置。

◈ Air consists **chiefly** of nitrogen.
空氣主要由氮氣組成。

◈ I'm **particularly** interested in classical music.
我特別對古典音樂感興趣。

◈ The company is **actually** controlled by Mr. White.
那公司實際上由懷特先生管理。

◈ You are **mainly** to blame.
你應該負主要責任。

◈ We **really** are very much obliged to you.
我們真的非常感激你。

(二) 強調副詞大體上可分為以下幾類：

1. 表示「實際上」；「真的」；「確實」；「的確」；「甚至」；「即使」；「務必」和「一定」等的強調副詞 actually, even, indeed, literally, positively, really, surely, truly, for God's/Heaven's/goodness'/pity's sake, by all means, at all 等，用以強調陳述的真實性或所述情況的嚴重性。

◈ He didn't **actually** witness the accident, but arrived on the scene shortly after.
他沒有實際看到事故的發生，而是過一會兒才到現場的。

◈ His garden is beautiful **indeed**.
他的花園真的好美。

◈ You must know it if you know anything **at all**.
如果你當真知情的話，你就必定知道此事。

◈ He didn't answer **even** my letter.
他連我的信都不回覆。

◈ I'm **literally** starving.
我簡直餓死了。

◈ She will **surely** succeed.
她必定成功。

◈ Her last novel was **truly** awful.
她最近的這部小說真糟糕。

◈ Try **by all means** to persuade them to come.
一定要盡力勸他們來。

◈ Save the child, **for God's sake**.
請看在上帝面上，救救那孩子。

2. 表示「正」；「恰恰」；「恰好」；「精確地」；「準確地」等的強調副詞 exactly, accurately, just, precisely 等，用以強調事物的確切性。

◈ He failed to **accurately** express his own opinion.
他未能準確地表達他自己的意見。

◈ He knew **exactly** how things would go.
他確切地知道情況會如何進展。

◈ That's **exactly/just/precisely** what I expected.
那正是我所期待的。

3. 表示「主要地」；「特別地」；「專門地」；「尤其是」；「基本上」；「本質上」；「最重要的是」等的強調副詞 above all, at bottom, basically, chiefly, especially, mainly, mostly, notably, particularly, predominantly, primarily, principally, specifically 等，用以特別地強調。

◈ He longs **above all** to see his family again.
他尤其渴望再見到家裡的人。

◈ He is a good fellow **at bottom**.
他本質上是好的。

◈ He's **basically** a nice person.
他基本上是個好人。

◈ He did it **chiefly** for money.
他做此事主要是為了錢。

◈ He seems **especially** happy.
他似乎特別高興。

◈ He asked **specifically** for French wine.
他特地要了法國葡萄酒。

4. 表示「只是」；「僅僅」；「只有」；「完全是」；「專門」等的強調副詞 alone, exclusively, just, merely, only, purely, simply, solely 等，用以強調只有一個特定的事項與說

話內容有關聯。其中 only 可置於句中不同的位置，表示的意思不盡相同。

◈ He **alone** can help you.
   Only he can help you.
   只有他能幫助你。

◈ He went to Japan **solely/simply** to buy a new car.
   他去日本只是為了買一輛新車。

◈ I meant it **merely** as a joke.
   我原意只不過是開個玩笑。

◈ **Only** she read the documents this morning.
   只有她今晨閱讀了文件。

◈ She **only** read the documents this morning.
   她今晨只是閱讀了文件。

◈ She read **only** the documents this morning.
   她今晨閱讀的只是文件。

◈ She read the documents **only** this morning.
   她今晨才閱讀了文件。

5. 表示「根本」；「絲毫」；「一點……」等意義的強調副詞 at all, at bottom, fundamentally, radically 等，多可置於否定意義的字詞之後，以加強否定的語氣，其中的 at all 可與所有的否定詞 (negators) 連用。

◈ He disagreed **fundamentally** with the President's judg-
   ment.
   他根本不同意總統的意見。

◈ Theirs is a civilization **radically** different from our own.
他們的文明與我們自己的文明根本不同。

◈ She does<u>n't</u> like him **at all**.
她根本不喜歡他。

◈ That man has <u>no</u> writing ability **at all**.
那人根本沒有寫作能力。

◈ He has many precious stamps, but I have <u>none</u> **at all**.
他有許多珍貴的郵票,但是我一張沒有。

◈ They celebrated Christmas <u>without</u> any presents **at all**.
他們什麼禮物都沒有地慶祝耶誕節。

◈ He <u>hardly</u> reads anything **at all**.
他幾乎根本什麼都不讀。

2.2.9 肯定副詞 (Adverbs of Affirmation)

(一)肯定副詞(包括起肯定副詞作用的片語)表示肯定意義。

肯定副詞 assuredly, absolutely, beyond a doubt, beyond question, beyond the shadow of a doubt, certainly, decidedly, definitely, doubtlessly, indubitably, unquestionably, positively, surely, undoubtedly, without question, doubtless 等,一般表示「肯定」;「無疑地」;「確實」;「絕對地」;「一定」等,在句子中多用於修飾述語。

◈ This is **absolutely/positively** impossible.
這是絕對不可能的。

◈ She will **certainly/assuredly/definitely** come.
她肯定會來。

◈ He will **surely** fail.
他必定會失敗。

◈ We knew her story was true **beyond the shadow of a doubt**.
無可置疑的，我們知道她的敘述是真實的。

◈ He is **undoubtedly** a great poet.
他毫無疑問是個偉大的詩人。

(二)肯定副詞在句中的位置：

1. 一般置於動詞 be 或助動詞之後，有時為了強調動詞 be，有些肯定副詞也可置於它的前面。

◈ She was **beyond question** the prettiest girl in the school.
她無疑是那學校裡最漂亮的女孩。

◈ He **definitely** is honest.
他肯定是誠實的。

2. 置於主要動詞或否定的助動詞之前。

◈ I **certainly** wish him victory.
我確實希望他勝利。

◈ You **surely** don't like this kind of food.
你肯定不喜歡這種食物。

◈ We **certainly** mustn't forget him.
我們的確不應該忘記他。

3. 強調時可置於句首。

◈ **Doubtless** he would have inside news.
大概他會有內部消息。

◈ **Surely** I've met her somewhere before.
我一定以前在什麼地方見過她。

◈ **Certainly** I can solve the problem.
我肯定能解這題。

4. 也可置於句尾。 做副詞的介詞片語尤其多置於句尾。

◈ You are in the right, **certainly**.
你是正確的，當然。

◈ She was also found guilty **beyond a doubt**.
她也毫無疑問地被查明有罪。

◈ She agreed to help **without question**.
毫無疑問她同意幫忙。

2.2.10 否定副詞 (Adverbs of Negation)

否定副詞（包括起否定副詞作用的片語）表示否定意義，常見的有表示「不」；「決不」；「永不」；「從未」；「絲毫不」；「決不可以」；「無論如何也不」；「很少」；「不常」；「極少」；「難得」等意義的 by no means, neither, never, no, nor, not, on no account, on no condition, under no circumstances, hardly, hardly ever, infrequently, once in a blue moon, once in a great while, once in a lifetime, on rare occasions, rarely, scarcely, scarcely ever, seldom, seldom if ever 等。

2.2.10.1 否定副詞 not 的用法

not 表示「不」，是最常用的否定副詞。

(一)not 與動詞 be, have 或含有助動詞的動詞片語連用時，構成
述語動詞的否定式，not 置於動詞 be, have 或第一個助動詞
之後，通常多用縮寫形式。

◈ She **is not/ isn't** busy.
她不忙。

◈ He **does not/ doesn't** have any children.（美）
He **has not/ hasn't** any children.（英）
他沒有孩子。
（在英式英文中可將 not 置於表示「有」的動詞 have 之後。）

◈ She **is not/ isn't** smiling. She is crying.
她不是在笑。她是在哭。

◈ She **will not/ won't** come back until next Monday.
她下星期一才回來。

◈ I **have not/ haven't** seen her for a long time.
我好久沒見到她了。

◈ My car **has not/ hasn't** been repaired yet.
我的汽車尚未修好。

◈ He **cannot/ can't** swim.
他不會游泳。

◈ You **must not/ mustn't** miss the film. It's wonderful.
你不可錯過這電影。它好極了。

(二)not 置於不定詞、現在分詞或動名詞之前，構成這些非限定
動詞的否定式。

◈ Be careful **not** to catch cold.

小心別著涼。

◈ He stood there, **not** knowing what to do.
他站在那裡，不知道該怎麼辦。

◈ Trying without success is better than **not** trying.
試驗沒成功比不試驗好。

◈ He did wrong in **not** speaking.
他不該不說。

（三）not 用以否定句子中其他成分，表示強調；如非否定主詞，
置於句首要倒裝。

◈ **Not** a soul can be seen.
連一個人也看不見。

◈ **Not** one of his friends came to see him.
他的朋友們沒有一個人來看他。

◈ "Will he come?" "**Not** he."
「他來嗎？」「他不來。」

◈ She won't talk to him, **not** she.
她不願意和他說話，她實在不願意。

◈ Although autumn was well advanced, **not** a leaf had fallen from the tree.
雖然已到深秋，樹上沒有一個樹葉掉下來。

◈ **Not** a word would she say.
她一句話也不願意說。

（四）用於對疑問句做全部或部分的回答。如：

◈ "Will you take a walk?" "**Not** today."

「你要不要散散步？」「今天不了。」

◈ "Would you like some more tea?" "**Not** <u>for me</u>, thank you."
「還要點茶嗎？」「我不要了，謝謝。」

◈ "Do you go diving every day?" "**Not** <u>in the winter</u>."
「你每天都潛水嗎？」「冬天不下海。」

(五)用於一正一反的敘述，強調肯定部分。如：

◈ He is my student, **not** <u>my son</u>.
他是我的學生，不是我的兒子。

◈ He's seventy, **not** <u>seventeen</u>.
他是七十歲，不是十七歲。

◈ He drove steadily, **not** <u>too fast</u>, **not** <u>too slow</u>.
他開車很穩，不快也不慢。

(六)在答語中的動詞為 believe, expect, fancy, fear, hope, imagine, suppose, think 及 be afraid 等之後，not 可代替由 that 引導的子句。如：

◈ "Can he finish the work in time?" "I <u>believe</u> **not**." (＝I believe that he cannot finish the work in time.)
「他能及時做完那工作嗎？」「我看是不行。」

◈ "Will he move here next week?" "I <u>expect</u> **not**." (＝I expect he won't move here next week.)
「他下個星期搬到這裡來嗎？」「我想不會的。」

◈ "Will it rain tonight?" "I <u>hope</u> **not**." (＝I hope it won't rain tonight.)
「今天晚上會下雨嗎？」「我希望不要。」

◈ "Will he run away?" "I <u>think</u> <u>**not**</u>."（＝I think he won't run away.）
「他會逃跑嗎？」「我想不會的。」

◈ "Can I take the magazine away?" "I'<u>m afraid</u> <u>**not**</u>."（＝I'm afraid you cannot.）
「我可以把這雜誌帶走嗎？」「很抱歉，不可以。」

(七)接在 perhaps, probably, absolutely 等副詞之後，或連接詞 if 之後，代替條件子句。如：

◈ "Will she come?" "<u>**Perhaps not**</u>."（＝Perhaps she won't come.）
「她會來嗎？」「也許不來了。」

◈ If she comes to see me, I'll give her a diamond necklace; <u>if **not**</u>, I won't.（＝If she doesn't come to see me, I won't give it to her.）
如果她來看我，我就給她一條鑽石項鍊。如果她不來，就不給她。

(八)與 both, all, every, always 等連用，表示部分否定。如：

◈ <u>**Not** all my friends</u> smoke.
我的朋友並不個個抽煙。

◈ <u>**Not** everybody</u> can do it.
並非人人能做此事。

◈ He is <u>**not** always</u> happy.
他並不總是快樂。

(九)用以表示與其後的字或片語相反的意思。

◈ His office is <u>**not** (exactly) a million miles from yours</u>.

他的辦公室離你的辦公室又沒有十萬八千里遠。

（表示離得很近。）

◈ She is **not** exactly a beauty queen.
她又不是美到不行。

(十)not 與具有否定意義的字詞連用，表示加強語氣的肯定意義。

◈ She has saved **not** a little money.
她儲蓄了很多錢。

◈ He is **not** an unwelcome guest there.
他在那裡是很受歡迎的客人。

◈ She is **not** a careless worker.
她可是個仔細的工作者。

(十一)表示「非常」；「完全」；「絕對」；「必然」；「一定」等意義的 absolutely, altogether, completely, entirely, necessarily 或 very 等副詞和 not 連用，可減弱 not 的否定意義，使語氣婉轉、客氣些。

◈ The man is **not** entirely reliable.
此人並不完全可靠。

◈ Rich people are **not** necessarily happy.
有錢的人並不一定幸福。

◈ He was **not** absolutely convinced of the truth of the report.
他不完全相信這報告是真實的。

◈ She's **not** a very good teacher.

她並非一位很好的教師。

(十二)表示「一點」;「絲毫」等意義的片語 in the least, the least bit, in the slightest, a bit, at all 等,置於 not 之後,可加強 not 的否定意義。

◈ I'm **not** the least bit tired.
I'm **not** tired in the least.
I'm **not** tired at all.
我一點也不累。

◈ He was **not** a bit afraid of death.
他絲毫不怕死。

◈ You did **not** embarrass me in the slightest.
你一點也沒讓我為難。

2.2.10.2 否定副詞 no 的用法

(一)no 和形容詞或副詞的比較級連用,表示「不」;「並不……些」。

◈ This house is **no** more expensive than that one.
這棟房子並不比那棟貴。

◈ She is **no** less beautiful than a movie star.
她的美麗不亞於電影明星。

◈ She is **no** older than you.
她不比你的年齡大。

◈ I'm glad things are **no** worse.
我很高興情況沒有更糟糕。

(二)no 和形容詞連用，意指「絕非……」；「並非……」，表示和其後形容詞相反的意思(有些字典將 no 的這一用法，置於形容詞的用法中)。如：

◈ He showed **no** <u>great</u> skill.
他沒有多大本領。

◈ It is **no** <u>unimportant</u> question.
這可真是個重要問題。

◈ It was **no** <u>easy</u> part to play.
那可不是容易扮演的角色。

2.2.10.3 否定副詞 never 的用法

(一)never 可表示「從未」；「從不」；「絕不」；「永不」。
　1. 通常置於主要動詞之前，動詞 be 或助動詞之後。如：

◈ He's **never** <u>had</u> much money.
他從來沒有很多錢。

◈ I **never** <u>saw</u> him before.
我以前從未見過他。

◈ He **never** <u>went</u> to college.
他從未上過大學。

◈ Time lost <u>is</u> **never** found again.
失去的時間不可復得。

◈ I <u>will</u> **never** forget your kindness.
我永遠不會忘記你的好心。

◈ I <u>have</u> **never** been abroad.
我從來沒出過國。

◈ He **never** tells a lie.
　他從來不撒謊。

2. 有時可置於助動詞或動詞 be 之前，起強調作用。如：

◈ I **never** will meet him.
　我永遠不願意見到他。

◈ I **never** can make out what you mean.
　我永遠不能理解你的意思。

◈ She **never** is a good speaker.
　她從來就不是一個會講話的人。

3. 有時為了強調，可置於句首，這時要用倒裝語序。如：

◈ **Never** in my life have I heard such a thing.
　我一生中從來沒有聽說過這樣的事。

◈ **Never** have I had it so good.
　我從來沒有這樣好過。

(二)用於加強語氣，表示「不」；「千萬不要」，用於祈使句
　的句首時，較 don't 語氣更強。如：

◈ That will **never** do.
　那絕對不行。

◈ **Never** fear.
　別害怕。

◈ **Never** go out alone.
　千萬別獨自外出。

◈ **Never** do this kind of thing again.
　千萬不要再做這樣的事了。

(三)用於表示否定的習慣用語中：

    1. never before 表示「以前從未有過」。如：

◈ Such a bird has **never** <u>before</u> been seen.
    這樣的鳥以前從來沒有見過。

    2. never mind 表示「沒關係」；「不要緊」。或是「別理會我剛剛說的」。

◈ "Sorry, I've kept you so long." "**Never** <u>mind</u>."
    「對不起，我讓你耽擱了那麼久。」「沒關係。」

◈ "Will you bring me my notebook? **Never** <u>mind</u>, I'll get it myself."
    「你可以幫我把筆記本拿來嗎？算了，沒關係，我自己來就好。」

    3. never more 表示「絕不再」。如：

◈ **Never** <u>more</u> will I work for him.
    我絕不再為他工作。

    4. never so much as 表示「甚至連……也不」。如：

◈ He **never** <u>so much as</u> smiled.
    他甚至連笑都不笑。

◈ He **never** <u>so much as</u> said "Thanks."
    他甚至連「謝謝」都沒說。

2.2.10.4 否定副詞 none 的用法

(一)none 可表示「一點也不」；「毫不」；「毫無」；「決不」。主要用於「none＋the＋比較級」的習慣用語中。如：

◈ She has been in the hospital for a month, but she's **none the better** for it.
她住院住了一個月，但病情絲毫未見好轉。

◈ His explanation left her **none** the wiser.
她聽了他的解釋，還是不明白。

◈ He's **none** the worse for having fallen into the river.
他跌進河裡，但是什麼事也沒有。

(二)none 用於「none＋too＋形容詞或副詞」的習慣用語中，以加強語氣，可以表示「一點也不」；「並不」；「不太」。如：

◈ The salary they pay me is **none** too high.
他們付給我的薪水並不太高。

◈ She did it **none** too well.
她做得一點也不好。

2.2.10.5 其他否定副詞的用法

表示「幾乎不」；「幾乎未曾」；「絕不」；「絲毫不」；「很少」；「無論如何也不」；「難得」等意義的否定副詞 barely, hardly, infrequently, rarely, scarcely, seldom, by no means, on no account, on no condition, under no circumstances, on rare occasions, once in a lifetime, once in a blue moon, once in a great while 等，在句中都可有多種位置。

(一)通常置於主要動詞之前，動詞 be 或助動詞之後，有時為了強調，可置於動詞 be 之前。

◈ We **rarely see** horse carriages now because most people

use cars.
我們現在很少見到馬車，因為大多數人用汽車。

◈ We <u>could</u> **scarcely** get out of the house, the snow was so deep.
雪那麼深，我們幾乎出不去房子。

◈ This kind of stamp <u>is **rarely**</u> seen.
這種郵票很少見到。

◈ She <u>is **seldom**</u> absent.
她很少缺席。

◈ That only <u>happens **once in a blue moon**</u>.
極少發生這種事情。

(二)有些可置於名詞或代詞之前，表示「幾乎沒有」，相當於 almost not。

◈ All day long they had **scarcely** <u>a free moment</u>.
他們整天幾乎沒有一點空閒時間。

◈ We had **barely** <u>enough time</u> to catch the train.
我們幾乎來不及趕上火車。

◈ **Hardly** <u>anybody</u> believes him.
幾乎沒有人相信他。

(三)為了強調，有些可置於句首，這時要用倒裝語序。

◈ **Rarely** <u>does the temperature</u> go above ninety there.
那裡的溫度很少超過九十度。

◈ **Seldom** <u>did she</u> show her feelings.
她很少流露她的感情。

◈ **On no account** must this switch be touched.

絕不可以觸摸這開關。

◈ **Under no circumstances** may a soldier leave his post.

在任何情況下士兵都不可以離開他的崗位。

(四)有時可置於動詞或動詞片語之後或句尾。

◈ It happens so **infrequently**.

這極少發生。

◈ Most people **rarely** go to church.

大多數人極少去教堂。

◈ They meet so **seldom**.

他們極少見面。

2.3 副詞按其在句中的作用來分類

2.3.1 疑問副詞 (Interrogative Adverbs)

　　疑問副詞是用以引導疑問句，提問「何時」；「何地」；「如何」；「因何」的副詞，主要有 when, where, how, why 等。疑問副詞引導疑問句時一般置於疑問句的句首，回答時須回答具體的內容，而不能用 yes 或 no，提問時須用倒裝語序，即主詞須置於助動詞或動詞 be (及在英國表示「有」的動詞 have) 之後。

◈ "**When** did you submit the report?" "Last week."

「你什麼時候交的報告？」「上週。」

◈ "**Where** has he gone?" "To Tokyo."

「他到哪裡去了？」「他去東京了。」

◈ "**How** are your family?" "We're very well."
　「你的家人都好嗎？」「我們都很好。」

◈ "**Why** was the floor not cleaned?"
　"Because the vacuum cleaner didn't work."
　「為什麼地板沒有清掃？」「因為吸塵器壞了。」

2.3.1.1 疑問副詞 when 的用法

（一）when 表示「何時」；「什麼時候」，其答語可能是日期、時刻或年、月、上下午或日夜等任何時間。如：

◈ "**When** did he come to Taiwan?" "In 1990."
　「他什麼時候到台灣來的？」「在1990年。」

◈ "**When** will the meeting be held?" "It'll be held tomorrow morning."
　「會議什麼時候召開？」「會議明天上午召開。」

◈ "**When** did you first meet her?" "I first met her in October 1996."
　「你什麼時候第一次見到她的？」「我第一次見到她在1996年10月。」

（二）when 也可用以詢問「幾點幾分」，相當於 what time。如：

◈ "**When/ What time** did you leave your company?" the lawyer asked.
　"At five twenty-five," the witness answered.
　「你什麼時刻離開你的公司的？」律師問道。
　「在五點二十五分」證人回答說。

◈ "**When/ What time** will the flight arrive in London?" "At four thirty."

「該航班將於何時到達倫敦？」「四點三十。」

(三)可做介詞的受詞(現在很多字典已把用於此場合的 when 看作代名詞)，有時也可將 when 置於句首，介詞置於句尾。如：

◈ <u>Since **when**</u> has the child been missing?
那小孩是從什麼時候失蹤的？

◈ <u>Till **when**</u> is the door open in the evening?
這商店晚上營業到什麼時候？

2.3.1.2 疑問副詞 where 的用法

(一)表示「在哪裡」；「到哪裡」；「在什麼位置」。如：

◈ **Where** do you live?
你住在哪裡？

◈ **Where** has he gone?
他到哪裡去了？

◈ **Where** did you put the pistol?
你把手槍置於哪裡了？

(二)可做介詞的受詞(現在很多字典已把用於此場合的 where 看作代名詞)，也可將 where 置於句首，介詞置於句尾。

◈ <u>**Where**</u> does she come <u>from</u>?
她是哪裡人？

◈ "I'd like you to come for a walk with me." "<u>**Where**</u> to?"
"Anywhere you like."
「我想要你和我一起去散散步。」「到哪裡去？」「你願意到哪裡就去哪裡。」

(三)用於引申意義。

◈ **Where** am I wrong?
我哪一點錯了？

◈ **Where** is the sense in it?（＝There is no sense in it.）
這沒啥道理啊！

◈ **Where** are your manners?
你真沒規矩！

2.3.1.3 疑問副詞 why 的用法

(一)表示「為什麼」，用以詢問原因或目的。

◈ **Why** do you think so?
你為什麼這麼想？

◈ **Why** is it so difficult to work for him?
在他底下工作怎麼那樣難？

◈ **Why** were you late again?
你為什麼又遲到了？

◈ **Why** did you buy such a big hat?
你為什麼買一頂那麼大的帽子？

◈ "Are you tired?" "No, **why**?"
「你累了嗎？」「不累，怎麼了？」

(二)「why＋不帶 to 的不定詞(原形動詞)」，偶爾 why 和不帶
to 的不定詞之間接其他詞語，表示某事不可取或不必要，
意指「為什麼要」。

◈ **Why get** upset just because you got a bad grade?
何必因為得分差就心煩呢？

◈ **Why** run the risk?
為什麼要冒這險？

◈ **Why** bother to write? She'll come tonight.
為什麼還要寫信？ 她今天晚上就來了。

◈ **Why** risk breaking the law?
為什麼要冒險違法？

◈ **Why** all this talk about money?
為什麼全都談論錢？

（三）「why not＋不帶 to 的不定詞(原形動詞)」，用以提出建議
　　 或對某一建議表示同意，意指「為什麼不」；「何不」，
　　 用以提出建議時，why not 相當於 why don't you... 或 why
　　 don't we... 有時為了避免重複，why not 之後的不定詞片語
　　 可省略。

◈ **Why not** go out and have a walk?
（＝Why don't we go out and have a walk?）
為什麼不出去散散步？

◈ **Why not** present her some flowers?
（＝Why don't you present her some flowers?）
為什麼不送她一些花？

◈ **Why not** go now?
（＝Why don't we go now?）
現在就去好不好？

◈ "Let's go to a movie." "**Why not**?"
「我們去看電影吧。」「好吧。」

2.3.1.4 疑問副詞 how 的用法

　　how 用以詢問方法、情況、態度、程度或用以徵求意見、看法，有時還可詢問原因。

（一）用以詢問方法。

◈ "**How** do you usually go to work?" "By bike."
「你通常怎麼去上班？」「騎腳踏車。」

◈ "**How** do you keep in touch with your son?" "By phone or email."
「你怎麼和你的兒子保持聯繫？」「打電話或發電子郵件。」

◈ "**How** do you earn your living?" "By drawing cartoons."
「你如何謀生？」「我以畫漫畫卡通片謀生。」

◈ "**How** did he greet her?" "By nodding.(With a nod of his head.)"
「他怎麼跟她打招呼的？」「跟她點點頭。」

◈ "**How** did you open the box?" "I split it with an axe."
「你怎麼打開那箱子的？」「我用斧頭劈開的。」

◈ "**How** did you draw the painting?" "With my forefinger."
「你怎麼畫這幅畫的？」「用食指畫的。」

（二）用以詢問情況。

◈ "**How** are you? " "I'm very well, thank you."
「你好嗎？」「我很好。謝謝你。」

◈ "**How** are things going with you at the moment?"
"**How** goes it with you?"
"Quite all right, thank you."

「你現在情況怎麼樣？」「很好，謝謝你。」

◈ "**How** do you feel?/ **How** are you feeling?" "Not very well."
「你感覺身體怎麼樣？」「不太好。」

◈ "**How**'s life with you?" "Oh, pretty good."
「你現在生活過得怎樣？」「噢，還不錯。」

◈ "**How** is your headache?" "Much better now."
「你的頭痛怎麼樣了？」「現在好多了。」

◈ "**How** are you getting on/along?" "Splendidly."
「近來過得怎麼樣？」「好極了。」

◈ "**How** are you getting along with your manager?" "Very well."
「你和你的經理相處得怎麼樣？」「很好。」

◈ "**How** is he getting on with his English studies?" "So-so."
「他英文學習得怎麼樣？」「普普通通。」

◈ "**How** did he do on the college entrance examination?"
"He got high marks."
「大學入學考試他考得怎麼樣？」「他得高分。」

◈ "**How**'s the weather? (＝What's the weather like?)" "It's clear."
「天氣怎麼樣？」「天氣晴朗。」

◈ "**How** can I get to the nearest post office?"
"Go straight ahead and turn left at the second crossing."
「到最近的郵局(的路)怎樣走？」「一直走，在第二個十字路口向左轉。」

(三)用以徵求意見、詢問看法，尤常用 How do you like...，How about... 等。

◈ "**How** do you like Mike?" "He is capable and diligent."
「你覺得邁克怎麼樣？」「他能做而勤奮。」

◈ "**How** did you enjoy the concert?" "I enjoyed every minute of it."
「這音樂會你喜歡嗎？」「從頭到尾我都很喜歡。」

◈ "**How** do you see the relationship between the two countries?"
"There's a lot of tension between them right now."
「你怎樣看待那兩國之間的關係？」「他們正處於緊張狀態。」

◈ "**How** is your job?" "I'm quite satisfied with it."
「你覺得你的工作怎麼樣？」「我對我的工作很滿意。」

◈ "We ought to invite the Greens to dinner." "**How** about tomorrow evening?"
「我們應該請格林一家人吃飯。」「明天晚上怎麼樣？」

◈ "**How** shall we spend our holidays?" "**How** about going to Egypt?"
「我們如何度假？」「去埃及怎麼樣？」

◈ "**How** about a cup of tea?" "OK. I'd like my tea strong."
「喝杯茶好嗎？」「好吧。我想要點濃茶。」

◈ "**How** about a game of tennis?" "Sounds good to me."
「打一場網球怎麼樣？」「這是個好主意。」

◈ We want to go to the concert. **How** about you?
我們想要去聽音樂會。你呢？

(四)和形容詞或副詞連用，用以詢問數量或程度等。

◈ "**How** long have you been living in America?" "Twenty years."

「你在美國生活多久了？」「二十年了。」

◈ "**How** many students are there in this school?" "Over twelve hundred."

「這所學校有多少學生？」「一千二百多。」

◈ "**How** much do you weigh?" "More than one hundred and fifty pounds."

「你體重多少？」「一百五十多磅。」

◈ "**How** much does the house cost?" "About a hundred thousand dollars."

「這棟房子值多少錢？」「大約十萬美金。」

◈ "**How** old are you?" "I'm seventeen."

「你多大歲數了？」「我十七歲了。」

◈ "**How** tall are you?" "Six feet."

「你身高多少？」「六英尺。」

◈ "**How** often do you go see your parents?" "Once a month."

「你多久去看一次你的父母？」「一個月去一次。」

◈ "**How** deep is the river here?" "About ten feet."

「這裡的河水有多深？」「大約十英尺。」

◈ "**How** long and **how** wide is the highway?"

"It's four hundred miles long and one hundred and twenty feet wide."

「此公路多長多寬？」「400英里長，120英尺寬。」

◈ "**How** high is the wall?" "Seven feet."
「這牆多高？」「七英尺。」

◈ "**How** large is the volume of the sun?"
"It's about 1,300,000 times that of the earth."
「太陽的體積有多大？」「太陽的體積大約為地球體積的130萬倍。」

◈ "**How** heavy is your suitcase?" "It weighs forty pounds."
「你的手提箱多重？」「它重40英磅。」

◈ "**How** hot does it get here in summer?" "It can get as high as 35℃."
「這裡在夏天有多熱？」「氣溫可能達到攝氏35度。」

◈ "**How** far is it to your home from here?" "Only ten minutes' walk."
「從這裡到你家有多遠？」「只有步行十分鐘的路程。」

◈ "**How** fast can the car go?" "Eighty miles an hour."
「這汽車能跑多快？」「一小時80英里。」

◈ "**How** soon can you be ready?" "In five minutes."
「你要多久能準備好？」「再過五分鐘。」

(五)用以詢問原因，和 can 或 could 連用，表示「怎麼會」，含有 how 的習慣用語 how is that，及美語中的 how come，表示「為什麼」；「怎麼會」。注意：how come 後接子句，不用倒裝。

◈ **How** can you say such things?
你怎麼可以說這樣的話？

◈ **How** could you be so stupid?
你怎麼會這麼愚蠢？

◈ **How** is it that he came here so early today?
他今天怎麼來得這麼早？

◈ **How** is it that he speaks English so fluently?
他的英文怎麼能說得那麼流利？

◈ **How** is it that you don't think of yourself?
你怎能不為你自己想一想呢？

◈ "**How** come you're here so early?"
"I wanted to read some documents before the meeting."
「你怎麼這麼早就到這裡來了？」「我想在開會前看些文件。」

◈ "**How** come she isn't here?" "She's on a business trip abroad."
「她怎麼會沒在這裡呢？」「她出國出差了。」

◈ "She's wearing her best clothes today. **How** come?"
"She's going to a wedding."
「今天她穿著她最好的衣服。怎麼回事？」「她要參加一個婚禮。」

◈ **How** come you never visit us anymore?
為什麼你沒有再來看我們呢？

注：how 還可作感歎副詞，多修飾形容詞或副詞，有時還可省略修飾動詞
　　的副詞。如：

　　◈ **How** tall the tree is!
　　　這樹好高啊！
　　　（感歎副詞 how 修飾形容詞 tall。）

◈ **How** <u>pale</u> she looks!
她看起來好蒼白啊！

◈ **How** <u>beautifully</u> she sings!
她唱得多美啊！
(感歎副詞 how 修飾副詞 beautifully。)

◈ **How** <u>(loudly)</u> he snores!
他鼾聲真大！

2.3.1.5 疑問副詞的單獨使用

以疑問副詞引導的疑問句，處於陳述句之後時，在口語中常只單獨用疑問副詞，而將句中的其他成分省略，以避免重複，使言語簡練。如：

◈ You're going to get married? **When** <u>(are you going to get married)</u>?
你要結婚了？什麼時候？

◈ You say Father is taking us to a wonderful place next Sunday. **Where** <u>is it</u>?
你說爸爸下星期天要帶我們去一個很棒的地方。那地方在哪？

◈ She angrily left him without a word. **Why** <u>(did she do so)</u>?
她生氣地一句話沒說就離開了他。為什麼？

◈ I must pay off the loan at once, but **how** <u>(can I possibly do that)</u>?
我必須立刻償還這個借款，但這怎麼可能？

2.3.2 連接副詞（Conjunctive Adverbs）

連接副詞主要有 when, where, why, how。這些連接副詞可引導名詞子句或和不定詞連用構成名詞片語。此外還有 chiefly, mostly, notably, likewise, similarly, namely, specifically, thus, actually, briefly, viz. 等可表示強調、增補、同位、對比、確證和總結的連接副詞。

2.3.2.1 由連接副詞 when, where, why 或 how 引導的名詞子句

連接副詞 when, where, why, how 可引導的名詞子句，可做主詞、受詞或主詞補語，通常用陳述語序。

(一)在句中可做主詞。如：

◈ **When** to start the competition is the question.
比賽該什麼時候開始，這才是個問題。

◈ **Where** the meeting will be held hasn't been decided yet.
會議在何處召開尚未決定。

◈ **Why** Mary suddenly divorced Tom is still unknown.
瑪麗為什麼突然和湯姆離婚仍不知曉。

◈ **How** it was done is still a mystery.
那是怎麼做的仍然是個謎。

(二)句中做主詞補語。如：

◈ April is **when** the lilacs bloom.
四月是丁香開花的季節。

◈ This is **where** they differ.
這是他們的分歧所在。

◈ That was **why** he resigned such an important job.
這就是他辭掉這麼重要職位的緣由。

◈ The question is **how** he was murdered.
問題是他怎麼樣被謀殺的。

(三)在句中可做受詞。

1. 做動詞受詞的由疑問副詞引導的名詞子句一般置於動詞或直接受詞之後。

◈ I don't know **when** they will hold the meeting.
　我不知道他們什麼時候召開會議。

◈ She asked her husband **where** he had been.
　她問她丈夫去哪裡了。

◈ Nobody knows **why** he did so.
　誰也不知道為什麼他這麼做。

◈ Tell me **how** you got to know her.
　告訴我你怎麼和她相識的。

2. 由疑問副詞引導的名詞子句做 do you think/believe/imagine/suppose 等的受詞時，因詢問的重點是疑問副詞本身，須將疑問副詞置於主要子句之前，而不是置於名詞子句的句首。

◈ **Why** do you think she married a sixty-year-old man?
　你認為她為什麼嫁給一個六十歲的老人？

◈ **When** do you imagine he will pay me?
　你覺得他什麼時候會把錢付給我？

◈ **How** long do you suppose he will wait here?
　你猜想他會在這裡等多久？

◈ **Where** do you think we can find a good babysitter?
　你想我們能在哪裡找到好保母？

3. 由疑問副詞引導的名詞子句也可置於介詞或由「動詞＋介詞」構成的片語動詞之後做受詞。

◈ She told him to inform her as to **when** he would be sailing.

她要他知會她他何時啟航。

◈ He worried about **how** he could support his family.

他發愁怎麼樣才能養活他的家人。

◈ That depends on **when** we take action.

這取決於我們什麼時候採取行動。

4. 做動詞受詞的由疑問副詞引導的名詞子句，在口語中常可只用疑問副詞而省略其它部分。

◈ She lost her diamond necklace, but she doesn't know **how**(she lost it).

她把她的鑽石項鍊丟了，但她不知道怎麼丟的。

◈ The Smiths moved from a splendid mansion to a very small house. Nobody knows **why**(they did so).

史密斯一家人從一棟豪華的大廈搬到一間非常小的房子。誰也不知為什麼。

◈ I know he'll come back, but I'm just not sure **when**(he will).

我知道他會回來，只是不確定是什麼時候。

◈ They did meet each other recently, but I don't know **where** (they did).

他們近來的確會面了，但我不知道是在什麼地方。

2.3.2.2 由連接副詞 when, where 或 how 引導的名詞片語

連接副詞 when, where, how 和不定詞連用構成的名詞片語，相當於連接副詞引導的名詞子句，同樣可以放在句中其他位置。

◈ Thinking about **how** to solve the problem gives him a headache.
想著如何解決這個問題使他傷透腦筋。

◈ They haven't yet decided **when** to get married.
他們尚未決定什麼時候結婚。

◈ **Where** to put up for the night is the most important problem.
在哪裡過夜是最重要的問題。

◈ The difficulty was **how** to find money to pay the debt.
困難的是如何找到還債的錢。

◈ The problem is **where** to hide such a big elephant.
問題是這麼大的象往哪裡藏。

◈ I don't know **how** to operate the machine.
我不知道怎樣操作這機器。

◈ Did he tell you **when** to start?
他有沒有告訴你什麼時候開始?

2.3.2.3 其他連接副詞的用法

連接副詞 chiefly, mostly, notably, likewise, similarly, namely, specifically, thus, viz., actually 等可表示強調、增補、同位、對比、確證和總結等。

◈ The film was made in France, **chiefly** in Paris.
這部電影是在法國拍攝的,主要是在巴黎。

◈ There are thousands of people in the park, **mostly** tourists.
公園裡有成千上萬的人,大部分是遊客。

◈ London contains many interesting buildings, **notably** St. Paul's Cathedral and the Tower.

倫敦有許多有趣的建築，特別是聖保羅大教堂和倫敦塔。

◈ For this job you need a lot of patience; **likewise**, you need a sense of humor.

做這工作你需要很大的耐心；同樣地，也需要幽默感。

◈ It is said that birds of a feather flock together. **Similarly**, people with similar interests are more likely to become friends.

俗云：物以類聚。同樣地，興趣相近的人也比較容易變成朋友。

◈ She likes only one man, **namely** you.

她只喜歡一個男人，那就是你。

◈ He has been to several European countries, **specifically** France, Italy, Germany, Belgium, and Switzerland.

他去過幾個歐洲國家，詳細說來有法國、義大利、德國、比利時和瑞士。

◈ In mathematics, a quantity successively multiplied by itself is said to be raised to a power. **Thus** $3 \times 3 \times 3$ is 3 raised to the third power.

在數學中，一個數本身連續相乘稱作乘方。例如，$3 \times 3 \times 3$ 是 3 的三次乘方。

◈ When sufficiently cooled, water becomes a colorless solid, **viz.** ice.

水在充分冷卻後，變成一種無色的固體，即冰。

◈ Little John isn't little; **actually**, he's rather large.

小約翰並不小，事實上，他還挺魁梧的。

2.3.3 關係副詞 (Relative Adverbs)

關係副詞是兼有副詞與連接詞雙重作用的副詞,如下句:
That's the house where your grandfather once lived.(那是你祖父曾經住過的房子。)句中的 where 在其引導的形容詞子句中做地方副詞,同時又連接主要子句 That's the house,並用以修飾它前面的先行詞 the house。

關係副詞有 when, where, why 主要用於引導形容詞子句。在口語中 that 也可代替 when 或 why 做關係副詞引導形容詞子句。此外,the 也可用作關係副詞,引導副詞子句。

◈ Would you please tell me the place **where** the river origi-nates?
請你告訴我這條河的發源地好嗎?

◈ This is the reason **why** I refused his invitation.
這就是我拒絕他的邀請的原因。

◈ December 7, 1941 is the date **that/when** Pearl Harbor was bombed.
1941年12月7日是珍珠港被轟炸的日子。

◈ "When should we start working?"
"**The sooner** (we start), (it will be) **the better**."
「我們應該何時開始工作?」「越早越好。」
(The sooner 是由關係副詞 the 引導的副詞子句。)

2.3.3.1 關係副詞的限定用法及關係副詞的先行詞

關係副詞在句中的作用有限定用法和補述用法兩種。關係副詞用以引導關係子句、修飾緊鄰它前面的主要子句中的先行詞

時，稱作關係副詞的限定用法，用於限制性關係子句中。關係副詞往往相當於「介詞＋which」，但用起來比較自然，其先行詞只能是特定的普通名詞。

(一)when 作限定用法時：

　　相當於 at which, in which, on which, during which 等，其先行詞須為 time 或其他表示時間的普通名詞，如 hour, day, year 等。如：

◈ There was a <u>time</u> **when**(＝during **which**) women were <u>not allowed to vote</u>.
有一個時期女人並沒選舉權。

◈ This is <u>the hour</u> **when** (＝during **which**) the place tends to be full.
這時候這地方總是擠滿了人。

◈ I met her <u>a day</u> **when** (＝on **which**) it rained cats and dogs.
我是在下傾盆大雨的那麼一天和她相識的。

◈ There are <u>occasions</u> **when**(＝on **which**) joking is inappropriate.
有些時候玩笑是開不得的。

◈ That is <u>the year</u> **when**(＝in **which**) Confucius was born.
那是孔子誕生的那年。

(二)where 作限定用法時：

　　相當於 at which, in which, to which, 其先行詞一般須為 place 或其他表示地方的普通名詞，如 city, town, house, street, spot 等，有時可有引申意義，其先行詞可以是較抽象的位置，如 case, point, position, situation, stage 等，先行詞為 place 時，where 可省略。如：

◈ This is the place（**where**）the accident happened.
這就是事故發生的地方。

◈ We visited the house **where**（＝in **which**）our grandmother had lived.
我們去看了我們祖母過去住的房子。

◈ It is one of the few countries **where**（＝in **which**）people drive on the left.
那是少數沿左側開車的國家之一。

◈ This is the town **where**（＝in **which**）I was born.
這就是我出生的小鎮。

◈ This is the street **where**（＝on **which**）Grandpa used to shop.
這就是祖父過去常去買東西的那條街。

◈ This is the spot **where**（＝at **which**）Hitler committed suicide.
這就是希特勒自殺的地點。

◈ He has reached the point **where**（＝at **which**）a change is needed.
他已到了必須改變的地步。

◈ Increasing poverty has led to a situation **where**（＝in **which**）thousands literally have nothing to eat.
逐漸增加的貧困導致成千上萬的人簡直沒東西吃。

◈ In time we reached a stage **where**（＝at **which**）we had more black readers than white ones.
經過很長一段時間，我們達到了黑人讀者超過白人讀者的階段。

(三)why 只有限定用法，其先行詞只有 reason，why 常可省略。如：

◈ That is <u>no reason **why** you should leave</u>.
這理由不足以叫你離開。

◈ Is there <u>a reason **why** you don't do that</u>?
你不做此事有什麼理由嗎？

◈ This is <u>the reason（**why**）we don't like him</u>.
這就是我們不喜歡他的原因。

◈ This is <u>the reason（**why**）she kept silent at the meeting</u>.
這就是她在會上保持沈默的原因。

(四)that 只用於限定用法

1. 先行詞為表時間的名詞時，可代替 when 做關係副詞。如：

◈ I still remember <u>the day **that/when** Kennedy was assassinated</u>.
我仍然記得甘迺迪被刺殺的那天。

◈ 1996 is <u>the year **that/when** we got married</u>.
1996年是我們結婚的那年。

2. 先行詞為 reason 時 that 可代替 why 並可省略。

◈ I know <u>the reason（**that/why**）he said so</u>.
我知道他那麼說的原因。

◈ <u>The reason（**that/why**）Hollywood is a natural place for making movies</u> is that the sun shines there every day.
好萊塢之所以是拍攝電影的天然場所是因為那裡天天陽光照耀。

3. 先行詞為 the way 時 that 可做關係副詞，並可省略。在現代英文中 how 不可做關係副詞，the way 之後不可接 how。

◈ I don't like <u>the way (**that**) he eyes girls</u>.
我不喜歡他盯視女孩子的那種方式。

◈ He doesn't speak <u>the way (**that**) I do</u>.
他不像我那樣說話。

2.3.3.2 關係副詞的補述用法

關係副詞作補述用法時，關係副詞引導的是對等子句而不是關係子句，主要用於對主要子句中的不足之處加以補充。 具有補述用法的關係副詞只有 when 和 where，並且前面都要加逗點與主要子句分開。when 和 where 之前的先行詞可以是普通名詞，也可以是專有名詞。

◈ We'll put off the tennis match until <u>next Sunday</u>, **when** <u>the weather may be better</u>.
我們將把網球比賽延後到下星期天，那時候天氣可能會更好。

◈ Everything was going fine until <u>yesterday</u>, **when** <u>I got sick</u>.
直到我昨天生病前一切都很好。

◈ He decided to write his novel on <u>a small island</u>, **where** <u>no one would disturb him</u>.
他決定在一個小島上寫他的小說，那裡沒人會打擾他。

◈ Yesterday I went to <u>Hyde Park</u>, **where** <u>I saw Mr. Green making a speech</u>.
昨天我去了海德公園，在那裡我看見格林先生在講演。

◈ We then moved to <u>Paris</u>, **where** <u>we lived for six years</u>.
我們後來搬到巴黎，在那裡我們住了六年。

2.3.3.3 關係副詞 the 的用法

關係副詞 the 用於表示「越……越……」的「the＋比較級＋the＋比較級」的結構中。現在有些文法學家把「the... the...」看作「關係從屬連接詞」。

（一）一般是副詞子句在前，主要子句在後，其中第一個 the 為關係副詞，引導一個副詞子句，第二個 the 是指示副詞，引導一個表示結果的主要子句，兩句之間用逗點分開。這種結構強調簡潔，常省略累贅的字詞，有時只保留兩個帶 the 的比較級。

◈ **The** bigger they are, **the** harder they fall.
　越強大（越自大），輸的時候敗得越慘。

◈ I want you out of here, and **the** sooner, **the** better.
　你給我走開，越快越好。

◈ **The** more, **the** better.
　多多益善。

◈ **The** more, **the** merrier.
　人越多越歡樂。

（二）副詞子句在前，主要子句在後時，如主要子句的主詞是代名詞，用正常語序。

◈ **The** more he gets, **the** more he wants.
　他得到的越多，就越想多得。

◈ **The** more he thought about it, **the** angrier he got.
　他越多想這事，他越生氣。

◈ **The** better I know her, **the** more I love her.
我對她了解得越多，我越愛她。

◈ **The** more he reads, **the** less he understands.
他讀得越多，他越讀不懂。

(三)如主要子句主詞是名詞，可用正常語序，也可用倒裝語序。

◈ **The** more expensive gas gets, **the** less people drive.
汽油越貴，開車的人就越少。

◈ **The** later you arrive, **the** better the food is.
你到達得越晚，食物就越好。

◈ **The** more men have, **the** more men want.
人們擁有越多，就要更多。

◈ **The** noisier they were, **the** better was their mother pleased.
他們越喧鬧，他們的母親越高興。

◈ **The** higher we go up the mountain, **the** smaller and lighter are the grains of dust around us.
我們爬這山越高，周圍的塵埃就越小越輕。

(四)有時此種結構中的比較級可多於兩個。

◈ **The** smaller the room or **the** more people in it, **the** faster the air becomes bad.
房間越小或房間裡的人越多，空氣變壞就越快。

◈ **The** higher he is promoted and **the** richer he becomes, **the** worse he behaves.
他被拔擢得越高、變得越富有，他的為人就越壞。

2.3.4 複合關係副詞（Compound Relative Adverbs）

複合關係副詞是由「關係副詞＋ever」構成的，包括 whenever, wherever, however 三個字，用以引導副詞子句，修飾主要子句裡的動詞，表示讓步或加強語氣。

（一）whenever 表示「在任何時候」；「無論何時」，相當於 at any time, no matter when, regardless of when。

◈ **Whenever** you come, you'll be welcome.
　　你無論什麼時候來都歡迎。

◈ I'll discuss it with you **whenever** you like.
　　你隨時來我都跟你討論。

◈ She punished her son **whenever** he did something wrong.
　　每當她的兒子做錯了事，她就懲罰他。

◈ **Whenever** that man says "to tell the truth", I suspect that he's about to tell a lie.
　　每逢那人說「說實在的」時，我猜想他就要說謊了。

（二）wherever 表示「無論在何處」；「無論到何處」，相當於 at any place, no matter where, regardless of where。

◈ **Wherever** he goes, he takes his camera with him.
　　無論他去哪裡，他都隨身帶著照相機。

◈ **Wherever** he may be, he is able to get to sleep very easily.
　　無論他在哪裡，他都能很容易地睡著。

◈ You may go **wherever** you'd like.
　　你要到什麼地方去就到什麼地方去。

◈ Sit **wherever** you like.
你願意坐哪兒就坐那裡。

◈ **Wherever** she goes, crowds of people follow her.
無論她到哪兒，都有成群的人跟著她。

(三)however 表示「無論如何」；「不管多麼」；「不管怎樣」；「以任何方法」。

1. 用以修飾副詞。

◈ He will never succeed, **however** hard he tries.
他無論怎樣努力，都不會成功。

◈ **However** loudly you shout, you won't be heard.
不論你怎樣大聲地喊，人家也聽不見。

◈ **However** far he wandered, he always returned by dusk.
無論他閒逛多遠，他總是在黃昏前返回。

2. 用以修飾形容詞。

◈ It must be done, **however** difficult it may be.
這事無論怎麼困難也必須做。

◈ **However** cold it is, the old man always goes swimming in the river.
無論怎麼冷，那位老人總去河裡游泳。

◈ **However** rich he may be, he is never contented.
他無論怎樣富有還是不滿足。

3. 用以修飾子句或做主詞補語。

◈ **However** we do it, the result is the same.
不管我們怎麼做，結果都一樣。

◈ Do it **however** you can.
你能怎麼做就怎麼做。

◈ Wear your hair **however** you want.
你隨意留你的頭髮。

4. however 引導的子句有時可以省略其中的動詞 be。

◈ We must do good rather than evil, on **however** humble a scale(it may be).
不因善小而不為，不因惡小而為之。

◈ **However** high his offer(may be), I won't sell the house.
無論他出多高的價錢，我都不賣房子。

◈ **However** strong the temptation(is), don't stay in any job too long.
無論誘惑力有多大，你也別做一份工作做太久。

2.3.5 句子副詞 (Sentence Adverbs)

　　有些副詞不同於一般的副詞，它們並非用以修飾句子中的某一個成分，而是用以修飾整個句子，表明說話者的語氣，對所講的內容的態度、觀點、情感等，因而稱作句子副詞或觀點副詞，還可稱作情態詞或語氣詞。下面舉一些例子把修飾句子中的某一個成分的副詞和修飾整個句子的語氣詞的用法作對比說明。

◈ The man is **really** good.
這人真的很好。
（副詞 really 修飾 形容詞 good。）

◈ **Really**, I don't know what to do.
真的，我不知道該怎麼辦。

（句子副詞 really 修飾整個句子。）

◈ He will **<u>certainly</u>** <u>die</u> if you don't call a doctor.
你不請醫生，他就得死了。

（副詞 certainly 修飾述語動詞 will die。）

◈ **<u>Certainly</u>** <u>you are in the right</u>.
確實你是對的。

（句子副詞 certainly 修飾整個句子。）

◈ They <u>lived</u> **<u>happily</u>** ever after.
從此以後他們過著幸福快樂的生活。

（副詞 happily 修飾述語動詞 lived。）

◈ **<u>Happily</u>**<u>, such a thing has never happened to us</u>.
幸好這種事從未發生在我們身上。

（句子副詞 happily 修飾整個句子。）

2.3.5.1 句子副詞的位置

句子副詞可置於句首、句中或句尾。

（一）置於句首。

◈ **Honestly**, I don't need the car at the moment.
真的，我這時候不用車。

◈ **Ordinarily** we get up at six.
通常我們六點鐘起床。

◈ **<u>Luckily</u>** <u>for him</u>, the pistol was not loaded.
算他幸運，手槍沒上子彈。

（二）置於句中。

◈ He **naturally** likes his job.
他當然喜歡他的工作。

◈ She was **obviously** impressed.
她顯然被深深地打動了。

◈ He is **definitely** coming.
他肯定要來。

（三）置於句尾。

◈ She'll be able to get over the difficulty, **surely**!
她能克服這困難，沒問題！

◈ That wasn't my fault, **anyhow**.
不論怎麼說，那不是我的錯。

◈ I can't come, **unfortunately**.
很遺憾，我來不了。

2.3.5.2 句子副詞的使用場合

（一）有些句子副詞用以說明某事的「真實存在」；「無疑」；「肯定」；「可能」；「當然」等。

常見的有 actually, certainly, definitely, doubtless, hopefully, as a matter of fact, indeed, in fact, in practice, in reality, maybe, naturally, no doubt, perhaps, possibly, presumably, probably, really, supposedly, surely, sure enough, truly, undoubtedly 等。

◈ He looks honest, but **actually/ really/ in fact/ in reality** he's a crook.
他看起來誠實，但實際上他是個騙子。

◈ I'm **definitely** going to get in touch with these people.
我肯定要和這些人聯繫。

◈ **Certainly** I think so.
我確實這樣想。

◈ **As a matter of fact**, he knows nothing about her.
事實上，他對她一點都不了解。

◈ **Truly** I don't expect a war between my country and yours.
我真的不預期我的國家和你的國家會發生戰爭。

◈ **Surely** he is mistaken.
他一定錯了。

◈ I said it would happen, and **sure enough**, it did.
我說那事會發生，而它當真發生了。

◈ **Naturally**, as a beginner, I'm not a very good driver yet.
我初學開車，當然還不是一個非常好的司機。

◈ **Doubtless/ No doubt/ Undoubtedly**, Leo will come on time as he always does.
利歐無疑會像他平常那樣準時到達。

◈ **Perhaps/Possibly/Maybe** Alan has seen you before.
或許艾倫以前見過你。

◈ **Supposedly** this picture is worth more than a million pounds.
這幅畫據說值一百萬英鎊以上。

◈ **Hopefully** we'll get to the show on time.
希望我們能及時趕上開演。

(二)有些句子副詞用以表示「顯然」；「明顯」；「無可否認」等。

常見的有 admittedly, apparently, clearly, evidently, manifestly, obviously, plainly, seemingly, unmistakably, visibly 等。

◈ **Admittedly**, his negligence was responsible for the accident.
　無可否認，意外事件是由於他的疏忽大意而引起的。

◈ **Apparently/Evidently** they're getting a divorce.
　顯然他們要離婚了。

◈ **Obviously/unmistakably** he has changed his mind.
　顯然他已改變了主意。

◈ **Clearly** the police cannot break the law in order to enforce it.
　顯然員警不能為了執法而違法。

◈ That is **plainly/manifestly** wrong.
　那顯然不對。

◈ He is **seemingly** very clever.
　看起來他很聰明。

◈ The waters were **visibly** diminishing.
　河水明顯地減少了。

(三)有些句子副詞用以表示說話人對所講情況感到「奇怪」；「難以置信」；「出於意料」；「吃驚」；「有趣」；「荒謬」；「具有諷刺意義的是」等。

常見的有 absurdly, astonishingly, curiously, funnily, incredibly, ironically, interestingly, mercifully, miraculously, mysteriously, oddly, strangely, surprisingly, unbelievably, unexpectedly 等，其中 curiously, funnily, interestingly, oddly, ironically, strangely 還可和 enough 連用。

◈ **Astonishingly**, Mr. Hill was wearing a frilly pink apron over his shirt and trousers.
令人吃驚的是，希爾先生在襯衫和褲子外面穿著一件多褶邊的粉紅色圍裙。

◈ She was there all day but, **curiously/strangely** enough, I didn't see her.
她一整天都在那裡，然而奇怪的是，我卻沒見到她。

◈ It was a terrible explosion, but, **miraculously**, the general and his guards were left unharmed.
那是一次駭人的爆炸，但說也奇怪，那將軍和他的衛兵們卻倖免於難。

◈ **Incredibly/Unbelievably**, no one had ever thought of such a simple idea before.
真是難以置信，這樣簡單的主意以前竟沒有人想到過。

◈ **Surprisingly**, no one came.
真奇怪，沒人來。

◈ **Unexpectedly**, he failed to get the nomination.
出人意料，他未被提名。

◈ **Funnily enough/ Oddly enough**, Percy has never seen his daughter.
說來也奇怪，伯西從來沒見過他的女兒。

◈ **Interestingly enough**, a few weeks later, Benjamin re-married.
有趣的是，幾個星期後本傑明又結婚了。

(四)有些句子副詞用以表示說話人對所講情況的感到「幸好」；「幸而」；「碰巧」；「不巧」；「可惜」；「某人就是那樣」；「可以理解」；「頗有意義」；「引人注目」等。

常見的有 coincidentally, fortunately, happily, luckily, mercifully, remarkably, sadly, significantly, typically, understandably, unfortunatcly, unhappily 等。其中的 fortunately, happily, luckily, unfortunately 還可後接「for＋某人」，表示對某人來說是幸運或遺憾。

◈ I arrived late, but **luckily** the meeting had been delayed.
  我遲到了，幸好會議延遲晚開。

◈ **Happily**, he did not die.
  幸好他沒有死。

◈ **Fortunately**, his only son was finally saved.
  真幸運，他的獨生子終於獲救了。

◈ The play was very bad, but **mercifully** it was also short!
  那戲劇糟透了，還好不長。

◈ **Unhappily**, we never saw her again.
  不幸，我們再也沒見到她。

◈ The two ping-pong players, **coincidentally**, are both left-handed.
  真是巧合，這兩個乒乓球運動員都是用左手。

◈ **Unfortunately** I was out when he called.
  不巧，他來訪時我出去了。

◈ **Sadly**, we have no more money.
  真慘，我們沒有錢了。

◈ "Does he do his fair share of the household chores?"
"Oh yes, **fortunately for me**."

「他做他應該做的家務瑣事嗎?」「噢,是的,我還算幸運。」

◈ **Unfortunately for him**, he was wrong.

不幸的是,他錯了。

◈ **Significantly**, he did not deny that there might be an election.

重要的是,他沒有否認可能要進行選舉。

◈ **Remarkably**, the system continued until as recently as 1817.

值得注意的是,這個組織甚至持續到1817年。

◈ **Typically**, he would come in late and then say he was sorry.

他就是那樣,常常來遲,然後道歉。

◈ **Understandably**, most organizations are suspicious of new ideas.

(這是)可以理解的,大多數組織機構對新的觀念心存疑慮。

(五)有些句子副詞用以表示說話人在說話時的態度,或表明所講的內容為其自己的觀點:

常見的有 frankly, honestly, in all honesty, in my opinion, in my view, personally, to my mind 等。

◈ **Frankly**, I'm afraid your mother will be a little disappointed.

坦白說,恐怕你母親會有點失望。

◈ I didn't tell anyone, **honestly**, I didn't.

我對誰也沒講，真的，我沒有。

❖ **In all honesty**, I think it's a terrible idea.
說真的，我覺得這主意很糟。

❖ **In my opinion/view**, it is a very sound investment.
照我的看法，這是很穩妥的投資。

❖ **Personally**, I think he is a very good teacher, but you may not agree.
就我個人來說，我認為他是一位非常好的教師，但你可能不同意。

❖ **To my mind** he's extremely offensive.
在我看來他是極為無禮的。

（六）有些句子副詞用以表示說話人對所談的情況是從何角度，從哪方面，從哪個學科的觀點來說的：

常見的有 aesthetically, biologically, chemically, commercially, culturally, ecologically, economically, electronically, emotionally, environmentally, ethically, financially, geographically, ideally, ideologically, intellectually, logically, mechanically, mentally, morally, numerically, officially, outwardly, physically, politically, psychologically, racially, scientifically, sexually, socially, spiritually, statistically, superficially, technically, technologically, theoretically, visually 等，在其中某些副詞之後加 speaking，表示「就……觀點而言」。

❖ **Officially**, he's on sick leave; actually, he's on vacation in Hawaii.
按官方的說法，他是請病假；實際上，他在夏威夷度假。

◈ **Theoretically** we could still win, but it's very unlikely.
按道理說我們還能贏，但可能性很小。

◈ **Ideally**, each child should receive three shots of the vaccine.
最理想的是，每個兒童都要接受三次疫苗注射。

◈ **Financially**, they are doing quite well.
從財政上看，他們做得很不錯。

◈ **Politically** and **economically**, this is an extremely difficult question.
從政治上和經濟上看，這是一個非常難的問題。

◈ **Commercially**, the play was a failure, though the critics loved it.
從營利的角度看這戲劇失敗了，然而評論家卻很欣賞。

◈ **Emotionally**, I feel great sympathy with you, but I still think you are wrong.
在感情上我很同情你，但我仍認為你錯了。

◈ **Morally**, he is all that can be desired.
在道德上他是至美至善的。

◈ **Culturally**, they have much in common with their neighbors across the border.
在文化上，他們和鄰邦有很多共同點。

◈ **Logically**, one should become wiser with experience, but some people never do.
從邏輯上說，一個人有了經驗應該變得聰明些，但有些人永遠不會(變得聰明)。

❖ **Environmentally** <u>speaking</u>, it's inadvisable to build a factory here.

從環保的角度來說，在這裡設工廠是不妥的。

❖ **Outwardly** Jim looked calm, but inside he was feeling very frightened.

吉米表面上看起來鎮靜，但內心裡卻感到非常害怕。

❖ **Visually**, the decor was very striking.

全部陳設看上去非常醒目。

❖ **Technically** <u>speaking</u>, the building is a masterpiece, but few people appreciate it.

就技術而言那座建築物是個傑作，但幾乎沒人欣賞它。

(七)句子副詞 please 可用於客氣的請求或吩咐，相當於 if you please。

❖ Come in, **please**.

請進來。

❖ **Please** be seated.

請入座。

❖ Will you **please** come this way?

請這邊走好嗎？

❖ Two cups of coffee, **please**.

請來兩杯咖啡。

(八)句子副詞 yes 用於肯定回答，no 用於否定回答。certainly, definitely, of course, surely 等可代替 yes 作肯定回答，後接 not 可代替 no 作否定回答。

❖ "Did you go there yesterday?" "**Yes**, I did."

「你昨天去那裡了嗎？」「是的，我去了。」

◈ "May I borrow your pen for a moment?"
"Certainly/ Definitely/ Of course/ Surely."
「我可以用一會兒你的鋼筆嗎？」「當然可以。」

◈ "Will you come again tomorrow?" **"No**, I won't."
「你明天還會來嗎？」「不，我不來。」

◈ "Do you mind if I sit here?"
"Certainly not./ **Definitely not**./ **Of course not**."
「我坐在這裡你不介意嗎？」「當然不介意。」

(九)有些句子副詞用以表示說話人所講的事實為概括的、大致的、基本的陳述，避免過於肯定、絕對。

常見的有 all in all, all things considered, altogether, as a rule, basically, broadly, by and large, essentially, for the most part, fundamentally, generally, in essence, in general, on balance, on the whole, overall, ultimately 等，其中的 generally, broadly, roughly 等還可後接 speaking，表示概括的說明。

◈ **All in all**, a pilot must have many abilities and years of experience before he can fly commercial aircraft.
概括而言，飛行員必須具有多方面的能力及數年經驗才能開民航機。

◈ **All things considered**, this is of great importance.
從各方面考慮，這是極重要的。

◈ **Altogether/ By and large/ On the whole/ In general/ On balance/ Overall**, her hospitality is sincere.
整個來看，她的好客是誠懇的。

◈ **As a (general) rule/ Generally** he behaves well.
一般說來他舉止得體。

◈ **Basically** I agree with your proposals, but there are a few small points I'd like to discuss.
我基本上同意你的建議，但是有幾個小問題有待商榷。

◈ The two things are the same **in essence**.
這兩件事在本質上是相同的。

◈ **Broadly** speaking, I agree with you.
概括的說我同意你的意見。

◈ **Generally** speaking, women live longer than men.
一般說來，女人比男人活得長。

◈ **Roughly** speaking, the house cost him two hundred thousand dollars.
大致說來，那房子花了他二十萬美元。

(十) 有些句子副詞用以表示說話人就要講的內容在所要講的整體中處於什麼階段。

常見的有 first, firstly, second, secondly, third, thirdly, finally, lastly, in conclusion, then 等。

◈ **First**, let's discuss the problem of investment.
首先我們討論投資問題。

◈ There were several reasons for this. **First (ly)**, she disliked the man. **Second (ly)**, she did not intend to marry at all. **Third (ly)**, she meant to go on with her studies.
這樣做的原因有幾個。第一，她討厭這男人。第二，她根本就沒打算結婚。第三，她打算繼續她的學業。（加 ly 是較正式用法）

◈ **First**, he looked up all the trains to London in the railway timetable. **Then** he went to the station.
首先，他在火車時間表上查閱了所有去倫敦車次的時間，然後去了火車站。

◈ **Finally**, I would like to tell a joke.
最後，我想講個笑話。

◈ **Lastly**, I'd like to ask about your future plans.
最後，我想要問問你未來的計畫。

◈ **In conclusion**, we would like to thank all those who have worked so hard to bring about this result.
最後，我們要對所有辛勤工作因而取得這一成果的人們表示感謝。

3 副詞在句中的作用

副詞在句中主要用作狀語，可修飾動詞(包括不定詞、分詞、動名詞)、形容詞、其他副詞、數詞、介詞片語、子句或句子等，有時還可修飾名詞或名詞的相等語，並可做主詞補語、受詞補語、或介詞的受詞等。

(一)副詞可修飾動詞。

副詞可修飾動詞，包括不定詞、動名詞和分詞，通常置於被修飾的動詞後面。

1. 修飾不及物動詞。

◈ They <u>walked **slowly**</u>.
他們走得很慢。

◈ The snow continued to <u>fall</u> **heavily**.

雪繼續下得很大。

2. 修飾及物動詞，一般置於受詞的後面。

◈ He got his pistol out of his pocket and shot the bandit **quickly**.

他從口袋中掏出了手槍，迅速地擊中了強盜。

◈ She described her own view **accurately**.

她準確地表達了她自己的看法。

3. 副詞修飾動詞置於句首時，具有強調的作用，肯定副詞、否定副詞或頻率副詞多置於動詞之前，但要置於助動詞或聯繫動詞 be 之後。

◈ **Quickly**, he stood up to catch the butterfly.

他飛快地站起來去捉蝴蝶。

◈ He <u>will</u> **<u>surely</u>** win the game.

他這局肯定會贏。

◈ We <u>may</u> **<u>never</u>** see him again.

我們也許再也見不到他。

◈ <u>Do</u> you **<u>often</u>** see him after school?

你放學後常看見他嗎？

◈ He <u>is</u> **<u>always</u>** happy.

他總是快樂。

4. 修飾不定詞。

◈ She promised <u>to study</u> **hard**.

她答應努力學習。

◈ He likes <u>to walk **alone**</u>.
　　他喜歡自己走走。

◈ I wish the reader <u>to **clearly** understand</u>.
　　我希望讀者能清楚地理解。

5. 修飾動名詞。

◈ I enjoy <u>riding my bike **leisurely**</u> in the golden morning sun.
　　我喜歡在清晨金色的陽光下悠然地騎腳踏車。

◈ <u>Drinking **too much**</u> made him sick.
　　飲酒過多使得他要吐。

6. 修飾分詞。

◈ We saw a boat <u>coming **quickly**</u> toward us.
　　我們看到小船很快地朝我們駛來。

◈ <u>Taken **separately**</u>, they are easy to solve.
　　分開處理容易解決。

(二)副詞可修飾形容詞。

　　副詞可修飾形容詞，通常置於所修飾的形容詞的前面，但 enough 修飾形容詞時，要置於被修飾的形容詞之後。如：

◈ This is a **very** <u>funny</u> film.
　　這是一部非常有趣的電影。

◈ This room is **fairly** <u>small</u>.
　　這個房間相當小。

◈ That room is **quite** <u>large</u>.
　　那個房間相當大。

◈ You are **quite** correct.
你完全正確。

◈ This kitchen is not <u>big **enough**</u>.
這個廚房不夠大。

◈ I feel **much** <u>better</u> today.
我今天感覺好多了。

（副詞 much 修飾形容詞的比較級 better。）

◈ The piece of cake I got was **almost** <u>the largest</u>.
我得到的蛋糕幾乎是最大的一塊。

（副詞 almost 修飾形容詞的最高級 largest 。）

（三）副詞可修飾其他副詞。

副詞可修飾其他副詞，副詞在修飾其他副詞時通常置於被修飾副詞之前，但 enough 修飾副詞時，要置於被修飾的副詞之後，else 在修飾副詞時，位於被修飾副詞之後。

◈ He drives **quite** <u>fast</u>.
他車開得很快。

◈ Do it **right** <u>now</u>.
馬上就做。

◈ He didn't run <u>fast **enough**</u> to catch the thief.
他跑得不夠快，沒能追上那個小偷。

◈ <u>Where **else**</u> did you go?
你還去了什麼別的地方？

◈ I'm going to take him <u>somewhere **else**</u>.
我要帶他到別處去。

◈ He argued **extremely** soundly.
他極其有理地爭辯。

（只有強調副詞，可以-ly結尾的副詞修飾另一個以-ly結尾的副詞。）

◈ He runs **much** faster than me.
他跑得比我快多了。

（四）副詞可修飾數詞。

副詞可修飾數詞，一般置於被修飾的數詞之前。

◈ They are going to stay here **fully** six months.
他們將要在這裡停留整整六個月。

◈ This car cost me **over** ten thousand dollars.
這輛車花了我一萬多美元。

◈ We counted **approximately** the first thousand votes.
我們數了大約首批千張選票。

（五）副詞可修飾介詞片語。

副詞可修飾介詞片語，一般置於被修飾的介詞片語之前。

◈ This long nail went **right** through the plank.
這根長釘子完全穿透了木板。

◈ He began to do business **soon** after the war.
戰後不久他就開始作生意。

◈ He went to the party **only** because of his wife.
他僅僅是由於他妻子的緣故才去參加晚會。

◈ He resigned **solely** on account of ill health.
他辭職只是因為身體不佳。

（六）副詞可修飾子句與句子。

　　1. 副詞可修飾子句，一般置於被修飾的子句之前。

◈ There was a knock at the door **just** as we were about to have dinner.
我們正要吃晚飯的時候有人敲門。

◈ The house collapsed **soon** after he stepped out of the door.
他跨出門不久，房子就倒了。

　　2. 副詞可以修飾整個句子，較多位於句首。句子副詞置於句中或句末時必須用逗點隔開，如無逗點隔開易被認為是修飾動詞，而置於句首時則逗點可有可無。

◈ **Unfortunately**, he failed to get the nomination.
不幸，他未被提名。

◈ He escaped being punished, **happlly**.
他幸運地逃脫了受罰。

◈ She, **apparently**, wants to say something.
她顯然想要說點什麼。

（七）副詞可修飾名詞及其相等語。

　　1. 僅有少副詞可以修飾名詞或名詞相等語，通常置於被修飾名詞的前面。

◈ **Even** a child can do it.
即使小孩也辦得到。

◈ **Only** she could come.
只有她能來。

　　2. 某些副詞要置於被修飾的名詞之後。如：

◈ I met her <u>the week **before**</u>.
上星期我見過她。

◈ See <u>the notes **below**</u>.
參考下面的注解。

（八）副詞可做主詞補語，置於聯繫動詞的後面。

◈ She <u>is **out**</u>.
她出去了。

◈ <u>Is</u> he **up**?
他起床了嗎？

（九）副詞可做受詞補語，置於受詞後面。

◈ I saw <u>him **out**</u> with his sister last Saturday.
上星期六我看見他和他姐姐一道出去的。

◈ Let <u>him **in**</u>.
讓他進來。

（十）副詞可做名詞或代名詞。

　　少數表示時間、場所、或程度的簡單副詞可用作名詞或代名詞，有些字典已把此種用法的副詞稱為名詞或代名詞。

　　1. 做介詞的受詞，並通常和介詞構成固定搭配的習語，常見的有 at once, by far, before long, for once, from abroad, from behind, from here, from there, from far and near, from here to there, by now, from now, from downstairs, from upstairs, till now 等。

◈ He grabbed the thief <u>from **behind**</u>.
他從背後抓住小偷。

◈ He came down <u>from **upstairs**</u>.
　他從樓上下來了。

◈ He must have finished the work <u>by **now**</u>.
　他此刻一定已做完了那工作。

◈ <u>**Where**</u> do you come <u>from</u>?
　你是哪裡人？

2. 做主詞。

◈ **Now** is the time for action.
　現在是採取行動的時候了。

◈ **Once** is enough.
　一次就夠了。

4 句中副詞的排列順序

　　副詞的排列順序是指在一個句子中有不只一個副詞時，這些副詞大體上要有先後的順序。

(一)一般要按方式副詞、地方副詞、頻率副詞、時間副詞的順序排列，但有時可根據需要將某類副詞置於不同的位置。

◈ He went <u>**hurriedly**</u> <u>**out of the city**</u> <u>**twice**</u> <u>**yesterday**</u>.
　他昨天匆匆地出城兩次。
　（方式副詞 → 地方副詞 → 頻率副詞 → 時間副詞）

◈ <u>**Once in a while**</u> he gets up <u>**at half past five**</u>.
　他偶爾在早晨五點半起床。
　（頻率副詞→時間副詞）

◈ **This time next Sunday** I'll be having supper **with my family in my hometown**.

下星期天此時我將在家鄉和我的家人一起吃晚飯。

（時間副詞片語 this time next Sunday 置於句首，方式副詞置於地方副詞前。）

（二）在句中若有多個時間副詞或副詞片語，要按從短時間到長時間的順序排列。

◈ The rocket will be launched **at seven pm on the fifteenth of October**.

火箭將在10月15日晚上7點發射。

◈ She was born **in November 1978**.

她生於1978年11月。

（三）在句中若有多個地方副詞或副詞片語，要按從小地方到大地方的順序排列。

◈ I met him **at a bar in a small town in New York State**.

我在紐約州的一座小鎮的酒吧裡遇到了他。

◈ I only know he works **in a big firm somewhere abroad**.

我只知道他在國外某個地方的一個大公司工作。

（四）有些程度副詞，如 excessively, extremely, far, fairly, over, overly, pretty, quite, rather, too, unduly, unreasonably 等，須置於被其修飾的副詞之前。

◈ He spoke **rather too** quickly for me to understand.

他說得有些太快了，我聽不懂。

◈ He drives **too** fast.

他開車太快。

◈ We must leave **fairly** soon.
我們得快些離開。

◈ The wind blew **pretty** hard.
風刮得挺大的。

◈ The lights were **far** too bright.
這些燈過於明亮了。

◈ Personally, I'm **extremely** well satisfied.
就我個人而言，我是極其滿意的。

（五）enough 修飾副詞時須置於被修飾的副詞之後。

◈ You'd better write the letter clearly **enough** for her to read.
你最好把信寫得足夠清楚，她好看明白。

◈ I don't know her well **enough**. I've only met her twice.
我和她不夠熟。我只見過她兩次。

（六）far, much 和 even 可置於被其修飾的副詞比較級之前，very 還可置於被其修飾的副詞最高級之前。

◈ He runs **far/much** faster than his brother.
他跑得比他哥哥快得多。（遠比他哥哥快）

◈ You know **even** less about it than I do.
你對此事了解得比我還少。

5 副詞相等語（Adverb Equivalents）

副詞相等語是指在句中具有副詞作用的字、片語或子句。

（一）序數詞可以做副詞相等語。

◈ **First**, we must put out the forest fire.
首先，我們必須撲滅森林大火。

◈ The Yangtze River is **the fourth** longest river in the world.
長江是世界第四長河。

（二）不定詞或不定詞片語可以做副詞相等語。

◈ He flew there **to see her**.
他飛往那裡去看她。

◈ He jumped with joy **to hear the news**.
他聽到這個消息高興得跳了起來。

（三）分詞或分詞片語可以做副詞相等語。

◈ He sat at the window **reading**.
他坐在窗邊看書。

◈ **Laughing and talking**, the students walked out of the classroom.
學生們說說笑笑地走出教室。

◈ **Seen from the hill**, the village looks very beautiful.
從山上往下看去，村莊顯得很美麗。

（四）介詞片語做副詞相等語。

1. 修飾動詞。

◈ You need <u>to turn left</u> **at the next crossroads**.
你要在下一個十字路口左轉。

◈ The moon <u>appeared</u> **for a moment** <u>**through the clouds**</u>.
月亮一轉眼就從雲中出現了(兩個副詞片語)。

2. 修飾形容詞。

◈ He was very <u>satisfied</u> **with my painting**.
他對我的畫非常滿意。

◈ I think his opinions are <u>worthy</u> **of consideration**.
我認為他的意見值得考慮。

3. 修飾副詞。

◈ He did <u>well</u> **in that respect**.
他在那方面做得好。

◈ He often stays up <u>late</u> **at night**.
他經常熬夜。

4. 修飾整個句子。

◈ **In a sense**, your explanation is right.
在某種意義上，你的解釋是對的。

◈ **As a rule**, he behaves well.
一般說來，他舉止得體。

(五)子句做副詞相等語。

◈ I didn't buy it **because it was too expensive**.
我沒買，因為太貴了。

◈ He rose **as soon as she entered**.
她一進來他就立刻站起來了。

(六)形容詞做副詞相等語。

1. 有些形容詞可充當副詞(其中有些已兼作副詞)修飾另一形容詞。

bright yellow 鮮黃色的	**bitter/icy** cold 冰冷的
dark gray 深灰色的	**dead** tired 極度疲倦的
ghostly pale 像鬼一樣蒼白的	**jolly** good 好得很
light blue 淺藍色的	**mighty** easy 非常容易的
real sorry 非常抱歉的	**wide** open 敞開著的

2. 在非正式用法中,有少數形容詞有時可充當副詞修飾動詞。

◈ She turned **sharp** to the right(＝She turned sharply to the right.)

她急速地右轉。

◈ It's **easier** said than done.(＝It's more easily said than done.)

說比做容易。

3. 有些「形容詞＋and＋形容詞或副詞」,可以充當副詞修飾形容詞、副詞或動詞。

◈ The car is going **nice and fast**.(＝The car is going very fast.)

這輛汽車跑得挺快的。

◈ You're coming in **loud and clear**.(＝We can hear you loudly and clearly.)

你所說的我們都聽得很清楚。

◈ We'll start **bright and early** tomorrow morning.
明天大清早我們就動身。

注：有的「形容詞＋and＋形容詞」，可以充當形容詞做名詞的後置修飾
語。如：

◈ He's an adventurer, **pure and simple**.（＝He's an absolute ad-
venturer.）
他是一個十足的冒險家。
(pure and simple 表示「純粹的」，「十足的」，相當於 and nothing else。)

（七）名詞或名詞片語做副詞相等語

有時名詞、名詞片語或「數詞＋名詞」可以用作副詞相等
語，修飾形容詞、副詞、動詞、整個句子，或與形容詞一起構成
複合形容詞。

1. 用以修飾形容詞或副詞。如：

◈ He is **half a head** taller than his father.
他比他的父親高半個頭。

◈ That building is **eighteen stories** high.
那棟大樓十八層高。

◈ Beauty is only **skin** deep.
美麗只是外表的。

◈ The fields are covered with **knee**-deep snow.
田野被及膝的深雪覆蓋著。

◈ A shell exploded only **yards** away.
一個炮彈在僅僅幾碼之外的地方爆炸了。

2. 用以修飾動詞。如：

◈ If you take **one step**, I'll shoot you.

你再走一步，我就斃了你。

◈ Come **this way**.
請這邊走。

◈ They <u>ran **a long way**</u>.
他們跑了很遠的路。

3. 做句子副詞，用以修飾全句。如：

◈ **No doubt** <u>she will marry him</u>.
毫無疑問，她會嫁給他的。

◈ **No wonder** <u>he speaks it so well</u>. He's learned English since childhood.
他從小就學英文。難怪他說得那麼好。

4. 在「名詞＋形容詞」，或「數詞＋名詞＋形容詞」構成的複合形容詞中，名詞或名詞片語起副詞作用修飾形容詞。如：

knee-deep 及膝深的	**knee**-high 及膝高的
headstrong 不受拘束的，任性的	**penny**-wise 小處精明的
two-foot-deep 兩英尺深的	**three-meter**-high 三公尺高的
six-year-old 六歲的	

(八) 同源受詞及其修飾語相當於修飾動詞的副詞或副詞片語。如：

◈ He died **a glorious death**.（＝He died **gloriously**.）
他死得光榮。

◈ He laughed **a hearty laugh**.（＝He laughed **heartily**.）
他縱情地大笑。

◈ She lives **a quiet life**.(＝She lives **quietly**.)
她過著平靜的生活。

◈ He shouted **a loud shout**.(＝He shouted **loudly**.)
他大聲地呼喊了一下。

◈ She sighed **a deep sigh**.(＝She sighed **deeply**.)
她深深地歎了一口氣。

◈ He smiled **a grim smile**.(＝He smiled **grimly**.)
他獰笑了一下。

(九)有些子句可代替單個字詞的句子副詞修飾整個句子。

1. 由「I/We＋聯繫動詞＋某些形容詞」構成的子句代替單個字的句子副詞,來修飾其後的子句。如:

◈ **I'm certain/sure** he meant well.(＝**Certainly/Surely** he meant well.)
(我)肯定他是(出於)好意的。

◈ "Is it true that he's got cancer in his throat?"
"**I'm afraid** so. (＝It's **probably** true.)"
「他真的患了喉癌嗎?」「恐怕是真的。」

2. 由「It＋聯繫動詞＋某些形容詞＋that」構成的子句代替單個字的句子副詞來修飾其後的子句。可用於此場合的形容詞常見的有 certain, natural, possible, probable, likely, true, apparent, clear, evident, obvious, plain, curious, fortunate, lucky, sad, significant, understandable, unfortunate, unlucky 等。如:

◈ **It's certain that** he's married. (＝**Certainly** he's married.)
他肯定結婚了。

◈ **It's true that** I don't expect a war between my country and yours.（＝**Truly** I don't expect a war between my country and yours.）
我真地不預期我的國家和你的國家會發生戰爭。

◈ **It's natural that** he should suppose so.（＝**Naturally** he should suppose so.）
他當然會這樣想。

◈ **It is likely/possible/probable that** he forgot all about it.（＝**Perhaps/Possibly/Probably** he forgot all about it.）
很有可能（或許）他把那件事全忘了。

◈ **It became apparent/clear/evident/obvious/plain that** they were getting a divorce.（＝**Apparently/Clearly/Evidently/Obviously/Plainly**, they were getting a divorce.）
顯然他們要離婚了。

◈ **It is lucky/fortunate that** she escaped punishment.（＝**Luckily/Fortunately**, she escaped punishment.）
幸好，她避免了受罰。

◈ **It's unfortunate that** you missed the concert.（＝**Unfortunately** you missed the concert.）
真可惜，你沒聽這音樂會。

Chapter 7

比較
Comparisons

1 概説

　　「比較」是英文中的形容詞和副詞的一個文法範疇，包括三個比較等級(degrees of comparison)，即原級(positive degree)、比較級(comparative degree/ comparative)和最高級(superlative degree/ superlative)。

(一)表示「像」；「如」；「跟……一樣」等二者的同等比較時用原級，即用形容詞或副詞的原形。如：

◈ She is **as tall as** you.
　她和你一樣高。

◈ Of course, I cannot sing **so well as** a professional singer.
　當然，我不能唱得像職業歌手那麼好。

(二)表示兩者之間不同程度的比較用比較級。如：

◈ Health is **better than** wealth.
　健康勝於財富。

◈ She loves the dog **more than** he does.
　她比他更愛這狗。

(三)表示三者或三者以上之間「最……」時用最高級。如：

◈ Tom is **the shortest** in our class.
　湯姆是我們班個子最矮的。

◈ She studies **best of** all.
　在所有的人中她學習最好。

◲ 形容詞和副詞的比較級和最高級的構成

形容詞或副詞的比較，有規則變化和不規則變化兩種。

2.1 形容詞和副詞的規則比較形式

形容詞和副詞的比較級和最高級的構成的規則形式（regular form）有綜合式（synthetic form）和分析式（analytic form）兩種：

在形容詞或副詞之後加字尾 -er, -est 或其變體而構成的比較級和最高級稱作綜合式。在形容詞或副詞之前加副詞 much 的比較級 more 和 最高級 most 而構成的比較級和最高級稱作分析式。

（一）多數單音節字在其後加字尾 -er, -est。如下表：

原級	比較級	最高級
clear	clearer	clearest
deep	deeper	deepest
fast	faster	fastest
hard	harder	hardest
high	higher	highest
long	longer	longest

（二）以 -e 結尾的單音節字或雙音節字在其後加字尾 -r, -st。如下表：

原級	比較級	最高級
brave	braver	bravest
fine	finer	finest
large	larger	largest
late	later	latest
wide	wider	widest

(三) 以一個子音字母結尾的閉音節的單音節字，重複字尾的子音字母，再加 -er, -est。如下表：

原級	比較級	最高級
big	bigger	biggest
fat	fatter	fattest
fit	fitter	fittest
hot	hotter	hottest
thin	thinner	thinnest

(四) 以 -ere, -ure 結尾的單音節字或雙音節字，加 -r, -st。如下表：

原級	比較級	最高級
sincere	sincerer	sincerest
obscure	obscurer	obscurest
pure	purer	purest

(五)母音字母加 -y 時，加字尾 -er, -est。如下表：

| gay | gayer | gayest |
| gray | grayer | grayest |

(六)以子音字母加 -y 結尾的單音節字或雙音節字，一般須將 -y 變成 -i，再在其後加字尾 -er, -est。如下表：

原級	比較級	最高級
angry	angrier	angriest
busy	busier	busiest
early	earlier	earliest
friendly	friendlier	friendliest
happy	happier	happiest
lovely	luckier	luckiest
lucky	lovelier	loveliest

注：個別的以子音字母加 -y 結尾的字 shy 和 sly，英國直接加 -er, -est；美國可有兩種加字尾的方法，如下表：

	原級	比較級	最高級
[英、美]	shy	shyer	shyest
[美]		shier	shiest
[英、美]	sly	slyer	slyest
[美]		slier	sliest

(七) 以加字尾 -ly 構成的副詞皆須用分析式，在字前加 more,
　　most。如下表：

原級	比較級	最高級
deeply	more deeply	most deeply
loudly	more loudly	most loudly
quickly	more quickly	most quickly
slowly	more slowly	most slowly

(八) 補語形容詞及由分詞轉變來的形容詞和 just, like 等個別的
　　形容詞須用分析式，在字前加 more, most。如下表：

原級	比較級	最高級
afraid	more afraid	most afraid
drunk	more drunk	most drunk
pleased	more pleased	most pleased
tired	more tired	most tired
worn	more worn	most worn
exciting	more exciting	most exciting
interesting	more interesting	most interesting
just	more just	most just
like	more like	most like

(九)以 -er, -le, -ow 結尾的形容詞和某些其他形容詞或副詞，既
可用綜合式，也可用分析式。如下表：

原級	比較級	最高級
clever	cleverer	cleverest
	more clever	most clever
simple	simpler	simplest
	more simple	most simple
narrow	narrower	narrowest
	more narrow	most narrow
common	commoner	commonest
	more common	most common
cruel	crueler	cruelest
	more cruel	most cruel
fond	fonder	fondest
	more fond	most fond
funny	funnier	funniest
	more funny	most funny
glad	gladder	gladdest
	more glad	most glad
handsome	handsomer	handsomest
	more handsome	most handsome
lively	livelier	liveliest
	more lively	most lively
often	oftener	oftenest
	more often	most often

(十)其他雙音節形容詞一般用分析式，在字前加 more, most。
　　如下表：

原級	比較級	最高級
active	more active	most active
anxious	more anxious	most anxious
careful	more careful	most careful
complex	more complex	most complex
famous	more famous	most famous
honest	more honest	most honest
hopeless	more hopeless	most hopeless
modest	more modest	most modest

(十一)多音節的形容詞或副詞一般用分析式，在字前加 more,
　　　most。如下表：

原級	比較級	最高級
attractive	more attractive	most attractive
beautiful	more beautiful	most beautiful
comfortable	more comfortable	most comfortable
difficult	more difficult	most difficult
expensive	more expensive	most expensive
familiar	more familiar	most familiar
important	more important	most important

obvious	more obvious	most obvious
popular	more popular	most popular
significant	more significant	most significant

(十二)複合形容詞多用分析式。如下表：

原級	比較級	最高級
far-fetched	more far-fetched	most far-fetched
foolhardy	more foolhardy	most foolhardy
homesick	more homesick	most homesick
up-to-date	more up-to-date	most up-to-date

(十三)有些以較常用的單音節的形容詞開頭的複合形容詞多用綜合式。如下表：

原級	比較級	最高級
dull-witted	duller-witted	dullest-witted
fine-looking	finer-looking	finest-looking
kind-hearted	kinder-hearted	kindest-hearted
large-sized	larger-sized	largest-sized
long-lasting	longer-lasting	longest-lasting
soft-spoken	softer-spoken	softest-spoken

(十四)表示「較小地」；「更少地」；「更不」；「最少地」；「最不」；「最微地」，分別用副詞 less, least 加在形容詞或副詞前。如下表：

原級	比較級	最高級
ambitious	less ambitious	least ambitious
busy	less busy	least busy
careful	less careful	least careful
common	less common	least common
expensive	less expensive	least expensive
foolishly	less foolishly	least foolishly
impatiently	less impatiently	least impatiently
important	less important	least important
quickly	less quickly	least quickly
tired	less tired	least tired
warm	less warm	least warm

2.2 形容詞和副詞的不規則比較形式

　　有些形容詞和副詞比較級和最高級的構成的變化是不規則的，需認真記憶。形容詞和副詞的不規則比較，如以下兩表：

形容詞的不規則比較表

原級	比較級	最高級
good	better	best
well	better	best
bad	worse	worst

ill	worse	worst
much	more	most
many	more	most
little	less	least
far	┌ farther └ further	┌ farthest └ furthest
old	┌ older └ elder	┌ oldest └ eldest
late	┌ later └ latter	┌ latest └ last
	inner	innermost/inmost（inner 沒有原級）
	outer	outermost/outmost（outer 沒有原級）
up	upper	uppermost/upmost

副詞的不規則比較表

原級	比較級	最高級
well	better	best
badly	worse	worst
much	more	most
little	less	least
far	┌ farther └ further	┌ farthest └ furthest

注：有些複合形容詞也有兩種比較形式。如下表：

原級	比較級	最高級
well-behaved	better-behaved	best-behaved
	more well-behaved	most well-behaved
well-known	better-known	best-known
	more well-known	most well-known

2.3 同一形容詞或副詞的不同形式的比較級或最高級用法的異同

2.3.1 elder, eldest 與 older, oldest

（一）elder, eldest

　　elder 通常用於修飾人，主要表示同一家庭、家族中同一輩分中的長幼順序較大的，不是真正的比較級，不可和 than 連用，不可作補語，如單獨地用 elder 修飾某一家庭成員，一般指那人為其同一輩分中的兩個人中的長者。eldest 修飾某一家庭成員，指那人為其同一輩分中的三個或三個以上的人中的長者。如：

◈ Her **elder** daughter is married.
　她的大女兒已結婚了。
　（是指她的兩個女兒中較大的，她只有兩個女兒。）

◈ Jack is Mr. Smith's **elder** nephew.
　傑克是史密斯先生的大侄子。
　（是指史密斯先生有兩個侄子。）

◈ His **eldest** son is studying abroad.
　他的長子現在在國外留學。

（是指他至少有三個兒子。）

（二）older, oldest

older 和 oldest 修飾人時分別表示年齡的「更大」、「更老」；「最大」、「最老」，不受家庭或家族範圍的限制，也可修飾物，表示「更老」；「最老」；「最舊」，可作修飾語或補語，並可和 than 連用；在美國的非正式用法中，可代替 elder 及 eldest。如：

◈ Mrs. Scott is **older** than Mrs. Brown.
斯考特太太比布朗太太年齡大。

◈ Mary is their **eldest/oldest** daughter.
瑪麗是他們的大女兒。

◈ His car is much **older** than mine.
他的車比我的舊得多。

2.3.2 farther, farthest 與 further, furthest

（一）表示「更遠」時，用 farther, further 皆可。如：

◈ Manchester is **farther/further** from London than Oxford is.
曼徹斯特比牛津距離倫敦更遠。

◈ How much **farther/further** do we have to go?
我們還要走多遠？

（二）表示「更多（的）」；「另一些」；「進一步（的）」時，一般用 further。如：

◈ I have no **further** questions to ask.
我沒有更多的問題要問。

◈ The problem will be **further** discussed next Monday.
這問題下星期一還要進一步地討論。

◈ I think **further** investigation is necessary.
我認為進一步的調查是必要的。

（三）表示距離上「最遠（的）」時，用 farthest, furthest 皆可，但
表示抽象概念的「嚴重偏離」宜用 furthest。如：

◈ Who walked the **farthest/furthest**?
誰走得最遠？

◈ His behavior reflected the **furthest** departure from the
moral standards of our company.
他的行為反映出與我們公司的道德標準嚴重偏離。

2.3.3 later, latest 與 latter, last

（一）later

可作形容詞或副詞，指時間上的「較後的」；「較近的」；
「遲於……」；「後期的」；「後來」；「以後」；「過些時
候」等。如：

◈ It's **later** than twelve o'clock now.
現在已過了十二點。

◈ This is a **later** edition.
這是較近的版本。

◈ He made no close friends during his **later** years.
他在晚年沒有結交親近的朋友。

◈ She came **later** than we expected.
她來得比我們預料的晚一些。

◈ **Later** we learned that this wasn't true at all.
後來我們得知這根本就不是真實的。

◈ <u>Two days **later**</u> she left for New York.
兩天後她往紐約去了。

(二)latest 現一般只表示「最近的」;「最新的」。如:

◈ This is the **latest** news.
這是最新的消息。

◈ I'm not interested in these **latest** fashions at all.
我對這些新式服裝一點都不感興趣。

(三)latter

既可表示時間上的「後面的」;「後半的」;「後期的」,又可表示二者中的「後者」,作 former 的反義字(antonym)。如:

◈ He pretended not to hear the **latter** part of her remark.
他假裝沒有聽見她的發言的後半部分。

◈ Of the two choices, I prefer the **latter**.
在此兩項選擇中,我傾向於後者。

(四)last

表示「最後(的)」;「上一個」;「剛過去的」;「最不可能的」;「最不願意的」;「最不合適的」,「上一次」。如:

◈ This is your **last** hope.
這是你最後的希望。

◈ It was **last** year that I saw her in Hong Kong.
我是去年在香港見到她的。

◈ He is the **last** person who would tell a lie.
他絕對不會說謊。

◈ This is the **last** job I want to do.
這是我最不願意做的工作。

2.3.4 fewer 與 less

形容詞比較級 fewer 可修飾複數可數名詞，less 可修飾不可數名詞。在非正式的用法中，現在常見用 less 而不用 fewer 修飾複數可數名詞，且日益普遍，在 less than, no less than 等習慣用語中，less 自然可和複數可數名詞連用。如：

◈ There are **fewer** boys than girls in my class.
在我們班裡男生比女生少。

◈ The coffee is too sweet; you should have added **less** sugar.
這咖啡太甜了，你應該少放些糖。

◈ There have been **less/fewer** accidents on this road since the speed limit was introduced.
自從引入限制速度以來，這條路上事故減少了。

◈ There were **no less than** two hundred people present.
在場的有兩百人之多。

◈ I bought the car for **less than** ten thousand dollars.
我買這汽車花了不到一萬美元。

3 有無比較級和最高級的形容詞和副詞

3.1 有比較級和最高級的形容詞(Comparable Adjectives)

有比較級和最高級的形容詞,或稱可比較的形容詞,主要是屬性形容詞,此外有少數補語形容詞和少數不定形容詞。

(一)屬性形容詞一般有比較級和最高級。此類形容詞包括:

1. 描述有關時空概念的形容詞,如 early, late, young, old, new, large, huge, great, big, vast, small, little, tiny, far, near, close, deep, shallow, short, long, tall, high, low, broad, wide, narrow, quick, fast 及 slow 等。

2. 描述有關人或事物性狀的形容詞,如 fat, skinny, thin, thick, funny, dull, clean, dirty, weak, feeble, strong, healthy, sick, ill, comfortable, painful, easy, difficult, hard, soft, cold, hot, cool, warm, dry, wet, cheap, expensive, dear, heavy, light, dark, bright, loose, tight, poor, rich, obvious, obscure, complex, simple, special, odd, strange, rare, curious, distinctive, significant, serious, important, familar, popular, famous, successful, typical, common, tired, plain, wild, mild, violent, energetic, busy, free, flat, rough, safe, dangerous, pretty, beautiful, ugly, useful, vain, fresh, rotten, noisy, quiet, calm, sour, sweet, bitter, different, powerful, powerless, lovely, hateful 及 wealthy 等。

3. 表示人的品質、素質、性格的形容詞，如 able, active, bad, brave, capable, careful, careless, clever, cowardly, cruel, dull, fair, faithful, fine, firm, foolish, frank, friendly, generous, good, greedy, honest, kind, jealous, mean, mild, modest, noble, polite, proud, reasonable, rude, sensible, sharp, silly, smart, steady, stingy, stupid, tender 及 wise 等。

4. 描述人的心理狀態的形容詞，如 absorbing, affecting, alarming, alluring, amazing, amusing, annoying, appalling, astonishing, astounding, becoming, bewildering, boring, bracing, challenging, charming, compelling, confusing, convincing, cutting, dashing, depressing, devastating, disappointing, disgusting, distracting, distressing, disturbing, embarrassing, enchanting, encouraging, engaging, entertaining, exciting, fetching, frightening, halting, harassing, haunting, humiliating, infuriating, inspiring, interesting, intimidating, intriguing, menacing, misleading, moving, penetrating, piercing, pleasing, pressing, promising, rambling, ravishing, refreshing, relaxing, retiring, revolting, rewarding, satisfying, searching, shocking, sickening, startling, surprising, taxing, tempting, terrifying, threatening, thrilling, tiring, touching, trying, welcoming, worrying, absorbed, affected, agitated, animated, alarmed, amazed, amused, annoyed, appalled, astonished, astounded, attached, bored, concerned, confused, contented, convinced, dejected, delighted, depressed, deprived, determined, disappointed, discouraged, disgusted, disillusioned, disposed,

distressed, disturbed, embarrassed, excited, frightened, guarded, hurt, inclined, inhibited, interested, mixed, pleased, preoccupied, puzzled, satisfied, shocked, strained, surprised, terrified, tired, touched, worried, agreeable, angry, anxious, joyful, cheerful, contrite, delightful, furious, gay, happy, irate, joyous, mournful, nervous, patient, pleasant, sad, sorrowful, sorry, wrathful 等。

5. 顏色形容詞如 black, blue, brown, gold, golden, gray/grey及 green, red, white, yellow 等。

（二）補語形容詞如 afraid, alike, alone, astir, averse, ashamed, content, drunk, ill, well 等有比較級和最高級。

（三）不定形容詞 few, little, many, much 有比較級和最高級。

3.2 沒有比較級和最高級的形容詞（Incomparable Adjectives）

有許多形容詞沒有比較級和最高級，稱作沒有比較級和最高級的形容詞，或稱不可比較的形容詞：

（一）在限定形容詞中，除不定形容詞 few, little, many, much 外，都沒有比較級和最高級。

（二）用以指明人或事物所屬類別的類別形容詞，沒有不同程度的區別，沒有比較級和最高級。這類形容詞包括：

1. 物質形容詞，如 gold, silver, copper, iron, tin, oxygen, wooden, woolen, carbonic, mercuric, sulfuric 等。

2. 表示國籍、地域及來源於人名的專有形容詞，如 Chinese, Japanese, American, English, French, Swiss, Shakespearian,

Victorian 等。

3. 表示位置的形容詞，如 back, front, middle, left, right, north, south, east, west, polar, tropic, bottom, rural, local, foreign, civil, domestic, international 等。

4. 表示定期、週期的形容詞，如 periodic, regular, daily, annual, weekly, fortnightly, monthly, yearly 等。

5. 表示形態及聚集態的形容詞，如 linear, plane, cubic, round, oval, square, rectangular, triangular, solid, liquid, gaseous, molecular, atomic, nuclear 等。

6. 表示社會、政治、軍事、經濟、文化、宗教等領域的形容詞，如 agricultural, economic, commercial, financial, diplomatic, political, military, industrial, cultural, educational, scientific, social, religious, Christian, Catholic, Muslim, Buddhist 等。

7. 表示學科的形容詞，如 artistic, biological, chemical, ecological, historical, geographical, medical, mathematical, musical, philosophical, phonetic, physical, physiological, sociological, statistical 等。

8. 不及物動詞變來的以 -ing 結尾表示事物持續過程或狀態的形容詞，如 acting, bleeding, bursting, circulating, decreasing, driving, dying, existing, falling, going, increasing, living, missing, running, walking 等。

9. 過去分詞變來的表示有形特徵的形容詞，如 armed, blocked, boiled, broken, classified, closed, cooked, drawn, dried, established, fixed, furnished, hidden, improved, infected,

known, licensed, loaded, marked, noted, paid, reduced, spotted, trained, veiled 等。

10. 少數由過去分詞轉變來的，含有主動意義並表示完成的形容詞，如 accumulated, dated, developed, drowned, drunken, escaped, fallen, retired, risen, swollen, tired, wilted 等。

11. 名詞＋ -ed 結尾的形容詞，如 armored, bearded, deceased, flowered, gifted, hooded, mannered, pointed, skilled, tinned, walled, winged 等。

(三) 表示「絕對的」；「完全的」；「真的」；「真正的」；「十足的」；「極」；「最」；「正是」等強調形容詞沒有比較級和最高級。此類形容詞包括：

1. 強調名詞的形容詞，如 absolute, complete, entire, total, outright, positive, perfect, mere, pure, real, true, utter, very 等。

2. 現在分詞轉變的強調形容詞，如 blinking, blooming, blithering, flaming, piddling, raving, stinking, thumping, thundering, whopping 等。

注：在實際生活中，有的表示類別或絕對的形容詞有時也有比較級的用法。如：

◈ His opinion seems **more right than** yours.
他的意見似乎比你的意見更正確。

◈ That is a **more original** manuscript.
那是一部更有創意的草稿。
(original 在這裡指的意思不是「原始的」；而是「有創意的」。)

◈ The Russian spy is **more English** than an Englishman.
那俄國間諜比英國人還像英國人。
(English 指英國人的行為方式。)

3.3 有無比較級和最高級的副詞 (Comparable and Incomparable Adverbs)

　　有比較級和最高級的副詞，或稱可比較的副詞，主要包括部分方式副詞，很少的地方副詞、時間副詞和程度副詞、頻率副詞，如 badly, beautifully, brightly, brilliantly, briskly, carefully, carelessly, casually, cheaply, cleanly, clearly, closely, comfortably, deeply, diligently, distinctly, easily, effectively, evenly, faintly, fiercely, firmly, fluently, freely, guardedly, gently, gracefully, heartily, heavily, neatly, loudly, patiently, plainly, pleasantly, politely, poorly, quickly, quietly, rapidly, readily, roughly, sensibly, sharply, simply, slowly, smoothly, softly, strangely, swiftly, tenderly, thickly, thinly, thriftily, tightly, urgently, vigorously, violently, vividly, warmly, wickedly, widely, wonderfully, angrily, anxiously, bitterly, boldly, bravely, calmly, cheerfully, contentedly, curiously, dejectedly, delightedly, disappointedly, eagerly, excitedly, furiously, gladly, gratefully, happily, helplessly, hopefully, hopelessly, impatiently, miserably, nervously, passionately, proudly, reluctantly, sadly, shyly, uncomfortably, uneasily, unhappily, unwillingly, wearily, willingly, far, near, high, low, early, late, soon, little, much, often, seldom 等。

　　除上面所述的部分方式副詞，很少的地方副詞、時間副詞、程度副詞和頻率副詞外，疑問副詞、連接副詞、關係副詞、複合關係副詞和多數的地方副詞、時間副詞、程度副詞和頻率副詞沒有比較級和最高級。

❹ 形容詞和副詞的比較等級

4.1 形容詞和副詞的原級比較

形容詞和副詞的原級比較，即「等量比較」，或稱「同等比較」（comparison of equivalence），表示相比較的二者相同、相等。

4.1.1 形容詞和副詞原級比較的基本結構和用法

（一）肯定的原級形容詞和副詞，用於「as＋原級＋as」的結構，表示相比較的二者相同、相等，其中第一個 as 是副詞，第二個 as 是連接詞。

1.「名詞＋動詞＋as＋原級＋as＋名詞＋（聯繫動詞 be 或助動詞）」的結構，後面的名詞的聯繫動詞 be 或助動詞，在不會產生歧義的情況下，常可省略。（有的文法學家把省略了聯繫動詞 be 或助動詞的主詞前的 as 看作介詞）。如：

◈ She is **as beautiful as** her elder sister(is).
她和她的姐姐一樣美。

◈ She is **as kindhearted as** her husband(is).
她和她的丈夫一樣好心腸。

◈ Mary sings **as well as** Alice(does).
瑪麗唱得和愛麗絲一樣好。

◈ I can run **as fast as** they(can).
我能跑得和他們一樣快。

◈ Miss Green earns **as much as** her father(does).

格林小姐賺得和她的父親一樣多。

◈ He raises **as many pigeons as** you do.

他養的鴿子和你養的一樣多。

◈ He likes the dog **as much as** his son does.

他和他的兒子一樣喜歡這狗。

(此句中的 does 不可省略，否則會產生歧義，可解釋為「他喜歡
那狗像喜歡他兒子一樣。」)

◈ He is **as old as** she/her.

他和她的年齡相同。

(as 後面的代名詞在正式的用法中用主格，非正式用法中可用受
格。)

2. 「名詞＋動詞＋as＋原級＋as＋名詞＋(聯繫動詞 be 或助動
詞)」的結構，後面的名詞如和前者相同，後面的主詞及其
後的動詞或助動詞，可省略，也可保留。如：

◈ She is **as wise as**(she is)**fair**.

她才貌雙全(秀外慧中)。

◈ He treated the old man **as well as**(he treated)his own father.

他對待那老人像對待他自己的父親一樣好。

◈ She loves the little girl **as deeply as**(she loves)her own child.

她愛那小女孩像她自己的孩子一樣深。

◈ The temperature is **as hot** today **as**(it was)last Friday.

今天的溫度和上星期五一樣熱。

◈ It snows **as frequently** here **as**(it does)in Canada.
在這裡和在加拿大一樣經常下雪。

(二)否定的原級形容詞和副詞，用於「not as＋原級＋as」
或「not so＋原級＋as」的結構，即同等比較的否定式
(comparison of equivalence in the negative)，表示相比較的
前者不像後者那樣，其中第一個 as 和 so 都是副詞，第二
個 as 是連接詞，兩種結構的用法無區別。但 as 比 so 更常
用。如：

◈ He is **not as/so clever as** his wife(is).
他不像他的妻子那麼聰明。

◈ Belgium is **not so large as** France(is).
比利時沒有法國那麼大。

◈ It's **not as easy as** you think.
那沒有你想得那麼容易。

◈ She can**not** speak English **as fluently as** you(can).
她英文講得不像你那麼流利。

◈ I have **not** known her **as long as**(I've known)you.
我沒有你認識她的時間長。

◈ It was **not so bad as**(it was)last time.
這次不像上次那麼糟。

(三)否定的原級形容詞和副詞，還可用於「其他表示否定意義
的代名詞、連接詞、副詞＋so/as＋原級＋as」的結構，表
示相比較的前者不像後者那樣。如：

◈ **None** are **so deaf as** those who won't hear.

(諺)不願聽者言無益(置若罔聞)。

◈ **Neither of them** wrote **as well** after the war **as** before it.
戰後,他們兩個人寫得都不如以前了。

◈ **Nowhere else** in the world is there a people **as intelligent**.
世界上任何其它的地方都沒有這麼聰明的民族。

◈ **No** paintings here are **so beautlful as** his.
這裡沒有任何畫,像他畫的那幅那麼美麗。

(四)在「as+原級+as」之前,可加 almost, just, nearly, exactly, every bit, quite 等作修飾語。如:

◈ Her twelve-year-old daughter is **almost/nearly as tall as** she is.
她十二歲的女兒幾乎和她一樣高了。

◈ My father is **just as strong as** before.
我父親仍然像以前那樣健壯。

◈ That place is **exactly as beautiful as** he describes.
那地方正像他所描述的那樣美麗。

◈ He hasn't been **quite so unlucky as** he pretends.
他並不像他所佯裝的那樣倒楣。

◈ The copy is **every bit as good as** the original.
這複製品每一點都和原作一樣的好。

(五)在「as+原級+as」或「not as+原級+as」之前,可加倍數詞做修飾語。如:

◈ This house is **twice as expensive as** that one.
這棟房子比那棟貴一倍。

◈ He doesn't play **half as well as** his sister.
他演奏的水準不及他姐姐的一半。

◈ She has only **half as much** money **as** you.
她的錢只有你的一半。

◈ The road is only **one third as long as** that one.
這條路只有那條路的三分之一長。

(六)在「as＋原級＋as」或「not as/so＋原級＋as」的結構中，
如副詞 as 或 so 後面為一個含有不定冠詞和形容詞的名詞
片語，其中的形容詞須緊鄰 as 或 so 之後。如：

◈ Never again did he write **as good a book as** his first one.
他再也沒寫出像他處女作那麼好的書。

◈ I've never seen **so tall a man as** he(is).
我從來沒有見過像他那麼高的人。

(七)「as＋原級＋as」的結構還可後接表示時間的副詞、介詞
片語。如：

◈ He was **as much interested in music as ever**.
他還是像以前那樣對音樂非常感興趣。

◈ I love her **as much as before**.
我還是像以前一樣那麼愛她。

◈ Today is **as hot as yesterday**.
今天和昨天一樣熱。

◈ They have produced twice **as much sugar as last year**.
他們生產的糖是比去年增加一倍。
（他們生產的糖去年的兩倍。）

4.1.2 含有形容詞和副詞原級比較的習慣用語

（一）as... as any/anyone/anybody 表示「不亞於任何人」；「和任何人一樣」。如：

◈ He works **as hard as any**.
他工作努力，不亞於任何人。

◈ She is **as capable as anyone/anybody** in the company.
她工作能幹，不亞於公司的任何人。

（二）as... as anything 用於加強語氣，表示「極為」；「非常」。如：

◈ I was **as scared as anything** when I heard noises in the dark, empty house.
當聽到那黑漆漆的空房子發出種種聲音時，我害怕極了。

◈ He pretends to be **as modest as anything**.
他假裝非常謙虛。

◈ He saw **as plainly as anything** that Bruce was a victim of his feeling for Eileen.
他非常清楚的知道，布魯斯因對愛琳的感情而成為犧牲品。

（三）as... as... can be 表示「十分」；「非常」，用以強調前後兩個相同的形容詞。如：

◈ You are **as wrong as wrong can be**.
你大錯特錯了。

◈ I'm **as happy as happy can be**.
我快樂極了。

(四)as... as＋can be 表示「極其」;「到了最……的程度」。如:

◈ It's **as bad as can be**.
那事糟透了。

◈ She was **as touchy as could be**.
她極易生氣。(她脾氣暴躁。)

(五)as... as ever

　1. 表示「依舊」;「像以前一樣」。如:

◈ She sings **as beautifully as ever**.
她唱得還像以前那麼好聽。

◈ My trust in him is **as firm as ever**.
我對他的信任還是一樣堅定。

　2. 表示「空前」;「自古至今」,在 ever 之後接動詞,第二個 as 為關係代名詞,相當於 that。如:

◈ He's **as brilliant a poet as ever lived**.
自古到今,沒有比他更卓越的詩人。

◈ That was **as expensive an oil painting as ever sold** in this country.
國內沒有出售過比那幅更貴的油畫。

(六)as... as one can 表示「盡其所能」。如:

◈ Please send her the letter **as soon as you can**.
請儘快把這封信寄給她。

◈ He left Paris **as quickly as he could**.
他儘快地離開了巴黎。

(七)as... as possible 表示「儘可能地」。如:

◈ I'll go to see her **as early as possible**.
我會儘早去看她。

◈ I go running **as much as possible**.
我儘量經常去跑步。

(八)as good as 表示「幾乎已經」；「幾乎等於」。如：

◈ The matter is **as good as** settled.
這事等於解決了。

◈ Helen and Jack are **as good as** engaged.
海倫和傑克幾乎等於訂婚了。

(九)as good as＋過去分詞表示「幾乎做完了」；「實際等於做完了」；「和做成了一樣」；「幾乎用盡」。如：

◈ The task is **as good as** done.
這個任務即將完成了。

◈ When I hand my secretary a letter to be typed, I know that it is **as good as typed** right then and there.
當我把一封信交給我的秘書去打字時，我知道那實際等於當時就打完了一樣。

◈ If you hire me to paint your house, it's **as good as painted**.
如果你雇我油漆你的房子，那就等於油漆完畢了。

(十)as many as

1. 表示「和……一樣多」。如：

◈ They have <u>**as many** children **as**</u> we do.
他們的孩子和我們的一樣多。

◈ He raises **as many** horses **as** you do.
他養的馬和你養的馬一樣多。

2. 表示「多至」；「多達」。如：

◈ New York City police say that **as many as** four and a half million people watched today's parade.
紐約市警察局說多達450萬人觀看今天的遊行。

(十一) as much... as

　　1. 表示「和……一樣多」，「……多少……多少」。如：

◈ I have **as much** money **as** him.
我的錢和他一樣多。

◈ Take **as much as** you want.
你要多少就拿多少。

　　2. as much＋名詞＋as 表示「和……同樣的」；「幾乎等於」。如：

◈ It is **as much** of our responsibility **as** yours.
這是你們的責任，同樣也是我們的責任。

◈ He is **as much** of a hypocrite **as** his brother.
他和他的哥哥一樣是個偽君子。

(十二) as much as

　　1. 表示「多至」；「多達」。如：

◈ I eat a lot, sometimes **as much as** 4000 calories a day.
我吃很多，有時候一天會吃到4000卡路里。

◈ She can earn **as much as** two thousand dollars a week.
她每週可賺2000美元之多。

2. 後接述語動詞(片語)，表示「(幾乎)等於」。如：

◈ By running away he **as much as admitted** that he had taken the money.
他的逃跑等於承認他拿了錢。

◈ The clerk **as much as told** me that I was a fool.
那店員幾乎等於說我是傻瓜。

(十三) as sure as... (有時第一個 as 省略)，表示「(像……一樣) 肯定無疑」。如：

◈ That's the truth, **as sure as** I'm standing here.
事情真相就是如此，就像我站在這裡一樣，肯定無疑。

◈ He **sure as** hell better do what he promised me.
他無疑的是氣憤難當，可他最好趕快履行他的承諾。

(十四) 「as＋原級＋as＋比喻性的名詞或名詞片語」的結構可用於很多習慣用語(其中多可省略原級前的副詞 as，意義不變)，現舉例如下：

(as) black as coal/ink/pitch 墨黑；漆黑；黑如炭；黑如墨；黑如瀝青

(as) blind as a bat 瞎得像蝙蝠那樣；視力極差

(as) bold/brave as a lion 勇猛如獅

(as) bright as day/noonday 亮如白晝；亮如正午；十分明亮

(as) busy as a bee/beaver 像蜜蜂/河狸那樣忙碌；很忙

(as) cheerful/happy as a lark 像百靈鳥那樣高興；興高采烈

(as) clean as a whistle 十分潔淨；徹底

(as) clear as crystal/day 像水晶一樣明澈；非常清楚

(as) clear as mud 不知所云；十分糊塗

(as) cold as ice/marble 冰涼；冷如冰；很冷

(as) cool as a cucumber 冷靜沈著；從容不迫的；泰然自若的

(as) cunning as a fox 像狐狸一樣狡猾

(as) dead as a doornail 死了；死僵了

(as) deaf as a post 全聾；像木樁一樣聾

(as) deep as a well 高深莫測的；令人難以捉摸的

(as) drunk as a fiddler/ a lord/ a skunk 酩酊大醉

(as) dry as dust/ a bone 乾極了；口渴極了

(as) easy as pie 非常容易；不費勁

(as) fair as a lily/ a rose 姣好如出水芙蓉／玫瑰花；美貌

(as) fat as a pig 胖得像豬似的

(as) fierce as a tiger 兇猛如虎

(as) firm/solid/steady as a rock 堅如磐石；堅定不移

(as) fit as a fiddle 精神飽滿；精神抖擻；身體健康

(as) flat as a pancake 像煎餅那樣扁平

(as) free as a bird 像鳥一樣自由；無憂無慮；無牽無掛

(as) free as the air/ the wind 自由自在；行動自由

(as) gentle/meek as a lamb 溫馴如小羊；非常溫馴

(as) good as gold 真誠的；道地的；真正的；名符其實的

(as) graceful as a swan 像天鵝一樣優雅；姿態優美的

(as) happy as a clam/ a king 非常快樂；非常幸福

(as) hard as nails 冷酷無情的；鐵石心腸的

(as) hard as stone/marble 極硬的；堅若磐石的

(as) heavy as lead 像鉛一樣重；(心情)沉重

(as) high as the sky 高入雲霄；爛醉如泥；吸毒吸到很 high 很亢奮

(as) hungry as a bear 餓極了

(as) light as a feather 輕如鴻毛

(as) lively as a cricket 像蟋蟀那樣活潑；十分活潑

(as) loud as thunder 聲如響雷

(as) mad as a hornet 氣得像隻大黃蜂；氣得要命

(as) mad as a wet hen 氣得要命；非常生氣

(as) mad as hell 極其氣憤

(as) merry as a schoolboy 像學童那樣愉快；十分快樂

(as) naked as a jaybird 一絲不掛；赤身露體

(as) obstinate/stubborn as a mule 像騾子一樣倔強；十分執拗

(as) pale as death/ ashes/ a ghost 像死人一樣蒼白；面無人色

(as) patient as a saint 像聖人一樣耐心

(as) plain as day 一清二楚；顯而易見；明明白白

(as) plain as the nose on your face 一清二楚；顯而易見；明明白白

(as) pretty as a picture 美麗如畫

(as) proud as a peacock 驕傲得像隻孔雀；非常驕傲

(as) quick as (greased) lightning 快如閃電；風馳電掣般；迅雷不及掩耳

(as) quick as thought/ a wink 轉瞬間；霎時；立即

(as) quiet as a mouse 安靜如鼠；安靜而膽怯

(as) red as blood 像血一樣紅

(as) red as a cherry/ a rose 臉色緋紅；臉色紅潤

(as) rich as a Jew 像猶太人那樣有錢；極富(不是很有禮貌，小心使用)

(as) round as a ball/ an apple 圓得像球似的；圓得像蘋果似的

(as) scarce as hen's teeth 少極了；沒有

(as) sharp as a needle 非常敏銳的；十分聰明的

(as) sharp as a razor 非常鋒利的；屬害的

(as) sick as a dog 病得屬害；生病而且嘔吐

(as) silent as the grave 像墳墓那樣寂靜

(as) slick as a whistle 迅速而熟練；乾淨俐落

(as) silly as a goose 蠢得像鵝；極為愚蠢

(as) slippery as an eel 滑得像鱔魚；狡猾的；油滑的

(as) smart as a whip 像鞭子一樣聰明；非常聰明

(as) sober as a judge 非常拘謹的；一本正經的；嚴肅的

(as) soft as a baby's bottom 柔軟得像嬰兒的屁股；柔軟而光滑

(as) sour as vinegar 像醋一樣酸

(as) sound as a bell (指人)非常健康的；沒有疾病的；
(指物)非常完好的；無毛病的

(as) strong as an ox 壯得像頭牛；非常強壯

(as) thick as pea soup 像豌豆湯那樣濃；非常濃

(as) thick as thieves 意氣相投；關係密切；感情深厚

(as) stiff as a poker 非常僵硬；直挺挺的；生硬；刻板；拘謹

(as) straight as an arrow 筆直

(as) stupid as a donkey/ an ass 蠢笨如驢

(as) sweet as honey 甜如蜜

(as) swift as an arrow/ lightning 疾如箭；疾如風；風馳電掣

(as) timid as a hare/rabbit 膽小如兔

(as) tough as leather/nails 十分堅韌；十分頑強；能吃苦而不退縮

(as) ugly as a toad 十分醜陋；跟癩蝦蟆一樣難看

(as) vain as a peacock 像孔雀那樣自負的

(as) watchful as a hawk 像鷹一樣地警惕著

(as) white as snow/ the driven snow 白如積雪；雪白

(as) wise as an owl 像貓頭鷹那樣聰明；非常聰明

(as) wise as Solomon 像索羅門那樣聰明；十分聰明

◈ I thought the man (as) **stupid as a donkey**.
　我認為那個男人蠢得像驢。

◈ The girl is (as) **happy as a lark**.
　那女孩和雲雀一樣快樂。

4.1.3 形容詞和副詞原級比較的其他表示法

形容詞和副詞的原級比較還可用 same, equal/equally, enough 來表示。

(一) 用 same 來表示「相同的」；「同樣的」，same 須前置定冠詞 the。如：

◈ This is **the same** story as that.
這個故事和那個一樣。

◈ These are exactly **the same** as those.
這些和那些完全相同。

◈ Things different in appearance may be substantially **the same**.
外表不同的東西在實質上或許是相同的。

(二)用 equal 或 equally 來表示「相同」；「相等」；「同樣」。如：

◈ Their ages are **equal**.
他們年紀相當。

◈ In size Japan is **equal** to France.
就大小而言，日本相當於法國。

◈ They are of **equal** height.
他們一樣高。

◈ Mike and Jack are **equally** clever.
邁克和傑克一樣聰明。

◈ Either would suit me **equally** well.
兩者都會同樣地很適合我。

(三)enough 和被其修飾的名詞、形容詞或副詞與表示目的、結果、條件的不定詞(片語)連用，或與「for＋名詞(同等語)」連用，表示「足以……」；「夠……」；「相比較」。有些文法學家將此種原級比較稱作「足量比較」(comparison of sufficiency)。如：

◈ He is old **enough** to look after himself.
他已夠大了，足以照料自己。

◈ Your pay is high **enough** for your work.
你的酬勞和你的工作相比可算是夠高的了。

◈ He is strong **enough** to be a policeman.
他健壯得足以做員警。

◈ We are going to save **enough** money to buy a new house.
我們要儲蓄足夠的錢買一棟新房子。

4.2 形容詞和副詞的比較級

4.2.1 形容詞和副詞比較級的基本結構和用法

表示「優勝於」或「低次於」的比較級，又稱作「非等量比較」(comparison of nonequivalence)，表示兩者間一方在某方面的程度勝於另一方或低次於另一方，基本的表示方法是用 than 連接對比的雙方。

(一)肯定的比較級，即表示「優勝於」的比較級，常用「比較級＋than」的結構。如：

◈ John is **more clever than** Tom(is).
約翰比湯姆聰明。

◈ Learning Japanese is **more difficult than** learning English(is).
學日文比學英文要難。

◈ Her English is **better than** mine.

她的英文比我好。

◈ She speaks English **better than** I do.
She speaks English **better than** me.
她英文說得比我好。

◈ He arrived **earlier than** usual.
他比平時到得早。

◈ He has **more time than** I (have).
He has **more time than** me.
他比我更有空。

◈ He likes the dog **better than** she does.
他比她喜歡這狗。

◈ He became **more famous than** before.
他變得比以前更有名了。

(二)表示否定比較級，可用以下結構：

1. 表示「低次於」的比較級，可用 less＋than 或 not as/so... as
的結構來表示兩者間一方程度低劣於另一方。如：

◈ John is **less polite than** Tom.
John is **not as polite as** Tom.
約翰不如湯姆有禮貌。

◈ He is **less bright than** I thought.
He is **not as/so bright as** I thought.
他沒有我想像的那麼聰明。

◈ The Whites are both professional singers. Mr. White is
quite famous, but Mrs. White is **less known** (than he).
懷特夫婦都是職業歌唱家。懷特先生相當有名，但懷特夫人不如

他有名。

◈ Please speak **less quickly**(than you are speaking now).
請別說得(像現在)這麼快。

◈ He has **less** money **than** you.
He **doesn't** have **as much money as** you.
他的錢沒有你多。

2. 表示「不比……」，可用「no/not(any)＋比較級＋than」的
結構。

◈ He is **no/not happier than** before.
他不比從前幸福。

◈ She is **no/not older than** you.
她不比你年齡大。

◈ This car is **no/not more expensive than** that one.
這汽車並不比那個貴。

◈ We went **no farther than** the pagoda.
We **didn't** go **any farther than** the pagoda.
我們只走到塔邊為止。

◈ Yesterday **no fewer/less than** thirty climbers reached the
summit.
昨天至少有三十個攀登者到達了頂峰。

◈ It's **no more than** a mile to the university.
到那大學頂多只有一英里。

(三)than 子句中的某些成分常可省略。

1. than 之後可省略部分述語，只保留主詞和動詞 be, have 或助
動詞。如：

◈ Manchester is farther from London **than Oxford is**.
曼徹斯特離倫敦比牛津遠。

◈ She speaks English more fluently **than I do**.
她英文說得比我流利。

◈ They have more soldiers and weapons **than we have**.
他們的士兵和武器比我們多。

2. than 之後可省略整個述語部分，只保留主詞。嚴格來說，
主詞如為代名詞應使用主格，但現在如果不會產生歧義，
多半使用受格。如果還是使用主格的話，那最好後接動
詞。例如，She is smarter than I am. 而不說 than I(只用主格
有時在句意上感覺太正式了，如底下第3個例句，句意是很
日常的句子，不宜用太正式的語法)。

◈ She is more beautiful **than her mother**(is).
她比她的媽媽美麗。

◈ Skiing is more exciting **than skating**(is).
滑雪比溜冰更刺激。

◈ She likes the cat better **than he** does.
她比他更喜歡這貓。

◈ Blood is thicker **than water.**
血濃於水。

◈ She spent much more money **than him**.
她花的錢比他花的多得多。

3. 如受詞和受詞相比，than 之後可省略主詞和述語動詞，只
保留受詞。

◈ He likes soccer more **than**(he likes)**basketball**.
他喜歡足球勝於藍球。

◈ He loves her more **than**(he loves)**me**.
他愛她勝於愛我。

4. than 之後可省略主詞和部分述語，只保留作修飾語的副詞、介詞片語或子句。如：

◈ It's much colder today **than**(it was)**yesterday**.
今天比昨天冷得多。

◈ They work better together **than**(they work)**alone**.
他們在一起工作比各自做得好。

5. 如主要子句的主詞和 than 引導的子句的主詞相同，than 之後可省略主詞和動詞(包括補語前的受詞)，只保留補語。如：

◈ He was more lucky **than**(he was)**clever**.
與其說他聰明，不如說他幸運。

◈ It will do you more harm **than**(do you)**good**.
它會對你害多益少。

6. 在某些諺語中，常可省略做主詞的不定詞(片語)中的 to be 或 to，只保留補語或被動語態中的過去分詞，或原形動詞。如：

◈ It's better to be safe **than**(to be)**sorry**.
安全總比遺憾好。

◈ Better untaught **than ill-taught**. (=It's better <u>to be **un-taught**</u> than to be **ill-taught**.)
未受教育勝於受壞教育。

◈ Easier said **than done**.(=It's easier <u>to be **said than** to be done</u>.)
說來容易做時難。

◈ Better bend **than break**.(=It's better <u>to **bend than** to break</u>.)
寧曲不折。

◈ Better lend **than borrow**.(=It's better <u>to **lend than** to borrow</u>.)
貸款勝於借款。

(四)在特定的語境中意思清楚，整個由 than 引導的子句都可省略。如：

◈ Come earlier next time<u>(**than** you did)</u>.
下次來得早些。

◈ You should have been more careful<u>(**than** you were)</u>.
你本應更小心一些。

◈ Please speak louder<u>(**than** you're speaking now)</u>.
請說得大聲點。

(五)比較級前可被 a bit, a good/great deal, little, a little, any, even, far, greatly, a lot, many, much, rather, slightly, somewhat, still, yet 等表示程度的副詞或副詞片語修飾。如：

◈ His handwriting is **a bit/ a little/ slightly better than** yours.
他的字體比你的稍微好一點。

◈ It was cold yesterday, but it's **even colder** today.
昨天天氣冷，但今天天氣更冷。

◈ He works **far more carefully than** you.
他工作比你認真得多。

◈ The sun is **a lot/ a good deal/ a great deal bigger than** the moon.
太陽比月亮大得多。

◈ He spent **little more than** a hundred dollars.
他花掉一百美元多一點。

◈ If you come **any closer**, I'll shoot.
你若再走近一點，我就開槍。

◈ I have **many more** friends **than** he does.
我的朋友比他多得多。

◈ This hotel is **rather more expensive than** that one.
這個旅館比那家要來得貴。

(六) 比較級前可被「倍數詞」、「數詞＋名詞」修飾，或在其後用「by＋數詞＋名詞」構成的介詞片語修飾，表示確定的度量。如：

◈ Our profits are rising **three times faster than** our competitors'.
我們的利潤增長比我們的競爭對手快兩倍。

◈ She usually comes **half an hour earlier than** the others.
她通常比別人早來半小時。

◈ He is already **a head taller than** his father.
他已經比他的父親高一個頭了。

◈ He was too tired to take **a step further**.
他太累了一步也走不動了。

◈ She is **older than** me **by two months**.
她比我大兩個月。

(七)比較級的使用須用於相同的句子成分。

1. 主詞和主詞相比。如：

◈ **This house** is considerably more expensive than **that one**.
這棟房子比那棟房子貴相當多。

◈ **The climate of Moscow** is colder than **that of Venice**.
莫斯科的氣候比威尼斯(的氣候)寒冷。

◈ Is it true that **people in the north** are taller than **people in the south**?
北方人比南方人個高是真的嗎？

◈ Better **an open enemy** than **a false friend**.
公開的敵人比虛假的朋友好些。

◈ It is easier **to pull down** than **to build**.
破壞容易建設難。

◈ **This** is more amusing than **sitting in an office**.
這比坐在辦公室有趣。

2. 受詞和受詞相比。

◈ He likes **his daughter** more than **his son**.
他喜歡他的女兒勝於他的兒子。

◈ I like **these red apples** better than **those green ones**.
我喜歡這些紅蘋果甚於那些青蘋果。

◈ I prefer **to keep silent** rather than **talk too much**.
我寧願保持沈默也不願意講話太多。

◈ I like **swimming** more than **hiking**.
我喜歡游泳勝於徒步旅行。

3. 補語和補語相比。如：

◈ She is more **diligent** than **clever**.
與其說她聰明，不如說她勤奮。

◈ He is more of **a speaker** than **a writer**.
他比較是演講者而非作者。

4. 做狀語的副詞、介詞片語、不定詞或子句相比。如：

◈ Better **late** than **never**.
亡羊補牢猶未晚矣。

◈ He's much better **today** than **last week**.
今天比上星期好多了。

◈ It takes less time to go there **by car** than **by train**.
乘小汽車去那裡比乘火車省時間。

◈ He came more **to see her** than **borrow any books**.
他與其說是來借書，不如說是來看她。

◈ You look much fatter (**now**) than (you were) **when I last saw you**.
你看起來比上次我見你時胖多了。

5. 主要動詞和主要動詞相比。如：

◈ I would rather **walk** than **take a bus**.
我寧願走路而不願搭公車。

◈ He would sooner **die** than **betray his friends**.
他寧死也不願出賣他的朋友。

◈ A good name is sooner **lost** than **won**.
好名聲難得易失。

6. 子句和子句相比。如：

◈ **He speaks English** better than **you speak Chinese**.
他英文說得比你說華語還好呢。

◈ **He loves his dog** more than **you love your son**.
他愛他的狗勝於你愛你的兒子。

◈ She sang much better(**this time**)than **we had expected**.
(這次)她唱得比我們預料的好多了。

4.2.2 形容詞和副詞非等量比較的其他結構和用法

(一)「the＋比較級＋of 片語」表示「兩者之間較……的一個」，of 片語表示比較的範圍。因兩者之間較……的一個是特指的，必須加定冠詞 the。如：

◈ John is **the more polite of the two boys**.
兩個男孩子中，約翰比較有禮貌。

◈ **Of the two boys**, John behaves **the more politely**.
兩個男孩中，約翰的行為更有禮貌。

◈ She is **the older of the two**.
她是兩個人中年齡較長者。

◈ Tom speaks Chinese **the more fluently of the two**.
兩個人中，湯姆華語說得較流利。

(二)「定冠詞或指示形容詞＋形容詞比較級＋名詞或代名詞」表示「(兩者之間)較……的一個」。如：

◈ **The taller boy** is John.
That taller boy is John.
那個身材較高的男孩子是約翰。

◈ I've just bought two TV sets. Put **the larger one** in your room.
我剛買了兩台電視機。把那台較大的放在你的房間裡。

（三）inferior, junior, premature, previous, prior, senior, superior 以及 subsequent 等形容詞多和 to 連用，表示不等量的比較。

這些字表示「較……」，但都沒有原級和最高級，且不可和 than 連用。此外 paramount 也可和 to 或 over 連用表示二者的比較。如：

◈ This was **subsequent to** his arrival.
這是在他到達之後。

◈ This method is **inferior to** that one.
這種方法不如那種方法。

◈ John is **junior to** Tom.
約翰比湯姆的年齡小。（或沒有湯姆資深）

◈ It turned out that our condemnation of him had been **a little premature**.
實際情況是我們對他的責難有點過早。

◈ He had behaved well **previous to** his marriage.
他在結婚之前行為良好。

◈ A captain is **superior to** a lieutenant.
上尉高於中尉。

◈ This duty is **paramount over** all the others.
這任務比其他的任務都重要。

(四)下列「all/ so much/ none＋the＋比較級（＋for... ）」結構，
　　皆可表示不等量比較，但不可與 than 連用：

　1.「all/ so much＋the＋比較級」表示「（反而）更加」。如：

◈ Opening the window made it **so much the hotter**.
打開窗戶反而更熱了。

◈ The cold weather causes him to get up **all the earlier**.
天氣冷了反而使他起得更早了。

◈ If we get help, the work will be finished **so much the sooner**.
如果我們得到幫助，這工作就能更早完成。

◈ If you can help her, **so much the better**.
如果你能幫助她，那就更好了。

　2.「all＋the＋比較級＋for...」表示「因……反而更加……」。如：

◈ He is **all the worse for** taking the medicine.
他服用了這藥，病情反而更糟了。

◈ I like her **all the better for** her plain speaking.
我因為她說話坦率而更喜歡她了。

　3.「none＋the＋比較級」表示「並未更……」。如：

◈ She is very proud, but he loves her **none the less**.
儘管她很傲慢，他還是一樣愛她。

◈ The flowers hadn't been watered for days, but they looked **none the worse**.

花好幾天都沒澆水了，可是看起來還是好好的。

4. 「none＋the＋比較級＋for...」表示「並未因……而更……」。如：

◈ He was **none the more diligent for** having been criticized.
他並未因挨了批評而變得更勤奮些。

◈ She spent a fortune on beauty products, but she was **none the more beautiful for** it.
她在美容產品上花了好多錢，可是並未因此而比較美麗。

(五)「too＋原級形容詞或副詞」表示「過於」；「過度」；「太」，指超過了允許的、期待的或可能的程度，有不同程度的比較含義。因此有些文法學家將它稱為「超越比較」(comparison of excess)。如：

◈ He drives **too fast**.
他開得太快。

◈ The shirt is **too small**. (=The shirt is not big enough.)
這襯衫太小。

◈ The rope is **too long**. (=The rope is longer than is necessary.)
這繩子太長了。

◈ There are **too many** people here for me to talk to all of them.
這裡人太多，我沒法和所有的人都談話。

◈ The water is **too dirty** to drink.
這水太髒不能喝。

◈ This text is **too difficult** for him (to learn).
這課文對他來說太難(學)了。

(六)「原級副詞＋for 片語」表示「對……來說……」。如：

◈ You're doing very **well for a beginner**. (=It's better than normal.)
對於一個初學者來說，你做得很棒。

◈ This weather is **quite warm for November**.
就十一月份來說，這樣的天氣算是相當暖和了。

(七)用 would rather/sooner... , prefer... to... 或「prefer＋不定詞＋
rather than＋原形動詞」的結構，來表示不同程度的比較。
如：

◈ I **would rather** walk **than** take a bus.
我寧願走路也不想搭公車。

◈ He **would sooner** die **than** betray his friends.
他寧死也不願出賣他的朋友。

◈ I **prefer** walking **to** cycling.
我喜歡步行勝於騎自行車。

◈ I **prefer** to work **rather than** sit idle.
我寧願工作，而不願意閒著。

4.2.3 常用的含有比較級的有比較意義的習慣用語

(一)more than 在不同的場合表示不同的意義：

1.「more than＋數詞」時表示「超過」；「多於」；「……
以上」。如：

◈ The project cost **more than** <u>a million dollars</u>.
這項工程花了一百萬美元以上。

◈ I spend **more than** <u>fifty dollars</u> a month for medicine.
我每月買藥花五十美元以上。

注：more than fifty 不宜譯為「五十多」，而應譯為「超過五十」，或
「五十以上」，也可能是「六十以內」，也可能是「超過六十」，
甚至「七十以上」。「五十多美元」在英語中要説 "fifty-odd dollars"
(between 50 and 60)。

2.「more than＋名詞」時表示「不僅僅」；「遠不只」等。
如：

◈ You are **more than** <u>an acquaintance</u>.
你遠不只是個熟人。

◈ He's **more than** <u>a coach</u>; he's a friend.
他不僅僅是教練，他是朋友。

3.「more than＋形容詞或副詞」時表示「十分」；「非常」
等。如：

◈ I'm **more than** <u>happy</u> to take you there in my car.
我十分樂意開車送你去。

◈ I'm sure she'll be **more than** <u>willing</u> to help.
我確定她一定非常願意幫助你。

◈ You must do the experiment **more than** <u>carefully</u>.
你必須十分小心地做此試驗。

4.「more than＋動詞」時表示「十分」；「不僅僅」；「豈
只是」等。如：

◈ The conditions there <u>will</u> **more than** <u>meet</u> your expecta-tions.

那裡的條件會達到、甚至超越你的期望。

◈ She **more than** smiled; she laughed outright.
她豈只是微笑，她簡直是大笑了。

5.「more than＋子句」時表示「超過」；「非」等。如：

◈ That is **more than** I can tell.
那我就無可奉告了。

◈ The beauty of the lake is **more than** I can describe.
這湖的美麗非我所能描述。

◈ It's rumored that **more than** one man was killed.
據說被殺害的不只一人。

6. more... than... 表示「與其說⋯⋯，不如說⋯⋯」，用於對某
一人或事物的兩種性質進行對比，以肯定或強調前者，否
定或淡化後者。在此場合下，形容詞的比較級只可用「分
析式」，不可用「綜合式」代替。如：

◈ He is **more** brave **than** wise.
他有勇無謀。

◈ She is **more** proud **than** conceited.
她與其說是自戀，不如說是自大。

◈ He was **more** frightened **than** hurt.
他與其說受傷了，不如說受了驚嚇。

◈ It's **more** like blue **than** green.
它與其說是綠色，不如說更接近藍色。

注：上述的 more... than... 結構的用法，也可用於名詞之間的比較。如：

◈ He is **more**(a)scholar **than**(a)teacher.
他與其說是教師，不如說是位學者。

◈ It's **more** a poem **than** a picture.
與其說它是一幅畫，不如說它是一首詩。

（二）little/no more than

1. 「little/no more than＋數詞」表示「只」；「只不過」；
「僅僅」，用以強調其少或小。如：

◈ He has **little more than** a thousand dollars.
他僅有一千美元。

◈ I have **no more than** three novels.
我只有三本小說。

注：not more than 表示「頂多」；「不超過」。如:

◈ He has **not more than** five chickens.
他頂多有五隻雞。

◈ There were **not more than** ten men on that ship.
那船上的人不超過十個。

2. 「little/no more than＋名詞或名詞片語」表示「只不過」；
「不過是」。如：

◈ He is **little more than** a bookworm.
他只不過是個書呆子。

◈ She's **no more than** an ordinary teacher.
她不過是個普通教師。

（三）no more... than... ，表示「和……一樣不……」；「不是……
猶如……之不是……」，既否定前者，也否定後者。如：

◈ You are **no more** capable of speaking Chinese **than** I am.
你我都不會說華語。

◈ I'm **no crazier than** you are.
我和你一樣都正常。（你沒有瘋，我也沒有瘋。）

注：「not... any more than＋子句」，或「not any more... than＋子句」也可表示「和……一樣不……」，既否定前者，也否定後者。如：

　　◈ He ca**n't** speak Chinese **any more than** I can.
　　我不會說華語，他也不會說華語。

　　◈ I could**n't** do that **any more than** you could.
　　你我都不能幹此事。

　　◈ I'm **not any more** foolish **than** you.
　　你我都不傻。

(四)less than 可表示下列意義：

1. 「less than＋數詞」表示「不到」；「不及」。如：

◈ It cost her **less than** two francs.
那花了她不到兩法郎。

◈ It took him **less than** five minutes to paint a beautiful horse.
畫一匹美麗的馬他用了不到五分鐘。

2. 「less than＋形容詞」表示「稱不上」(有諷刺意味)。

◈ Your apology was **less than** frank.
你的辯白可稱不上率直。

◈ The receptionist was **less than** helpful when we arrived.
我們到達的時候，接待員什麼忙也沒幫我們。

◈ We were busy and **less than** delighted to have company

that day.
那天我們忙，不樂意招待客人。

(五)less... than... 表示「與其說……，不如說……」，用以肯定
或強調後者，否定或淡化前者。如：

◈ He was **less** hurt **than** frightened.
與其說他受了傷，不如說他受了驚嚇。

◈ He was **less** angry **than** disappointed.
與其說他是生氣，不如說他是失望。

(六)no less than 可表示下列意義：

1.「no less than＋數詞」暗指感到驚訝，表示「有……之
多」；「多達」，用以強調其多或人；或表示「不少
於」。如：

◈ **No less than** a thousand people attended the meeting.
參加會議的人有一千人之多。

◈ We won **no less than** 500 pounds in a competition.
我們在一次比賽中贏了足足500英鎊。

◈ He paid **no less than** fifty thousand dollars for the car.
他買這汽車至少花了5萬美元。

◈ She lent me **no less than** 500 dollars.
她借給我不少於500美元。

2.「no less than＋名詞」表示「簡直」；「原來就」。如：

◈ It's **no less than** fraud.
那簡直就是詐欺。

◈ He turned out to be **no less than** the mayor.

他原來就是市長。

注：「nothing(more or)less than＋名詞」可表示「簡直」，或「完全地」；「絕對地」。如：

◈ He is **nothing less than** a tyrant.
他簡直是個暴君。

◈ That's **nothing less than** a miracle.
那完全是個奇蹟。

◈ It's **nothing more or less than** a swindle.
這完完全全是個騙局。

(七)no less... than 可表示下列意義：

1. 「no less＋形容詞或名詞＋than＋主詞」表示「和……一樣……」，既肯定前者，也肯定後者。如：

◈ He is **no less** famous **than** his master.
他和他的師父一樣有名。

◈ Mary is **no less** pretty **than** her sister.
瑪麗和她的姐姐一樣漂亮。

◈ He is **no less** guilty **than** you.
他和你同樣有罪。

◈ A whale is **no less** a mammal **than** a dog.
和狗一樣，鯨魚也是哺乳動物。

2. no less a person/ a thing than(sth./sb. very important)，表示「原來就是(簡直就是)某重要人物或事件」。如：

◈ He was **no less a person than** the President.
他原來就是總統本人。

◈ This is **no less an event than** a world war.

這簡直是世界大戰。

(八) no better than, little better than，表示「並不比……強」；
「簡直是」；「實際上」。如：

◈ The German War Office is **no better than** any other war office.
德國陸軍部並不比其他陸軍強。

◈ I found him **no better than** an idiot.
我發現他簡直是個白癡。

◈ He's **little better than** a puppet.
他和傀儡沒有什麼區別。

(九) little less than 表示「差不多等於」；「和……一樣」；
「簡直」或「至少」，用以強調其多、大或強。如：

1. 「little less than＋名詞」表示「差不多等於」；「和……差
不多」；「沒有什麼區別」；「簡直」。如：

◈ That's **little less than** robbery!
那簡直就是搶劫!

◈ The holiday was **little less than** a disaster.
這個假期簡直就像是一場災難。

2. 「a little less ＋形容詞＋than＋名詞或代名詞」表示
「比……差一點」。

◈ Mary is **a little less** beautiful **than** her sister.
瑪麗的美麗比她的姐姐略遜色些。

◈ He is **a little less** capable **than** she is.
他的能力比她略差一點。

3.「a little less than＋數詞」表示「略少於」;「稍微少一點」。如:

◈ We have **a little less than** five dollars left.
我們剩不到五美元。

◈ Eleven is **a little less than** a dozen.
十一比一打少一點。

(十) more and more 做副詞時可修飾形容詞、副詞或動詞,表示「越來越……」;「越發」;作形容詞時,可表示「越來越多」。或也可用 -er/-est 的形容詞。如:

◈ You're getting **cleverer and cleverer**.
你變得越來越聰明伶俐。

◈ He speaks **more and more** openly about his problem.
他越來越公開地談論他的問題。

◈ She liked him **more and more**.
(＝She grew **fonder and fonder** of him.)
她越來越喜歡他了。

◈ **More and more** people accepted his idea.
越來越多的人接受了他的看法。

(十一) less and less 做副詞時常用以修飾形容詞或動詞,表示「越來越小地」,或「越來越少地」。如:

◈ I found the dishes at that restaurant **less and less** attractive.
我發現那個餐館的菜越來越缺乏吸引力。

◈ She came to see me **less and less**.

她來看我的次數越來越少了。

◈ Henry's not so healthy as before. He goes out **less and less** frequently.
亨利不如過去那麼健康了。他越來越不常出門了。

(十二) more or less 表示「大約」;「差不多」。

◈ He was **more or less** drunk.
他差不多醉了。

◈ The work is **more or less** finished.
這工作差不多做完了。

◈ It's a day's journey, **more or less**.
大約是一天的路程。

(十三) to go from bad to worse 表示「越來越糟」;「每況愈下」。如:

◈ Under the new management, things **have gone from bad to worse**.
在新的管理人員領導下,每況愈下。

◈ The patient's health **is going from bad to worse**.
這病人的身體越來越差。

(十四) what is more 表示「而且」;「更有甚者」。如:

◈ He is a learned scholar and, **what is more**, a capable diplomat.
他是一位淵博的學者,而且是一位能幹的外交家。

◈ He is dirty, and **what's more**, he smells.
他很髒,而且還有臭味。

（十五）「the＋比較級＋the＋比較級」的結構，表示「越……，越……」。如：

◈ **The more** you study, **the better** for you.
書讀得越多，對你越有利。

◈ Hand this letter to the general himself, and **the sooner the better**.
把這封信交給將軍本人，越快越好。

◈ **The more** he listened, **the angrier** he became.
他越聽越生氣。

◈ **The more** he gets, **the more** he wants.
他得到的越多就越想多要。

◈ **The busier** I am, **the happier** I feel.
我越忙越高興。

4.2.4 絕對比較級

當形容詞或副詞的比較級沒有限定範圍，沒有相比較的對象，失去明確的比較意義，只表示一般的高一些或一般的低一些的程度，稱作絕對比較級或獨立比較級（absolute comparative）。如：

◈ The importance of **higher** education cannot be denied.
高等教育的重要性是不可否認的。

◈ **Greater** London includes inner London and its suburbs.
大倫敦包括倫敦市和郊區。

◈ He is a person of a **lower** social grade.
他是一個社會地位較低的人。

◈ Among the **younger** generation, literacy is universal.
年輕的一代普遍會看書寫字。

4.3 形容詞和副詞的最高級

4.3.1 最高級的限定用法

　　當三者或三者以上進行比較，其中有一個程度最高或最低時，要用形容詞或副詞的最高級來表示。通常說的形容詞或副詞的最高級，多指有比較範圍的限定用法的最高級，表示「最……」。限定用法的最高級形容詞修飾名詞時，在其前面須加 the 並須有比較範圍，此類最高級稱作相對最高級。如：

◈ This is **the most beautiful** park in the country.
這是國內最美麗的公園。

（the 置於修飾名詞 park 的最高級形容詞 most beautiful 之前，有 in this country 來限定比較範圍，此處的最高級稱作相對最高級。）

4.3.1.1 形容詞和副詞最高級的基本表示法和用法

　　最高級常用於「the＋最高級＋比較範圍」的結構，即表示程度最高或最低的句子通常要用一個單字、片語或子句來表示比較的範圍。

（一）比較的範圍是由介詞片語來限定的，介詞片語一般既可放在句首也可放在句尾。常見的表示方法如下：
　　1.「the＋最高級＋of/among＋（數詞＋）與主詞同類的人或物」，表示在若干同類的人或物中之最。最高級形容詞之後的名詞常省略，但其前的 the 不可省略。有比較範圍的最

高級副詞之前的 the 雖可省略，但很容易錯，不如都不省略。

◈ She is **the tallest** of the five girls.
五個女孩中，她身材最高。

◈ He is **the strongest** among the three old men.
他是三位老人中最強壯的。

◈ He's **the least experienced** among the department managers.
他是部門經理中經驗最少的。

◈ Of all the boys in our class, Mike is **the smartest**.
在我們班上所有的男生中，邁克是最聰明的。

◈ Even **the best** of us make mistakes.
即使我們當中的佼佼者也會出錯。

◈ He works (**the**) **hardest** of all.
在所有人中，他工作最努力。

◈ These poems are all pretty good, but I like this one **best of all**.
這些詩都相當好，但我最喜歡這首。

◈ Of all my students, Jack speaks French **the most fluently**.
在我所有的學生中，傑克法語說得最流利。

2. 「one of＋the＋最高級＋複數名詞」，表示在若干同類的人或物中之最……者之一。如：

◈ The Mississippi is **one of the longest rivers** in the world.
密西西比河是世界上最長的河流之一。

◈ The Yellow River is **one of the longest rivers** in China.
黃河是中國最長的河流之一。

3.「among/ one of＋the＋最高級＋複數名詞」，表示在若干同
類的人或物中之最⋯⋯者之一或之幾個。如：

◈ Shelley is **one of the world's greatest poets**.
雪萊是世界上最偉大的詩人之一。

◈ New York and Tokyo are **among the largest cities** in the
world.
紐約和東京都屬於世界上最大的城市之列。

4. 由其他介詞引導的片語來限定。如：

◈ July 20 was **the hottest day** of the year.
7月20日是這年最熱的一天。

◈ China is **one of the oldest countries** in the world.
中國是世界上最古老的國家之一。

◈ This is **one of the best films** in years.
這是幾年來最好的電影之一。

(二) 比較範圍由形容詞來限定。如：

◈ These are the best tickets **available**.
這些是可能拿到的最好的票了。

◈ I think he is the most suitable person **imaginable**.
我認為他是可想得到的最適合的人了。

◈ He is the greatest dramatist **alive**.
他是現在活著的最偉大的劇作家。

（三）比較範圍由分詞或分詞片語來限定。如：

◈ He is <u>the greatest poet **living**</u>.
他是在世的最偉大的詩人。

◈ It is <u>the longest tunnel **ever built by man**</u>.
那是人類所建造的最長的隧道。

◈ It is <u>the greatest story **ever told**</u>.
那是最棒的故事。

（四）比較範圍由不定詞或不定片語來限定。如：

◈ The storm was <u>the biggest **to hit New York**</u> in ten years.
這是紐約十年來最大的暴風雨。

◈ She was <u>the first woman ever **to be admitted to Harvard**</u>.
她是第一個被哈佛大學錄取的女生。

（五）比較範圍由所有格來限定，在此場合不可再加 the。如：

◈ Alice is <u>**my** best student</u>.
愛麗絲是我最好的學生。

◈ Monday is <u>**our** busiest day</u>.
星期一是我們最忙的一天。

◈ <u>**His** latest novel</u> is a bestseller.
他最新的小說是暢銷書。

◈ Please write to me at <u>**your** earliest convenience</u>.
請儘早給我寫信。

◈ The Yangtze is <u>**China's** longest river</u>.
長江是中國最長的河流。

（六）比較範圍由子句來限定。如：

◈ He is <u>the most capable man **I know**</u>.
　他是我所認識最能幹的人。

◈ This is <u>the largest elephant **I've ever seen**</u>.
　這是我所見過的最大的象。

◈ This is <u>the best book **he's ever written**</u>.
　這是他寫過最好的書。

（七）最高級之前可以有修飾語。

　1. 最高級可被定冠詞或所有形容詞修飾，不可被指示形容詞
　　修飾。如：

◈ **The youngest** daughter is a dentist.
　最小的女兒是個牙醫。

　（此處的 the 不可被 that 代替。）

◈ **My youngest** daughter is a dentist.
　我最小的女兒是個牙醫。

　2. by far, far and away 和 very 置於形容詞或副詞的最高級之
　　前，用以加強語氣或表示「真正地」；「顯然」等。如：

◈ This is **by far the best** choice.
　這是最最好的選擇。

◈ This is **the very best** hotel in town.
　這是城中最好的旅館了。

　3. 在最高級之前可用 about, almost, by no means 等程度副詞、
　　強調副詞、肯定和否定副詞修飾。如：

◈ It's **about the most luxurious** car here.
　它大概是這裡最豪華的汽車了。

◈ He is **almost the tallest** player on the team.
他幾乎是球隊最高的運動員。

◈ Mr. Scott is **by no means the most experienced** engineer in the firm.
斯考特先生絕不是這公司中最有經驗的工程師。

4. 最高級可被序數詞修飾。如：

◈ The Yellow River is **the second longest** river in China.
黃河是中國第二大河。

◈ Everest is **the first highest** mountain in the world.
埃佛勒斯峰(聖母峰)是世界上第一高峰。

5. 在修飾名詞的最高級形容詞之前可加 even 作修飾語，表示「即使是……，也……」，是一種比喻的用法，而不是在一定範圍內作比較。如：

◈ **Even the greatest** man sometimes makes mistakes.
(即使是)最偉大的人有時也犯錯。

◈ **Even the healthiest** person cannot avoid death.
(即使是)最健康的人也免不了一死。

(八)最高級做補語時，如果不是和其他人或物相比，一般省去 the。如：

◈ I'm **busiest** on Monday.
我星期一最忙。

◈ This is where the river is **lowest**.
這是此河流最淺的地方。

◈ I'm **weakest** in English grammar.
我英文文法最差。

(九)在上下文意思清楚或不言而喻的情況下，表示比較範圍的
　　單字、片語或子句可省略或根本不說。如：

◈ She's **the best** teacher(here)even though she has **the
least** experience.
她儘管經驗最少，但教得最好。

◈ Where is **the nearest** hospital(**from here**)?
最近的醫院在哪裡？

(十)最高級之後的名詞有時可省略，在此場合最高級之前的 the
　　必須保留。

　1. 在同一句子中有不同的形容詞修飾相同的名詞，須省略後
　　　面的名詞。如：

◈ She read the novel, from the first page to **the last**(**page**),
in a day.
她一天之內把那部小說從第一頁看到最後 頁。

◈ In the marathon at this year's Olympic Games, the oldest
competitor is 30, and **the youngest**(**competitor**)is 16.
在今年的奧林匹克運動會的馬拉松比賽中，年齡最大的選手三十
歲，最年幼的十六歲。

　2. 形容詞最高級所修飾的名詞與其後由 of 引導的片語所含的
　　　名詞相同時，前面的名詞須省略。如：

◈ He is **the most honest**(**friend**)of all my friends.
他是在我所有的朋友中最正直的(朋友)。

◈ She is **the best**(**clerk**)of all the clerks in the bank.
她是這銀行所有辦事員中最優秀的(辦事員)。

4.3.1.2 形容詞和副詞最高級的其他表示法和用法

（一）可用「at one's＋最高級形容詞」表示自我比較的「最……」，如果語意環境清楚，表示比較範圍的修飾語可省略。此種結構通常和聯繫動詞連用，偶而也可用於其他動詞之後。如：

◈ The famous bass was **at his best** last evening.
那位著名的男低音歌唱家昨晚唱得最出色。

◈ Art was then **at its best**.
那時是藝術的全盛時期。

◈ I found her **at her worst** then.
我發現她那時候心情最不好。

◈ The hurricane is **at its fiercest**.
颶風處於最猖獗的時候。

◈ The moon is shining **at its brightest**.
現在月光照耀得最明亮。

（二）可用「at one's＋最高級形容詞＋名詞」或「at one's＋有最高級含義的名詞」表示自我比較的「最……」。如：

◈ Her spirits were **at their lowest ebb** then.
她的情緒那時最低落。

◈ Our dancing party is now **at its height**.
我們的舞會現在正是最高潮的時候。

◈ His career was **at its apex** then.
他的事業那時正處於最興旺時期。

◈ Last month he was elected President for the third time, and his career was **at its climax** then.
上月他第三次當選總統，那時他的事業處於頂峰。

◈ The excitement was **at its peak**.
興奮到極點。

（三）有些形容詞，如 favorite, perfect, superlative, supreme, incomparable, paramount, prime, optimal, optimum, maximal, maximum, minimal, minimum 等，含有最高級的含義。如：

◈ Fishing is my **favorite** occupation.
釣魚是我最喜歡的消遣。

◈ They are **perfect** for each other.
他們是最佳搭檔。

◈ Solomon is said to have been a man of **superlative** wisdom.
據說索羅門是一位具有最高智慧的人。

◈ Winning an Olympic gold medal was the **supreme** moment of my life.
榮獲奧運會金牌時是我一生至為重要的時刻。

◈ The novel is of **paramount** interest.
這部小說最令人感興趣。

◈ My **prime** concern is how to help my daughter find an ideal companion.
我最為關心的是如何幫助我的女兒找到一個理想的伴侶。

◈ It's said she was an **incomparable** beauty.
據說她曾是絕代佳人。

◈ It is the **optimal/optimum** temperature for the growth of apples.
這是蘋果生長的最佳溫度。

◈ She obtained **maximal** benefit from the course.
她從該課程中獲益極大。

◈ The **maximum** load for this truck is ten tons.
此卡車的最大載重量是10噸。

◈ One aim of these reforms is effective defense with **minimal** expenditure.
這些改革的目的之一是以最少的費用進行有效的防禦。

◈ He only earns the **minimum** wage.
他只賺得最低工資。

(四)可以下列方法用原級表示最高級的意義：

1.「no(other)＋名詞＋動詞＋as/so＋原級＋as...」表示「沒有別的……像……那麼……」。如：

◈ **No other** student in our class <u>is **so good as**</u> Tom.
我們班上沒有別的學生像湯姆那麼好。

◈ **No other** boys are **as tall as** he is.
沒有其他男孩子的身材像他那麼高。

◈ **No** girl is **as beautiful as** Mary.
沒有女孩像瑪麗那麼美。

2.「no one＋動詞＋so/as＋原級＋as...」表示「沒有人像……那樣……」。如：

◈ **No one** studies **as hard as** Mary.

沒有人像瑪麗那樣用功讀書。

3. 「nothing＋動詞＋as/so＋原級＋as...」表示「什麼都不如……那樣……」。

◈ **Nothing** is **as good as** good taste.
什麼都不如好品味那樣好。

◈ There's **nothing so satisfying as** a good laugh.
什麼也沒有開懷大笑那樣使人更滿足。

4. nothing like... 表示「沒有東西比得上……」；「什麼也比不上……」。

◈ There is **nothing like** home.
什麼也比不上家好。（金窩銀窩不如草窩。）

◈ There is **nothing like** walking as a means of keeping fit.
保健之道莫過於散步。

5. as... as any... 表示「不亞於任何一個」；「最……的……」；「不比別的差」。如：

◈ He is **as** happy a child **as any**.
他是那種最快樂的孩子。
（可能有別的孩子跟他一樣快樂，可是沒有一個比他更快樂）

◈ She's **as** bright **as any** in the class.
她是班上那種最聰明的。

◈ Alice is **as** beautiful **as any** girl.
愛麗絲的美麗不亞於任何女孩。

6. as... as ever lived 表示「自古至今最...」；「空前」，第二個 as 是關係代名詞，相當於 that。如：

◈ She is **as** <u>great a heroine</u> **as ever lived**.
她是古今最偉大的女英雄。

◈ He is **as** <u>brilliant a politician</u> **as ever lived**.
他是空前卓越的政治家。

(五)可以下列方法用比較級表示最高級的意義：

1. 「比較級＋than any other...」表示「比……任何別的……都……」。如：

◈ He is **more diligent than any other** student in his class.
他比他班上任何其他的學生都勤奮。

◈ He is **cleverer than any other** boy in this district.
他比這個區裡任何其他的男孩都聰明。

2. 「比較級＋than all the other...」表示「比……所有別的……都……」。

◈ He is **more diligent than all the other** students in his class.
他比他班上其他所有的學生都勤奮。

3. 「nothing＋比較級（＋than）」表示「沒有比……更好的東西了」；「最……不過」。如：

◈ There is **nothing cheaper**（**than** this）.
沒有(比這)更便宜的東西了。

◈ I can get **nothing better than** this.
我不可能得到比這更好的東西了。

◈ There is **nothing more precious than** time.
沒有比時間更寶貴的東西了。

4. 「Nobody＋動詞＋比較級＋... than...」表示「沒有人比……更……了」。

◈ **Nobody is more suitable** for the job **than** Mr. Smith(is).
沒有人比史密斯先生更適合此工作了。

◈ **Nobody** understands the situation there **better than you**(do).
沒有人比你更了解那裡的情況了。

5. 「never... ＋比較級」表示「從來未……比……更……」。

◈ My mother is very well, **never better**.
我母親很好，從來沒有更好。

◈ I've **never** met a **more forgetful** person(than him).
我從沒見過(比他)更健忘的人了。

(六)second to none 可表示「不比任何人或事物差」；「最好的」；「第一流的」。如：

◈ Our goods are **second to none** on the world market.
我們的商品在國際市場上不亞於任何人的。

◈ As a football player, John is **second to none**.
身為足球運動員，約翰是第一流的。

(七)用「單數名詞＋of/among＋相同名詞的複數形式」表示最高級的概念。如：

◈ In the Bible, Jesus is called "**King of kings** and **Lord of lords**".
在聖經中，耶穌被稱為「萬王之王，萬主之主」。

◈ Some say the marigold is **the flower of flowers**.
有些人認為金盞花是花中之王。

◈ He was a hero, truly **a man among man**.

他是個英雄，實在是個男人中的男人。

4.3.2 最高級的非限定用法

前面所述的最高級的用法，皆屬於最高級的限定用法，即一般情況下在最高級之前要加 the，且有比較範圍來限定，有表示「最……」之含義，為相對最高級。

最高級的非限定用法，在最高級之前不加 the，沒有比較範圍來限定，表示「極」；「很」；「非常」，沒有「最……」的含義，稱作絕對最高級或獨立最高級（absolute superlative）。

◈ I received <u>a **most unusual**</u> present from my aunt.

我收到了阿姨給我的一件極不尋常的禮物。

（most unusual 用於形容詞最高級的非限定用法，為絕對最高級，可被不定冠詞修飾。）

◈ They are **most intelligent and capable** engineers.

他們都是非常聰明能幹的工程師。

（most intelligent and capable 在此為形容詞最高級的非限定用法，為絕對最高級，可單獨修飾複數名詞。）

◈ He spoke **most bitterly** of his experience in prison.

他十分痛苦地講述了他在監獄中的經歷。

（most bitterly 在此為副詞最高級的非限定用法，為絕對最高級。）

◈ He always acted **most graciously**.

他的舉止總是優雅得體。

（most graciously 在此為副詞最高級的非限定用法，為絕對最高級。）

◈ She is <u>a woman of **greatest**</u> ability.

她是一位極有才能的女子。

（greatest 在此為形容詞最高級的非限定用法，為絕對最高級。）

◈ He received her invitation with **warmest** thanks.

他十分熱誠感謝地接受了她的邀請。

（warmest 在此為形容詞最高級的非限定用法，為絕對最高級。）

注：

1. 偶爾最高級之前帶有 the，無比較範圍時，也屬於非限定的用法，為絕對最高級，表示「極」；「很」；「非常」；「十分」。如：

   ◈ The boss has **the highest regard** for her.
   老闆對她十分器重。

   ◈ She felt **the deepest gratitude** to him for saving her life.
   對他救了她的命一事，她有最深的感激。

2. 沒有比較範圍的副詞最高級如省略 the，會產生歧義，既可看作相對最高級，表示「最……」，又可看作絕對最高級表示「很」；「極」；「非常」等。如不省略 the，則準確無誤地用作相對最高級。如：

   ◈ She sang **most beautifully**.
   她唱得最動聽。
   她唱得非常動聽。

   ◈ She sang **the most beautifully**.
   她唱得最動聽。

3. 在「the＋最高級＋of＋複數名詞」的結構中，最高級多看作是絕對的，相當於 very，表示「極為」；「非常」，有時也可看作相對的，表示「最……」。如：

   ◈ He spoke in **the softest of voices**.
   他用極其溫和的聲音說話。

   ◈ She had **the sweetest of smiles**.

她現出極其甜蜜的笑容。

◈ She is **the wisest of women**.
她是極為聰明的女子。

◈ She lives in **the quietest of places**.
她居住在非常安靜的地方。

◈ The climate in these places is unpleasant at **the best of times**.
這些地方的氣候在最好的時刻也不很宜人。

4.3.3 含有最高級的習慣用語

(一) at(the)best 可表示「至多」;「充其量也不過」。如:

◈ He earns one hundred dollars a month **at best**.
他至多一個月賺100美元。

◈ **At best**, the car will only go seventy miles an hour.
充其量這車每小時只能跑70英里。

(二) at last 表示「最後」;「終於」。如:

◈ The boy saved his money until **at last** he had enough for a bicycle.
這孩子存錢一直到最後他有足夠買腳踏車的錢。

◈ **At last** they got married.
他們終於結了婚。

(三) at the latest 表示「最晚」;「至遲」。如:

◈ Passengers should check in one hour before their flight time **at the latest**.
乘客最遲應在班機起飛前一小時辦理登機手續。

◈ You must finish your work by Friday **at the latest**.
你必須最晚在星期五以前做完你的工作。

(四)at(the)least 表示「至少」;「最少」;「起碼」;「無論如何」。如:

◈ I need ten thousand dollars **at the least**.
我至少需要一萬美元。

◈ You might **at least** say you're sorry.
你至少應該說聲抱歉。

◈ My car may be slow, but **at least** it's reliable.
我的車也許跑得慢,至少它可靠。

(五)at the longest 表示「至多」;「最久」。如:

◈ I can wait only half an hour **at the longest**.
我至多只能等半小時。

◈ He'll stay here for a week **at the longest**.
他最長將在這裡待一個星期。

(六)at(the)most 表示「至多」;「不超過」。如:

◈ I think she is fifty-five **at most**.
我想她頂多55歲。

◈ He earns **at most** five hundred dollars a month.
他充其量每月所賺不超過500美元。

(七)in the least 表示「一點」;「絲毫」。如:

◈ I'm not **in the least** afraid of his threats.
我一點也不怕他的威脅。

◈ They don't understand **in the least**.
他們根本不懂。

◈ We mustn't relax our vigilance **in the least**.

我們絲毫不能放鬆警惕。

(八) get/have the best/better of 表示「打贏」；「戰勝」；「擊敗」；「受益」。如：

◈ Our team **got the best of** the visitors in the fourth quarter.
我們隊在最後四分之一場中戰勝了客隊。

◈ The lawyer easily **got the better of** his opponent in the debate.
該律師在辯論中輕而易舉地擊敗了對手。

(九) make the best of 表示「儘量利用」；「充分利用」；「將就用」；「儘量往好裡做」。如：

◈ You should **make the best of** this valuable opportunity.
你應該充分利用這寶貴的機會。

◈ The girl did not like to wash dishes, but she **made the best of** it.
這女孩不喜歡洗盤子，但是她還是儘量好好地去做。

◈ The accommodations may not be all that we'd like, but we'll have to **make the best of** it.
這裡的膳宿供應也許不見得完全令人滿意，但是我們只好隨遇而安。

(十) make the most of 表示「充分利用」：

◈ We should **make the most of** our time.
我們應該充分利用時間。

◈ You'll regret not **making the most of** your opportunities.
你會後悔沒有充分把握你的機會。

文法索引

單字索引

I

參考書目

Adams, V.
1973　*An Introduction to Modern English Word-Formation*, London: Longman

Alexander, L.G.
1976　*New Concept English*, London: Longman
1988　*Longman English Grammar*, New York: Longman 雷航等譯（1991）《朗曼英語語法》，北京：外語教學與研究出版社

Alexander, L.G. et al
1977　*English Grammatical Structure*, London: Longman

Barnhart, C.L. & Barnhart, R.K.
1981　*The World Book Dictionary*, Chicago: World Book-Childcraft International, Inc.

Bauer, L.
1983　*English Word-Formation*, Cambridge University Press

Berube, M.S et al
1993　*The American Heritage College Dictionary*, Boston: Houghton Mifflin Company, Third Edition

Brown, E.K. & Miller J.E.
1982　*Syntax: Generative Grammar*, London: Longman

Chan, W. H.
1975　*A Daily Use English-Chinese Dictionary* 詹文滸主編《求解、作文、文法、辨義四用辭典》，香港：世界書局

Chang, C. C.
　　1963　*A Concise English-Chinese Dictionary* 張其春、蔡文縈編《簡明英漢詞典》，北京：商務印書館

Chang, F. C.
　　1985　*Oxford Advanced Learner's Dictionary of Current English with Chinese Translation*, Third Edition 張芳傑主編《牛津現代英漢雙解辭典》第三版‧香港：牛津大學出版社

Chang, F. C. et al
　　1989　*English Grammar for High School*, Third Edition, Taipei: National Compilation Committee 張芳傑等編《高級中學英文文法》第三版，臺北：國立編譯館

Chang, T. C. & Wen, C. T.
　　A Comprehensive English Grammar 張道真、溫志達編著《英語語法大全》，北京：外語教學與研究出版社

Chang, T. C.
　　1981　*A Dictionary of Commonly Used English Verbs* 張道真編著《英語常用動詞用法詞典》，上海：上海譯文出版社
　　1987　*A Dictionary of Current English Usage* 張道真編著《現代英語用法詞典》，上海：上海譯文出版社
　　1995　*A Practical English Grammar* 張道真編著《實用英語語法》修訂本，北京：外語教學與研究出版社

Chao, C. T.
　　1998　*A Dictionary of Answers to Common Questions in English* 趙振才編著《英語常見問題解答大詞典》，哈爾濱：黑龍江人民出版社

Chao, C. Y.
　　1999　*A Dictionary of the Usage Of English Adverb & Their Transformational Forms* 趙俊英《英語副詞用法‧轉換形式詞典》，濟南：山東友誼出版社

Ch'ên, T. Y. & Hsia, D. H.
　1986　*A Practical English Grammar* 陳則源、夏定雄譯《牛津實用英語語法》，北京：牛津大學出版社

Chiang, C.
　1988　*Secrets of English Words* 蔣爭著《英語辭彙的奧秘》，北京：中國國際廣播出版社
　1998　*Classified English-Chinese Dictionary of English Word Roots, Prefixes and Suffixes* 蔣爭著《英語字根、字首、字尾分類字典》，北京：世界圖書出版公司

Chou K. C.
　An English-Chinese Dictionary with Usage Notes 周國珍主編《英漢詳注詞典》，上海：上海交通大學出版社

Chuang, Y. C. et al
　2000　*Practical English Usage*, Second Edition 莊繹傳等譯《英語用法指南》第二版，北京：外語教學與研究出版社

Ehrlich, E. et al
　1980　*Oxford American Dictionary*, New York: OxfordUniversity Press

Flexner, S. B.
　1993　*Random House Unabridged Dictionary*, Second Edition, New Work: Random House

HO, K. M. et al
　1978　*Dictionary of American Idioms* 何光謨等編《美國成語大詞典》，香港：成文出版社

HO, L. M.
　1994　*Ho's Complete English Grammar* 賀立民編著《賀氏英文法全書》臺北：賀立民出版

Hornby A. S.
　1989　*Oxford Advanced Learner's Dictionary*, Fourth Edition,

Oxford: University Press

Hsing, T. Y.
1996   *A Complete Dictionary of English-Chinese Idiomatic Phrases* 邢志遠主編《英漢慣用語大詞典》，北京：新世界出版社

Hsü, L. W.
1984   *A Practical Grammar of Contemporary English* 徐立吾主編《當代英語實用語法》，長沙：湖南教育出版社

Huang, T. W.
1985   *English Clauses —Grammar and Usage* 黃子文編著《英語子句──語法和慣用法》，北京：商務印書館

Jesperson, O.
1933   *Essentials of English Grammar*, London: Allen and Unwin

Ko, C. H.
1994   *New English Grammar* 柯旗化編著《新英文法》增補修訂版，臺北：第一出版社

Ko, C. K. et al
1982   *Dictionary of English Phrasal Verbs with bilingual explanations* 葛傳槼等編著《英漢雙解英語片語動詞詞典》，上海：上海譯文出版社

Li, P. D.
1997   *Oxford Advanced Learner's English-Chinese Dictionary*, Fourth Edition, the Commercial Press Oxford University Press 李北達編譯《牛津高級英漢雙解辭典》第四版，北京：商務印書館

Liang, S. C.
1975   *Far East English-Chinese Dictionary* 梁實秋主編《遠東英漢大辭典》，臺北：遠東圖書公司

Lin, C. C.
A Study of Prepositions 林照昌編著《英文介係詞大全》，臺北：文友書局

Liu, Y.
A Dictionary of English Word Roots 劉毅編著《英文字根字典》，北京：外文出版社
Treasury of English Grammar 劉毅編著《英語語法寶典》，臺北：學習出版有限公司

Murphy, R.
1985 *English Grammar in Use*, Cambridge: University Press

Neufeldt, V. et al
1997 *Webster's New World College Dictionary*, Third Edition, New York: Macmillan

Orgel, J. R.
1966 *Comprehensive English in Review*, New York: Oxford Book Company, Inc.

Palmer, F. R.
1987 *The English Verb*, Second Edition, London: Longman

Pearsall, J. et al
2001 *The New Oxford Dictionary of English*, Hanks Clarendon Press, Oxford

Po, P.
1990 *An Advanced English Grammar* 薄冰主編《高級英語語法》，北京：高等教育出版社
1998 *English Grammar* 薄冰編著《英語語法》，北京：開明出版社

Procter, P. et al
1978 *Longman Dictionary of Contemporary English*, London: Longman

Quirk, R. et al
　　1985　*A Comprehensive Grammar of the English Language*,
New York: Longman

Senkichiro Katsumata
　　1985　*Kenkyusha's New Dictionary of English Collocations*,
First Edition, Tokyo: Kenkyusha

Sinclair, J. et al
　　1995　*Collins Cobuild English Dictionary*, New Edition,
London: Harper Collins Publishers
　　1999　*Collins Cobuild English Grammar* 任紹曾等譯
《Collins Cobuild 英語語法大全》，北京：商務印書館

Slager, W. R.
　　1977　*English for Today*, Second Edition, U.S.A. McGraw-
Hill International Book Company

Spears, R. A. et al
　　1992　*American Idioms Dictionary* 陳惟清等譯《美國成語
詞典》，北京：人民教育出版社

Swan, M.
　　1995　*Practical English Usage*, Oxford: University Press

Thomson, A. J. & Martinet, A.V.
　　1979　*A Practical English Grammar*, Oxford: University
Press

Tong, S. C.
　　1979　*New Concise English-Chinese Dictionary* 董世祁主編
《新簡明英漢詞典》，臺北：哲志出版社

Wang, T. Y.
　　1987　*The English-Chinese World-Ocean Dictionary* 王同億
主編《英漢辭海》，北京：國防工業出版社

Wang, W. C.

1991　*A Dictionary of English Collocations* 王文昌主編《英語搭配大辭典》，南京：江蘇教育出版社

Wood, F. T. et al
1983　*English Prepositional Idioms* 余士雄、余前文等譯《英語介詞習語詞典》，北京：知識出版社

Wu, K. H.
1991　*A Modern Comprehensive English-Chinese Dictionary* 吳光華主編《現代英漢綜合大辭典》，上海：上海科學技術文獻出版社

Wu, W. T., Chu, C. Y. & Yin, C. L.
1986　*A Dictionary of English Grammar* 吳慰曾、朱寄堯、殷鍾崍主編《英語語法詞典》，成都：四川人民出版社

Yan, Y. S.
1988　*Eurasia's Modern Practical English-English English-Chinese Dictionary* 顏元叔主編《歐亞最新實用英英、英漢雙解辭典》，臺北：歐亞書局

張昌柱等譯
1992　《朗曼英語片語動詞大詞典》，石家莊：河北教育出版社

廈門大學外文系
1985　*A Comprehensive Dictionary of English Idioms and Phrases*《綜合英語成語詞典》，福州：福建人民出版社

蘇州大學「英語語法大全」翻譯組
1989　《英語語法大全》，上海：華東師範大學出版社

吳炳鍾英語教室

實用英語文法百科2：形容詞、數詞、副詞、比較

2007年12月初版　　　　　　　　　　　定價：新臺幣360元
2008年2月初版第二刷
有著作權・翻印必究
Printed in Taiwan.

著　　著	吳	炳	鍾	
	吳	炳	文	
發 行 人	林	載	爵	

出 版 者　聯經出版事業股份有限公司
台 北 市 忠 孝 東 路 四 段 5 5 5 號
發　行　所：台北縣新店市寶橋路235巷6弄5號7F
　　　　電話：（0 2）2 9 1 3 3 6 5 6
台北忠孝門市：台北市忠孝東路四段5 6 1號1F
　　　　電話：（0 2）2 7 6 8 3 7 0 8
台北新生門市：台北市新生南路三段9 4號
　　　　電話：（0 2）2 3 6 2 0 3 0 8
台 中 門 市：台 中 市 健 行 路 3 2 1 號
　　　　電話：（0 4）2 2 3 7 1 2 3 4 　ext.5
高 雄 門 市：高 雄 市 成 功 一 路 3 6 3 號
　　　　電話：（0 7）2 2 1 1 2 3 4 　ext.5
郵 政 劃 撥 帳 戶 第 0 1 0 0 5 5 9 - 3 號
郵　撥　電　話：2 7 6 8 3 7 0 8
印 刷 者　文 鴻 彩 色 製 版 印 刷 有 限 公 司

叢書主編　何　采　嬪
審　　校　Nick Hawkins
校　　對　林　慧　如
封面設計　翁　國　鈞

行政院新聞局出版事業登記證局版臺業字第0130號

國家圖書館出版品預行編目資料

實用英語文法百科2：形容詞、數詞、
副詞、比較/吳炳鍾、吳炳文著．初版．
臺北市：聯經，2007年12月（民96）
472面；14.8×21公分．（吳炳鍾英語教室）
ISBN　978-957-08-3221-1（平裝）
〔2008年2月初版第二刷〕

　1.英語　2.語法

874.57　　　　　　　　　　　　　　95021032

聯經出版事業公司信用卡訂購單

信用卡號： □VISA CARD □MASTER CARD □聯合信用卡
訂購人姓名： _____
訂購日期： _____年_____月_____日 （卡片後三碼）
信用卡號： _____ _____ _____ _____
信用卡簽名： _____(與信用卡上簽名同)
信用卡有效期限： _____年_____月
聯絡電話： 日(O)_____夜(H)_____
聯絡地址： □□□_____
訂購金額： 新台幣_____元整
（訂購金額 500 元以下，請加付掛號郵資 50 元）

資訊來源： □網路 □報紙 □電台 □DM □朋友介紹
□其他_____

發票： □二聯式 □三聯式
發票抬頭： _____
統一編號： _____
※如收件人或收件地址不同時，請填：
收件人姓名： _____ □先生 □小姐
收件人地址： _____
收件人電話； □(O)_____夜(H)_____

※茲訂購下列書種，帳款由本人信用卡帳戶支付。

書名	數量	單價	合計
		總計	

訂購辦法填妥後
1. 直接傳真 FAX(02)2648-5001、(02)2641-8660
2. 寄台北縣(221)汐止大同路一段 367 號 3 樓
3. 本人親筆簽名並附上卡片後三碼(95 年 8 月 1 日正式實施)
電 話：(02)26422629 轉.241 或 (02)2641-8662
聯絡人:邱淑芬小姐(約需 7 個工作天)